納富信留・明星聖子〈編〉

フェイク・スペクトラム

FAKE SPECTRUM

文学における〈嘘〉の諸相

勉誠出版

はじめに

納富信留

「フェイク」について、私たちはどんなイメージを抱いているだろうか。フェイクは私たちを惑わし、社会を分断し真実を覆い隠す「悪」に他ならない、そう思っているのではないか。そうして私たちは、敵の言説を「フェイク」と呼んで無視を決め込み、自分の側にある「真実」がなぜ伝わらないのかと義憤を抱いたりする。

だが、そんなに単純なものなのだろうか？　真実はきちんと考え追求する者は手にしているが、それを拒絶して意図的に、あるいは信じ込んで虚偽に囚われつづける人々がいる。世の中は、そのように白と黒がはっきりしているのだろうか。

私たちは「フェイクとは何か？」を考えずに過ごしている。考えずにその単語をレッテルとして使い、簡単に退けたり、他者を非難したりして安心している。そうして分断と非真理の落とし穴に陥ってしまうのは、私たち自身かもしれない。

フェイクはもっとずっと複雑で、多様で、微妙な襞をもつもののはずだ。なぜなら、偽りや騙りや嘘は人間本性に属するのだから。それを単純に取り扱うと、フェイク現象の本質が見失われる。人間が見過ごされる。私たちはより繊細な感性と冷静な知性をもって、きらめくフェイクの諸相を見極めていかなければならない。

言葉のいとなみが広がる文学の世界に「フェイク」という概念を投げ込むと、どんな色彩や光沢を発するのだろうか。ここでは、文学という場で、プリズムに当たって光る色の帯として、フェイクのスペクトラムを見ていこう。

目次

第2部　編集にまつわるフェイク

納富信留……NOTOMI Noburu

［序　章］

フェイクとは何か、フェイクをどう論じるか？

はじめに

これから「フェイク（fake）」という問題を取り上げ、文学と呼ばれる領域で考察していく。通常、政治や社会の問題として扱われる「フェイク」を、あえて文学や哲学で取り上げる意義は何だろうか。すでに広く流通するこの言葉を、たんに否定的な現象として退けることは容易いが、そうすることで私たちは問題の本質を見損なう。「嘘、偽り、虚偽、欺き、誤魔化し、欺瞞、詐欺、詐称、偽装」、これらは人間の本性に根差した言語活動として、生活の隅々にまで行き渡っている。その襞に分け入ることなく、ただ悪者扱いしても、私たちが踊らされている現実が何であるかは理解されない。

確かに、フェイクニュースに振り回され惑わされる現状から脱却するために、それを見分けて退ける能力が求められるのは当然である。メディアリテラシーの大切さはすでに強く訴えられているが［笹原 二〇二一］、どうやらそれだけで問題は解決しない。「フェイクニュースの見抜き方」とか「ファクトチェックのリテラシー」に安易に飛びつくと、かえってより深くフェイクにはまる落し穴さえ指摘されている［藤代 二〇二一］。フェイク現象とは、ピュアで健全な真実が意図的に捻じ曲げられている状態だと説明される。だが、手の加わっていない無垢の真実はあるのか。言葉の語りは、そもそも騙《かた》りではないか。過度な潔癖さを正義として振りかざすと、真実という言葉をめぐる権力闘争になってしまう。

では、混濁した現実を生きるための目は、何によって養われるのか。人間と社会が必然的に孕む虚偽という基盤の上で、それに向き合ってなされてきたのが文学と呼ばれる人間の営みである。文学において、おそらく初めて「フェイク」という問題の多面性と本質が浮かび上がる。本書が期待するのはその地平である。

では、考察の舞台となる「文学」とは何か。そう呼ばれる言語芸術は、古今東西で広く多様に展開されてきた。詩歌、戯曲、小説、随筆が代表であるが、それらの多くに共通する契機は「フィクション」である。したがって、文学からフェイクの問題を考えるには、フィクションとフェイクの関係を考察しなければならない。だが、「フィクション」とは架空の設定、ないし現実とは切り離された独自の世界であり、そこでは通常の真理と虚偽の対比は当てはまらない。つまり、すべてがフィクションで成り立っている世界にはフェイクが入る余地はないか、あるいは、すべてがフェイクと言わざるをえない。また、そう呼んだとして、真理と対立するものとしてフェイクを批判し退けることはできなくなる。文学そのものがフェイクの世界だからだ。

まずざっとこう考えるだけで、文学からフェイクを考えることの難しさや複雑さが予想される。だが、政治や経済や社会でしかフェイクは問題とならないと考えるのも狭すぎる。文学に現れる様々なフェイクやフェイクもどきを観察することで、逆に現実世界で起こっているフェイク現象が見えてくるのではないか。そこで避けるべきフェイクが見分けられるはずである。本書を構成する十一の章はそのための具体的な考察であるが、序章では「フェイクとは何か」を哲学の立場から考察し、文学からのフェイク論への導入としたい。

1——「フェイクニュース」という現象

「フェイク」という言葉が馴染みになって久しい。無論、以前から使われていた単語ではあるが、アメリカ合衆国でドナルド・トランプが大統領候補となり、ヒラリー・クリントンを破って第四十五代大統領選挙に当選した二〇一六年に、ソーシャルメディア上の様々な虚偽報道が「フェイクニュース（fake news）」という名で話題になって以来、この言葉は今では日常で当たり前に使われている。

社会で起こった出来事の情報を伝達するジャーナリズムにおいて、まったくありもしないニュースを、さも実際にあったかのように加工して伝えるのが「フェイクニュース」である。読者を欺き信用させることで、政治や世論を誘導する意図をもって作られた「でっち上げ」である。かつては大手マスコミがフェイクニュースを発信するなどありえないと信じられてきたが、その非難は今ではどこにでも向けられている。非民主主義の独裁国では国営放送がフェイクニュースを平気で流すし、民主主義とされる国々でも経済利益や政治権力やメディアに都合のよい情報が優先的に流され、歪んだニュースが広まっている。虚偽情報の拡散に厳しい罰則を課す国もあるが、そういった情報統制は言論の自由に反するばかりか、自分に都合のよい情報に限定させると、かえってフェイクとなる危険性もある。フェイクニュースは特殊で異常な現象などではなく、世界を広く覆っている日常の風景なのである。

日本でも新型コロナウイルス感染拡大の状況において、効く薬だとかワクチンの害毒だとかの情報が拡散し、あらためてフェイクの深刻さが問題となった。アメリカで社会や世論が分断される状況を他人事として見ていた日本の私たちが、荒唐無稽な陰謀説や、非科学的な言説や、露骨で感情的な学者批判に右往左往している。しかし、情報は無際限に増殖して国境や言語を超えて即座に地球規模で流布する。そこで生じる「フェイクニュース」は二十一世紀の社会を象徴する現象である。

この問題は、言うまでもなくインターネットなどソーシャルメディアが情報の基本となったメディア状況を背景とする。ソーシャルメディアを通じてニュースの発信と拡散を一般の人々も担うようになり、フェイクニュースはサイバー空間を席巻して否定や消去で対応しきれなくなったからである。ソーシャルメディアの情報では、最初に出所となった人とそれを拡散した人の境界や責任は曖昧であり、情報の拡散は無意識的に、あるいはゲームのように無邪気に楽しまれてしまう。ボット（自動投稿プログラム）やＡＩが合成で作り出すディープフェイクもあれば、国家が情報戦争に利用する兵器としてのフェイクニュースもある。偽情報でも関心を集めれば収入になるビジネス・システムでは、当事者でない者たちが罪の意識も欠如したままに加担して悪質性を高めてしまう。個人情報の濫用や心理操作も深刻な倫理的問題である。

選挙など政治の場面で意図的に敵陣営のゴシップや誤情報を流す情報戦は、インターネット普及以前でもごく当たり前に行われていたが、特定のイデオロギーを自然に刷り込むのに最新メディアは格段に優れている。とりわけこの傾向を助長しているのは、ネット上の情報提供が個人の嗜好に合わせて自動的に選別される「フィルターバブル」と呼ばれる仕組みである。大量の情報の中で関心を偏向させることはごく容易い。私たちの意見は大抵は外から来た情報の受け売りであり、自分と異なる意見が目に入らなくなると、自分こそ支持された正しい立場だという思い込みに浸ることになる。そうして同類の仲間が集結し孤島化すると、対話状況に重大な支障をきたす。情報操作は世論と社会を動かし支配することになる。

フェイクニュースという現代の現象は、メディアと文化、政治と経済が絡み合って成立した私たちの生活風景なのである。

2――フェイクの三重の危険

フェイクニュースの問題は、道義的糾弾と単純な否定では収まらない。それは、「フェイク」が単なる事実上の存在ではないからである。問題が三つの層で深まっていく様を見ておこう。キーワードは「レッテル、相対主義、懐疑主義」である。

まず第一に、一方の当事者が何かを「フェイク」と呼んで批判したとして、批判された相手もその人を「フェイク」と呼び返す応酬状況が生じる。根拠を欠いた批判を投げかける行為は、聴衆にそう思い込ませる政治的なパフォーマンスか、罵倒に終わる。大統領就任後のトランプは既存のマスメディアを敵対視してくり返し「フェイクニュース」と呼んだが、彼自身がツイッターなどで拡散する情報も「フェイクニュース」だと批判された。また、ウクライナに侵攻したロシアは国民に誤ったニュースを伝えていると西側諸国で批判されるが、プーチンのロシアは敵対する西側のニュースを「フェイク」と呼んでナショナリズムを煽っている。事実としてフェイクとそうでないものが存在するというより、「フェイクだ」というレッテルを相手に貼って信用を落としたり無視するのが「フェイク」という言葉である。

レッテルには、実質があるかないかはほとんど関係ない。「テロリスト」や「ファシスト」など、爆弾を仕掛けてテロ行為を実行する人だけでなく、危険行為をしそうな人を拡張的にそう呼ぶことで、同等の警戒や懲罰が与えられる。だが、そんなレッテルで恐ろしいのは、その呼称が向けられた相手は嫌悪すべき敵として感情的な攻撃の標的となる点である。

このような恣意的な利用に対して、「フェイクニュース」という言葉自体を避けるべきだとの示唆もある。あまりに大雑把で不明瞭な言葉だからである［藤代 二〇二一：第一章］。他方で、いくつか基準で「フェイクニュース」に該当するかどうかを判定する方法が提案され、レッテルでない言語使用が追求されている。

第二に、事実や真理について相対主義の状況が生じて、「フェイク」という批判はしばしば互いの水掛論に終わる。一方の陣営から明らかな非真実でフェイクだとされる情報が、他方の陣営では疑いのない事実だと受け取られ、それゆえフェイクだという批判は無効となるのである。

ファクトチェックは多くの場合は有効に機能するが、それを向ける相手にはまったく無力かもしれない。チェックの基盤となる出典（ソース）を調べろと言っても、そもそも主要メディアや専門家を信用していない人々は、そこにあるには嘘だけで真実はないと信じるからである。多数が一致した意見だと示しても、それは真理を隠蔽する組織的な陰謀だと見做される。事実を示せば示すほどかえって不信が強まるという「バックファイアー効果」が生じる。特定の権威や自分の感情で真理を確信する人には、フェイクという批判は最初から効力を発揮しない。

興味深いのは、フェイクを作り広めているとされる人たちが必ずしも「真実」を無視しているのではなく、真面目に「それが真実だ」と信じてそう言い立てる点にある。つまり、多くの人は意図的に虚偽を作って嘘をついているのではなく、理性的判断ができない無知蒙昧でもない。それゆえ、これこれが真実だと指摘して証拠を突きつけても、逆にそちらが虚偽でありフェイクであると論じて受け入れないのである。双方は相手の無知・無理解を嘆くが、それぞれが根拠をもって自分の側に真実があると信じているから、批判も証拠も機能しない。

そう信じ込む心理的メカニズムについては、メディア論や社会心理学が「フィルターバブル」や「エコーチェンバー」といった状況が思い込みを強化することを明らかにしている。だが、その根底には真理が自分の側にあると信じる相対主義がある。相対主義にもいくつかの種類があるが、多元的に他者の立場を認め尊重する、健全な相対主義ではなく、自分の立場だけが真理であると前提する独善的な相対主義である。そういった相対主義者には対話や議論は成り立たない。

第三に、ある言説を「フェイクである」と断定する理由に根本的な懐疑が投げかけられ、フェイクと真実が同等に疑わしく、同等に信憑性があるという「偽の対等性」に陥る危険がある。すべての論点には賛否両論があり、対立する議論を平等に聞くべきだという悪しき懐疑主義である。古代のピュロン主義懐疑主義では、あらゆる言説に対してそれと反対の考えを対置できるとして独断論に陥ることを避けた。だが、もしそれを文字通りに実践すると、進化論に対して神による創造説も同等であるとか、地球温暖化が人間の営みで進行しているという批判には、温暖化は起こっていないとか、自然が原因であって人間の影響はないといった議論が対置されてしまう。両論が対等に扱われる以上、他方を取る側にも同等の合理性があることになる。あとはどちらを信じるかの問題となる。

懐疑主義では、双方が提示する「真実」が恣意的で断片的であり、決定的ではないことが同等に指摘される。実際、どんな強固な理論であっても揺るぎない事実や真実であると言うことは難しいか、不可能である。例えば、地球環境問題について否定論者を「非科学的」と断定する側も、科学の確実性と信頼性について絶対の保証は持っていない。自分でデータを集めたわけでもないし、限られたデータが絶対的な証明を与えてはくれない。専門家の見方がほぼ一致したとしても現時点での科学の限界かもしれず、コンセンサスが変化したり転換する可能性もある。科学者にも多様な見方があり、環境変化という対象には長い時間スパンと複雑な要因間の考察が必要である。理性的に懐疑主義を貫くとこういった帰結になる。

さらに、ソーシャルネットワークで事実に基づき真偽を確認すべきだと掛け声をかけても、参照される「事実」も同様にネット上の情報に過ぎない以上、いわば確信を補強する手続きに過ぎなくなる。ファクトチェックやメディアリテラシーがかえって自分に都合の良い信念を強化したり、逆に陰謀論に近づけてしまったりする危険性も指摘されている［藤代 二〇二一：第五章、第七章］。

以上の三種の危険は理論的にも実践的にも深刻で、軽々に退けることはできない。

3――ポストトゥルースの背景

現代の問題状況には、二十世紀のポストモダン思想、とりわけそこでの相対主義的なアカデミズム批判、それが引き起こした反知性主義が背景にあると指摘されている［マッキンタイア 二〇二二］。「フェイクニュース」を典型とする「ポルトトゥルース（post-truth）」の状況である。

学問は絶対的で普遍的な真理を客観的に提示し、人類に幸福をもたらすと信じられてきた。だが、十九世紀末以来、学問、アカデミズムに批判が向けられ、絶対的な「真理」や客観的な事実などは存在せず、個人や社会のペースペクティブに基づく多様な見方しかない、言説はすべて権力の行使に他ならないという見方を強めてきた。哲学や文芸批評の世界でくり広げられた「ポストモダン」の潮流が直接「ポストトゥルース」に影響を与えたと証明することはできないし［マッキンタイア 二〇二二：第六章］、科学批判者がポルトモダン哲学理論に精通していたということもないだろう。だが、アカデミズムの中で、あるいは教育現場やジャーナリズムをつうじて一般社会に広まった雰囲気や見方がポストトゥルースを後押しした、あるいはその基盤となったと考えるのは妥当であろう。「ポストモダン」や「フレンチ・セオリー」と俗称される知的雰囲気も厳密に規定できるものではなく、個々の哲学者は異なる思索を展開していた。だが、それが換骨奪胎されて知的雰囲気としてブームとなると、その影響下で学生や若者が、価値観は人それぞれで普遍的な真理や正義は存在ないと断言して学問の価値を疑う状況を生み出した。

真理や普遍性を否定してそれぞれの見方が真で構わないとする相対主義的な態度が、自然科学を含む学問の基盤を否定する「ポストトゥルース」である。「真実（トゥルース）」を信じる「後（ポスト）」の時代という意味であろう。二十世紀に西洋哲学・学問に向けられたそうした真理批判には一面の真理がある。つまり、一つの絶対的な「真理」を無批判的に前提することは欺瞞であり、そんな言論は権力の行使である。だが、まさにそのような批判の後で「真理」をどう捉えるかが問われている。

「言論はすべて力である」とは、古代ギリシアでソフィストのゴルギアスが強調したレトリックの言語論であるが、この言説自体が自身の権力を保証する自己肯定となる。また「すべての言論は作り事である」としたり顔で言うことは、「私は嘘をついている」という行為遂行的なパラドクスと同類である。基本的な問題は現代に固有のものではなく人類がつねに向き合ってきたものである。ポストモダンが正当に提起した問題を真摯に受け止めた上で、その先に「真理」を問う反省が必要となる。

流言蜚語やデマや虚偽報道といった社会現象は昔から存在していた。その限りで「フェイク」という問題に格段の新しさはないかもしれない。しかし、それが文化においてどのような背景を持つかを知るには、人間の言語活動全般に視野を広げなければならない。虚偽は言葉を用いる人間の本質に関わるが、それを本領とするのは文学であり、それを検討するのは哲学や歴史学を含む人文学である。そうした歴史的な視野で考えると、「フェイク」が新たな姿で見えてくるはずである。

4――「フェイク」の概念

ここで一旦現代の状況から離れて「フェイク」という概念自体を検討しよう。錯綜し堂々巡りとなる「フェイク」の実態に向き合うために、その基本的な意味を哲学から確認しておく必要があるからである。

英語の「フェイク（fake）」という単語の語源には諸説あり十八世紀後半から俗語として使われ始めたとされる。動詞・名詞・形容詞の用法があるが、基本となる名詞には大きく二つの辞書的な意味がある。第一に、事物（特に芸術作品）で真正に見えているが実際にはそうでないもの、第二に、その人のあり方ではないものである振りをして欺こうとする人、である。これらは事物と人間という対象の違いはあるが、どちらも構造は共通する。

特徴はまず五点挙げられる。

①この概念には「真正の（genuine）」あり方が前提されている。

②フェイクなものは、真正ではないという否定において成り立っている。
③それが真正であるように見える（振りをする）というあり方をしている。
④真正であると思わせるという欺きが意図されている。
⑤フェイクはそれを見て欺かれる相手に向けられている。

これらの特徴から、日本語では単なる「偽物、模造」より、それを示して欺く行為も含む「偽装、偽造」が近い。五つの条件を何らか満たすものがフェイクだとして、厳密な場合から拡張的な場合までの広がりがある。

フェイク・ダイヤモンドについて考えよう。生物の擬態といった例はあるものの、基本的に自然界にフェイクは存在しないので、ダイヤモンドでない物体をダイヤモンドだと装うのは人為である。だが、買い手がその事実を知ってあえて買えば詐欺ではない。真正のダイヤモンドだと信じて買う場合とフェイクだと分かって買う場合の価格の違いを見れば分かるだろう。フェイクとは物それ自体が持つ性質ではなく、欺き手と欺かれる者という関係において成立する複雑な事態であるが、フェイクと知って買う人は他の人を欺く意図をもっている限りで、やはり欺きを含意する。

誰が見てもそう見えない場合、つまり真正のものとの違いが明瞭なため誰も騙されない、あるいは最初から欺きが意図されていない場合も、フェイクではない。ある人の振りをするモノマネ芸人は明らかな相違やデフォルメを活用して娯楽を生むのであり、そこに欺きは発生しない。風刺やパロディーはそんな例だが、意図が理解されずに真正だと受け取られるとフェイクが生じる。

作品や振る舞いにおいて欺きが意図されていない場合は、ただの類似や真似であって通常は害はない。欺きの意図がなくても、実際に間違って思い込んでしまうこともあるが、それは勘違いであって、責任は制作者や使用者ではなく思い込んだ人にある。

とすると「フェイク」という言葉で問題となるのは、欺きが成立するか、成立可能な範囲である。ここで三点が確認される。

⑥真正ではないと認識した人にはフェイクであるが、真正だと信じている人にはフェイクだとは分からない。
⑦見かけの類似が、欺くためではなく楽しませる意図で作られたり示された場合は、フェイクではない。
⑧フェイクは作ったり使ったりした人が非難される、道徳的な責任概念である。

フェイクをめぐる困難が生じるのは、「真正のもの」と「偽物」の区別が明瞭ではない場合、区別をつけることが難しく曖昧な領域、欺きという意図が明瞭ではないため非難しにくい場合などである。

エイプリルフールにつく嘘は明らかなジョークであり、騙されない限りでは娯楽である。だが、素朴に信じてしまう人もいると、それが引き起こす被害を予測していなかったという理由、あるいは装いが過剰で誤解を招いたという理由で、行為者に責任を問われることはあり得る。

また、自ら「フェイクを作っています」と言う人はいないだろう。一つには、人を騙す意図があるとすると責任を問われるからであり、もう一つには「これはフェイクです」と言ってしまうと欺きが消えるので、フェイクが成り立たないからである。「偽物です、ですが本物だと信じてください」という言説は「ムーアのパラドクス」に似た不可能な言説である（イギリスの哲学者G・E・ムーアが提出した哲学的問題で「『Pである。だが、私はPだとは信じない』

とは語れない」というもの)。つまり、フェイクとは、そうと気づかずに欺かれる人と、真正のものとは異なると認識する人との間のギャップ、そのあわいの曖昧な領域で成り立つ現象なのである。

5――ゲームにおけるフェイク

では、「フェイク」は単に批判され否定される対象なのか。

「フェイクニュース」とは異なり、世間では賞賛される、あるいは中立的に使われるフェイクもある。サッカーやアメリカン・フットボールなどの競技でかける「フェイント」のことである。それらの競技で「フェイク(fake)」と呼ばれるのは、相手を混乱させるために行う動作、つまり「別の行為に見せかける」ものであり、具体的には、パスすると見せかけてドリブルでディフェンスの間を抜けてシュートするといった技や作戦が「フェイク」である。それは相手を欺くが決して批判はされず、むしろ高度な技術や知能的な作戦であり、味方の利益として評価される。観客も一瞬騙されるがその技能を褒め称える。

この「フェイク」がなぜ批判の対象にならないかというと、それはゲームの中で行われる約束内の行為だからである。相手の裏をかくことはルールに則って行われる戦略の一つであり、ルール違反として罰せられる欺き、つまりインチキや反則ではない。むしろルールに従って心理的駆け引きを駆使することで優位をとる技能なのである。批判される側は、どちらかというとフェイクをした人ではなく、誤って信じて欺かれた者となる。

実社会とは切り離されたスポーツ競技などのゲームで行使される「フェイク」は、この概念の別の側面を示す。ポーカーなどのカードゲームで、相手の出方を見極めつつこちらの手の内を隠して欺く手法も同様にフェイクである。「フェイク」がいつも人を傷つける道具として用いられ道徳的に批判されるとは限らず、活用して評価される場合があることは重要である。それは、フェイクが人間の言語行為や社会活動に深く根差し、そこで基本的な役割を果たしていること、そして、私たちは時にそれを評価しつつ楽しんでいることを示す。

肯定否定という二つの極の間で「フェイク」の問題を考えるにあたり、文学が重要な視点を与えてくれることが予想される。文学はニュース報道と同様に言語活動であるが、スポーツやゲームと同様に遊びの要素を持つ。そこで「フェイク」がどんなものであり、どう扱われるべきかがより明瞭になると期待される。

6――フィクションとフェイク

ここで、もう一つの概念「フィクション（fiction）」を取り上げて、「フェイク」との関係を検討しよう。文学という分野が扱うのは「フィクション」と「ノンフィクション」であり、後者にはルポルタージュの他、書簡や日記が入る。だが、「ノンフィクション」という否定的な名称から分かるように、文学はまず「フィクション」を基本とする書かれた言説である。では、通常は否定的に扱われる「フェイク」との関係はどうなっているのか。

英語の「フィクション（fiction）」は「作られたもの」を意味し、第一に、小説や物語などの文学作品で架空の出来事や人々を描くもの、第二に、創作されたり想像されりしたが厳密には真ではない事物を指す。そこでは私たちが現実生活で問題にする「事実、真実」は問題とならず、「想像、架空」としてそれらから切り離されている。

フィクションとフェイクは、現実にある本物ではない「偽物」である点で共通する。だが、フィクションには「真であるように見える、見せかける」という条件は入っておらず、欺きは意図されていない。むしろ「フィクション」という領域限定において、真実や事実ではないという了解が共通前提となっている。欺きが意図されていない以上、真実とは異なる想像の世界と出来事は、最初からそのようなものとして受け取られる娯楽であり、無害である。むしろ「想像上」という条件によって、より自由な表現や享受さえ可能となっている。つまり、現実社会では不可能な、あるいは許されない行為や出来事が言葉で展開されることで、それだけ一層楽しまれるのがフィクションなのである。

それゆえ、フェイクとは倫理的な意味も異なる。フィクションは作った人が非難されない、現実社会とは独立した制作である。だがそれは、フィクションが現実ではないという認識が保たれる限りであり、だれも真に受けないから、真実と切断されているからである。

だが、フィクションとはいえ、過剰な暴力や異常犯罪や露骨な性行為を描くと、風紀や社会秩序に悪影響を与えるという理由で糾弾され規制されることもある。それはフィクションと現実との境界が必ずしも安定していないからで、私たちの想像は時おり虚実を取り違えて妄想に走ったり、犯罪につながったりしてしまう。

想像上の出来事であるというフィクションの約束事は、文学における「ノンフィクション」との対比でより複雑になる。ノンフィクションは文学の言説であっても、調査や証拠に基づいた事実の報告と見なされるため、そこでの叙述には真偽の判断と責任が伴い、社会的貢献や成功が実社会で賞賛される。たとえば、ドキュメンタリーは貴重な記録の役割を果たすし、巨悪や犯罪の裏側を丹念に調査して書かれたノンフィクションは、社会的な意義をもち、報道や学問とは違った形で社会改良にもつながっている。

ノンフィクションは事実を書くという前提にあるため、それに外れた叙述は虚偽として批判を受ける。また、意図的に事実を曲げて書いてそれが事実だと読者に思わせる場合には、フェイクとなる。同じ言語行為であっても、フィクションとは異なる約束事におかれるノンフィクションの文学は、より「フェイク」に関わるように見える。問題が複雑化するのは、文学においてはこの区分をあえて転倒させたり、曖昧にすることで効果を狙うことがあるからである。あたかもノンフィクションだと思わせる叙述で想像上のことを書くと、読者は事実だと思いこんで欺かれる。これもフェイクと言えるかもしれないが、この場合はフィクションゆえにフェイクなのではなく、フィクションとノンフィクションの境界を誤魔化して欺く意図があったためである。だが、ジャンルの境界を曖昧にする仕組みはフィクションの手法に織り込まれている。つまり、「これは架空の話です」と語ることで欺きの嫌疑から自己防御しつつ、かえってリアルさをかもしだすことがあったり、反対に「これは本当の話です」という語り口でフィクション性を浮かび上がらせる手法もある。

逆の越境、つまりフィクションだとされる作品が実はノンフィクション性を持つ場合もある。政治や社会で直接の批判ができない相手に、フィクションの形を借りて立ち向かうような場合である。風刺やパロディーはフィクションという建前で扱われる限りでは無害な遊びとして非難されないが、本音が分かる人には隠された真実を読み取ることができる。とりわけパロディーという形で政治権力を笑い飛ばす文学の役割は、あえてフィクションと自己規定することで真実の一端を示すことになる。他方で、同じように娯楽として提供されながら偏ったイデオロギーの刷り込みの役割を果たす文学や芸術の作品もある。戦意高揚と反戦という正反対のメッセージが、映画や小説に込められる。文学という領域でフェイクの問題を探ると、語りにおける真実と虚偽の区別を意図的に利用する様が見えてくる。

サッカーの技にフェイントという意味での「フェイク」があるように、小説の筋運び、とりわけ探偵小説や推理小説で、読者に気づかれないように仕掛けた要素が期待と予測を裏切るような展開を見せ、読者を騙すことはしばしば行われる。読者は裏切られたことで快い発見を得る。そういった小説内の仕掛けとしての「フェイク」は文学の技法を示すものであり、むしろ高く評価される。文学はフィクションである限りで「フェイク」とは無縁であるという素振りを見せながら、内実は深く複雑な仕方でそれと関わっている。それは、人間の言語行為が人を欺き楽しませるという役割を担っているためであろう。

7――フェイクの考察に向けて

風刺やパロディーのように、文学もフィクションを通じて現実世界の「真実」に深く関わっている。また、文学が駆使するメタファーやアレゴリーは、何かを直接に表示して真偽の判断を受けることはないが、にもかかわらず「真実」に対して積極的な役割を果たす。比喩を使うことで新たな見方が得られ、学術論文やニュースなど他種の言説にもまして真実を直接に示すこともできるからである。とりわけ、生死や恋愛や戦争など、私たちが日常に経験する範囲を超えた現実を見せてくれることで、世界観や視野を一変させてくれる。異なる世界のあり方に思いを馳せるとか、純粋な気晴らしで楽しませるとか、そんな文学や芸術の効果は私たちを「真実」に関わらせてくれる。つまり、フィクションやノンフィクションを書き読むことで、私たちが生きる現実世界に「真実」という別次元が開かれるのである。

「フェイク」と呼ばれる現象は、様々な屈折、多彩さ、逆転といったやっかいな性格を帯びる。しかし、それが人々を惹きつける妖しい魅力は、道徳的非難で退けて済むものではない。フェイク現象が人間本性に根ざした言語の営みである以上、その関わりが解明されなければならない。「フェイク」という言葉を一つの悪い意味に固定して否定する一義的な扱いは、かえってその本質を見損なう。それはレッテルや批判の応酬に終始して、本当の危険を取り逃す恐れがあるからである。一義性に抗してフェイクの多様性や襞を丁寧に見分けるには、フェイク現象が一種のスペクトラムをなす様子を見るべきであろう。多彩なあり方を見極める目を養うのは、文学や哲学といった人文学の役割である。

フェイクはいけない、フェイクを追放する、フェイクを見分けなければならない。それは実際に必要なことではあるが、それだけで片付かない。むしろ、フェイクを批判することで自分がフェイクに陥ることもある。事実に基づいて実証的に判断していると思いながら、偏りや思い込みから逃れられないこともある。そんな場合、フェイクについて黒白つけて自分は潔白だという立場に立つことはかえって危険である。私たちもフェイクの海を泳いでいて、私自身もフェイクの一部だと自覚する視野が必要である。フェイクに向き合いつつその中で生きていくこと、それが「フェイク・スペクトラム」という試みである。こうして文学という営為から、「フェイクする存在」としての人間という現象と向き合い、その豊かさと可能性、さらに真の危険性を認識していきたい。

参考文献

笠原和俊［二〇二一］『フェイクニュースを科学する　拡散するデマ、陰謀論、プロパガンダの仕組み』（DOJIN文庫）
リー・マッキンタイア［二〇二〇］『ポストトゥルース』（大橋完太郎監訳、居村匠、大崎智史、西橋卓也訳、人文書院）
藤代裕之編著［二〇二一］『フェイクニュースの生態系』（青弓社）

第1部

現代とは異なるフェイク

序◆近代以前に何が見えていたか

納富信留

文学とはフィクションだと、現代の私たちは考えている。だが、それは歴史のある段階で明確になった形態であり、その理念を共有していない世界と時代があった。そこでは、語りや叙述に対して真実か否かの判断が加えられ、作品評価の基準となっていた。

古代ギリシアで教養の基本として権威をなっていたホメロスとヘシオドスの叙事詩に対して、プラトンは『ポリテイア』で厳しい批判を加えた。子供たちの教育にあたって、彼らの詩句のうち用いて構わないものと、けっして用いるべきでないものを峻別し、初等教育論を提示した。たとえば、神々が人間に対して災禍をもたらすことはない。なぜなら、神は最善の存在として善いことの原因ではあっても、悪いことの原因ではないからである。また、神は自ら変化して劣悪さを被ることはありえない。そして、神は嘘や虚偽を語ることはありえない。これらの倫理基準は、ゼウスやアテネやアポロンといった神々の言動が架空の楽しい物語ではなく、実際の神々のあり方の描写だという考えに拠る。それゆえ、多くの研究者は『ポリテイア』は「フィクション」概念を扱っていないと論じている。

ギリシア神話という私たちにとっては典型的なおとぎ話が、空想の翼を羽ばたかせた架空の世界の物語ではなく、この世界を統括する神々を信仰する「真実の語り」と扱われていた。このような基本的な見方の違いは、「フェイク」という概念にも影響する。プラトンがホメロスらに向ける「虚偽（プセウドス）」という批判は、真実から逸脱した創作だという意味だからである。

西洋においては、古代から近代初期まではジャンルの区別が明確ではなく、それゆえ現代とは違った「真理」の基準があった。古代人にとって『イリアス』の英雄アキレウスはけっして伝説上の存在ではなかった。東方遠征に出立したばかりのアレクサンドロス大王は、小アジア半島イリオンの地に上陸すると、「アキレウスの墓にたっぷり香油を注ぎ、慣例に従って裸で側近たちと一緒に競走し、花環を捧げた」(1)。シュリーマンが近代では狂信的とされたホメロス愛好でその地を掘り起こすまで、トロイア戦争は長らく空想の出来事と目されてきたのとは対照的である。そんなアレクサンドロスの言行も取り巻きのカリステネスらの脚色によって英雄化し、「アレクサンドロス・ロマンス」と呼ばれる伝説群を生み出す。今日ではフィクションとされる歴史的言説である。

古代や中世を近代から隔てる物の見方の違いは、そうした真実とフィクションの間の敷居の低さ、あるいは区別の曖昧さにある。それは、文学のジャンルが近代のように成立していなかったことに由来する。古い時代に生きた人たちは、文学の叙述を私たちとは異なる仕方で味わっていた。それが事実に照らして正しいか、証拠で確認できるかは問題にならない。真実は神のみぞ知るものであり、詩人であれ、作家であれその権威に依拠する限り真実を語る者だと信頼されたからである。そんな世界を未開だとか非科学的だと批判するのは正しくない。私たちとは異なる認識の秩序と構造があったからである。

現代の私たちはそれらを「虚構、フィクション」として捉えて真偽を問題にすることはない。だが、時代の境目である近世では、以前には十分に真実として通用していたもの、あるいはそれほど大きな疑いがかけられなかったものに疑いがかけられ、「偽作」や「フェイク」といった批判が生じている。視点を逆にすると、現代で当たり前に思っている「真実」と「フェイク」という区別も、時代と文化に特殊な見方に過ぎないことになる。私たちは自分の限界を反省し自覚しなければならない。中世から近世にかけての文学作品を論じた次の四つの章は、それぞれそういった異なる視点を私たちに与えてくれる。

(1) プルタルコス『アレクサンドロス伝』第一五章八。

松田隆美……MATSUDA Takami

【第1章】信憑性の戦略
——『ジョン・マンデヴィルの書』をめぐって

1——騎士ジョン・マンデヴィルの旅行記

一三五七年頃に著された『ジョン・マンデヴィルの書』(『マンデヴィルの旅』)は、十六世紀に至るまでもっとも人気を博した東方旅行記である。語り手は冒頭の序文で、自分の名はジョン・マンデヴィルで、イングランドのセント・オーバンズ出身の騎士であると自己紹介している。マンデヴィルは、イングランドを出立してエルサレムとその周辺の聖地を巡礼し、その後コンスタンティノープルから黒海を横断してアジアに入り、大ハーンの帝国を訪れ、その奥にある皇帝プレスター・ジョンの国まで旅をする。しかし、そのさらに東に位置する地上楽園には暗黒地帯に遮られて近づけなかったので、引き返して帰国し、一三五六年に本書を纏め上げたと述べる。

つまり『ジョン・マンデヴィルの書』は、それより数十年前に記されたマルコ・ポーロ（一二五四〜一三二四）とルスティケッロ・ダ・ピサの『世界の記』（『東方見聞録』）と同様に、大胆で好奇心あふれた知的な旅人による東アジアへの遠征記という体裁をとっている。『世界の記』が十三世紀のモンゴル帝国の西征とそれに続く交流を背景とするように、『ジョン・マンデヴィルの書』の執筆と人気も十四世紀前半の宗教政治状況と無関係ではない。十四世紀初めにフランシスコ会がカタイ（中国）に司教区を設け、一三五三年にはアヴィニョンの教皇庁から大ハーンに教皇特使が派遣されているが、その背後にはオリエントとの同盟への淡い期待があったと思われる。十四世紀後半に書かれたジェフリー・チョーサーの「騎士の従者の話」（『カンタベリー物語』所収）は、黒海北岸から中央アジアにかけての地域を支配していたキプチャク・ハン国（金帳）を舞台とするが、そこにも、イスラーム圏のさらに向こうのオリエントへの関心が反映されている。しかし、キプチャク・ハン国は十四世紀にはイスラーム化し、一三七〇年以降のティムール帝国とオスマン帝国の強大化の結果、協調の期待は打ち砕かれることとなるが、逆にそれだからこそ極東への興味は尽きなかったともいえるだろう。(1)

『ジョン・マンデヴィルの書』は、十五世紀の終わりまでにフランス語、ラテン語、英語、チェコ語、デンマーク語、ドイツ語、アイルランド語、スペイン語、イタリア語、オランダ語で流通しており、二五〇点以上の写本と数十の初期刊本で現存している。まさに中世後期のベストセラーと言ってよい。マンデヴィルが描きだした東方世界全体の地理は、コロンブスが西回りでのインドへの航海を画策するきっかけとなり、また、オルテリウス（一五二七〜一五九八）やメルカトル（一五一二〜一五九四）などの近代初期の地図製作者にも参考にされたとされる。新大陸への植民を推奨したイギリス人のリチャード・ハクルート（一五五三〜一六一六）は、十六世紀までの主要な航海記を一冊にまとめた『イギリス国民の主要な航行、航海、交易および発見』（一五八九年）を刊行したが、その中にも本書は収録されている。西ヨーロッパを周遊し、さらにインドへ旅して客死したトマス・コリャット(一五七七頃~一六一七)は、一六一一年に刊行された自身の旅行記のなかで、大旅行をしたマンデヴィルを「イギリスのオデュッセウス」と呼んで敬愛している。(2)

2——偽書である疑い

しかし、十九世紀になって『ジョン・マンデヴィルの書』の写本・本文研究が本格化すると、大冒険旅行家マンデヴィルという神話は崩壊する。この旅行記が真作ではなく、先行作品を引き写した箇所がある可能性についてはハクルートもすでに認識していたようだが、(3)一八二〇年に、ポルデノーネのオドリコの『東方地誌』(一三三〇年頃)と比較して、そのことを客観的に示す研究が発表された。(4)さらに内容を精査すると、本書は、『東方地誌』以外にも、ボルデンゼレのヴィルヘルムの『海外諸地域ついて』(一三三六年)やヴァンサン・ド・ボーヴェが編纂した大百科事典『歴史の鏡』(一二四四年頃)など、複数のラテン語の著作を典拠としていることが明白となった。とくにボルデンゼレのヴィルヘルムとポルデノーネのオドリコの著作は当時最新の東方紀行で、丁度ヴィルヘルムの聖地に関する記述が終わるあたりからオドリコの記述が始まるので、この二作をつなぎ合わせることで、聖地から極東まで旅するひとつの旅行記が出来上がるのである。(5)

加えて、イングランドのセント・オーバンズ出身の騎士という作者の自画像にも疑いの目が向けられるようになった。今日では、本書は、フランス人の聖職者によってフランス語で著されたと考えられている。作者はイギリス人でも騎士でもなく、ジョン・マンデヴィルはフィクショナルなペルソナに過ぎない。そして作者は、それが誰

図1　樹になる羊
（*Reysen und wanderschafften durch das Gelobte Land*, Augsburg: Anton Sorg, 1481, Wikimedia Commons）

であれ、遠くアジアまで旅するかわりに、種本を求めて図書室に足蹴しく通っていた可能性が高いのである。そういう訳で、十九世紀後半には、ジョン・マンデヴィルは嘘つきの代名詞で、その旅行記は中世を代表するフェイクという烙印を押されることとなった(6)。

現代的に考えるならば、そこには経歴詐称と剽窃という二重のフェイクが存在することになる。フェイクニュースの生成を社会的見地から論じた研究が、『ジョン・マンデヴィルの書』に登場する「樹になる羊」（図1）の例で始まっているのは、今日の本書に対する一般認識を代表していると言えよう(7)。一方で、ジャーナリストのジャイルズ・ミルトンは、ジョン・マンデヴィルは実在の人物で、その旅の少なくとも一部は事実であることを検証するルポルタージュを著して耳目を集めたが、それは言い換えると、地に落ちていたマンデヴィルの評価を回復しようとする試みに他ならない(8)。

3——中世文学におけるフェイクとは何か

一方で『ジョン・マンデヴィルの書』をひとつの文学作品ととらえるならば、評価は変わってくる。「紀行ロマンス」という呼称を与えてロマンスの変種とみなしたり、あるいは既存の旅行記や百科事典的著作を材源とした知的な「剽窃のパッチワーク」という見解も示された。(9) フェイクとしての断罪もフィクションとして救済する試みも、等しく同じ近代的前提に基づいている。それは、紀行文学とは作者自らの旅の経験を下敷きとしたナラティブ、つまりノン・フィクションであるという認識に他ならない。しかし、中世の紀行文学において重視されるのは、それが実体験に基づいているか否かよりも、情報そのものの信憑性である。

また、『ジョン・マンデヴィルの書』と典拠作品との関わりについても、単純に剽窃と断じることは出来ない。この点についても中世は近代以降とは異なる認識を持つ。中世においては、他の作家が著した文章や内容を断りなく引用、参照すること自体が即座に問題視されたわけではない。(10) 借用が剽窃と断じられるのは、カラザーズが指摘したように、模倣や借用に値する権威あるテクストを、引用先の新たなコンテクストに十分に落とし込むことなく、そのまま繰り返す怠慢な行為に対してである。(11) 言い換えると、フェイクは、行為そのものよりも行為者の意図の問題といえるが、この点は、十一世紀から十二世紀にかけてアベラールやアンセルムスによって展開された、罪と罰の相関性をめぐる認識の変化と重なるといえるだろう。罪の軽重は行為そのものと固定的に結びついているのではなく、罪が犯された状況によって異なるので、問題視されるべきは、罪と知りつつ実行する（あるいは心中にそのままに放置する）意志である。中世におけるフェイクは、根本的に意志をめぐる倫理的課題なのである。

『ジョン・マンデヴィルの書』においても、焦点となるのは、マンデヴィルが描いた世界がまったくのフィクションであったことでも、マンデヴィル自体が架空のペルソナであったことでもなく、むしろ、語り手の側に、読者をペテンにかけるような作為が読み取れるかどうかである。それは言い換えると、我々の手元にあるテクスト本文の信憑性の問題であり、後述するように複数のヴァージョンや翻訳が残されている本書の場合は、それは複雑な様相を呈することになる。

4――『ジョン・マンデヴィルの書』のムヴァンス

中世文学においては、近代以降の文学と比べて作者の意図を知ることは難しく、また、そもそも作者側に単一の意図が存在すること自体を前提とはできない。その理由は、作者がしばしば不詳で創作をめぐる外的証拠が乏しいからではなく、むしろ「ムヴァンス（mouvance）」（ゆらぎ、流動性）と称される中世文学固有の特徴による。(12) 写本の転写が繰り返されることで伝播する中世文学においては、写字生の介入や注文主の意向がしばしば具体的なかたちで写本に残される。写字生は、誤字と思われる箇所を修正し、ときに欄外に注を追加するだけでなく、プロの読み手として、しばしば自ら序文を作成し、本文そのものを部分的に改変することで、作品の性質や機能に明確な輪郭を与えようとする。そうした改変は、ときには本文への注釈や訂正の域を超えた一種の二次創作として、近代的に言うならば原著者の領域を侵犯して、本文に対して新たな機能を与えることとなる。そうした編集作業の程度や性質は写本毎に異なっている。

『ジョン・マンデヴィルの書』は、最初フランス語（おそらくは大陸のフランス語ではなくイングランド方言のアングロ・

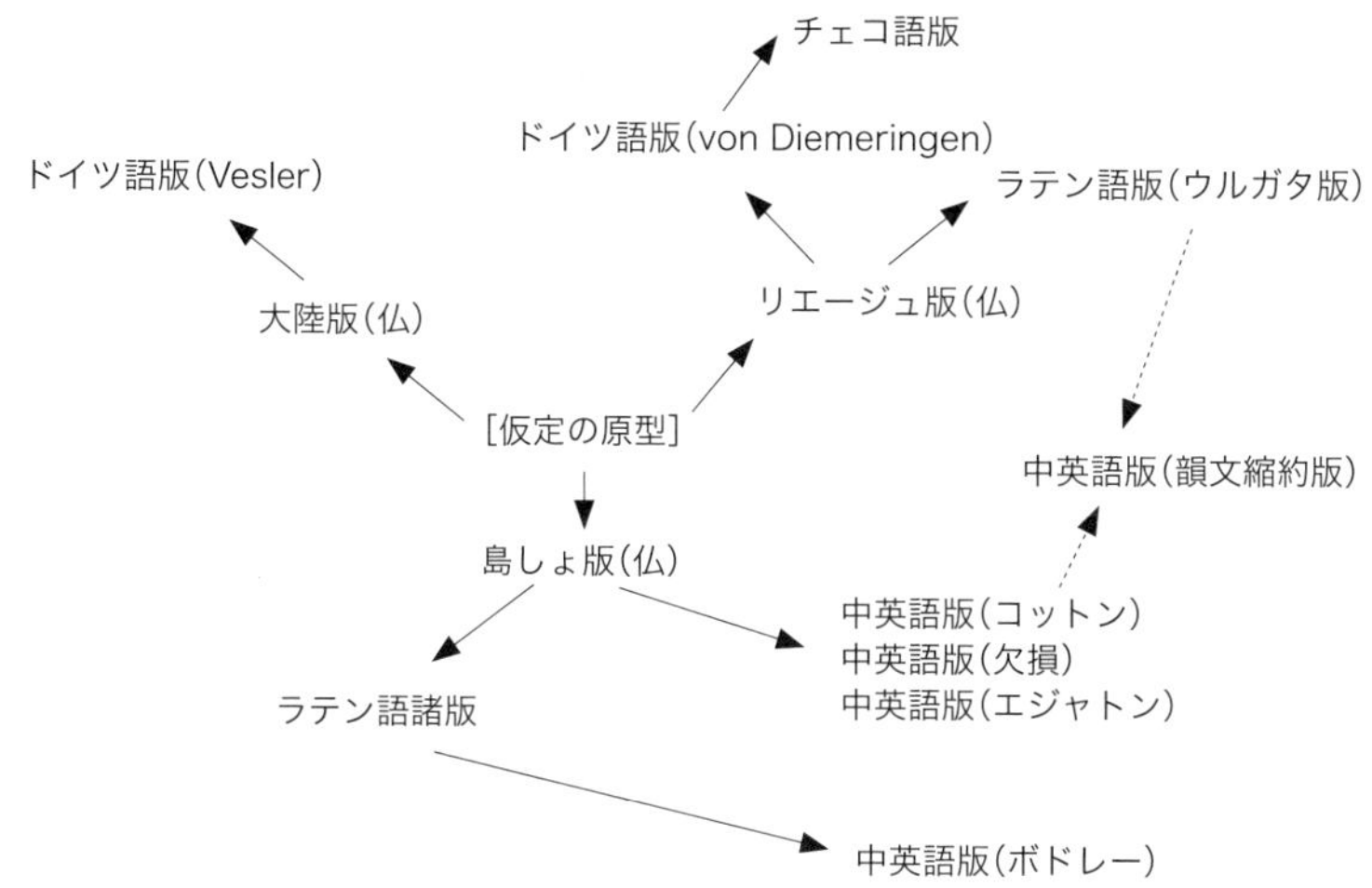

図2　『ジョン・マンデヴィルの書』の伝播

ノルマン語）で記されたと思われるが[13]、写本間の本文の異同が多く、「ムヴァンス」が顕著な作品である。六十余点のフランス語写本は、本文の特徴によって大陸版、島しょ版、リエージュ版の三系統に分類される。中英語訳は四十余点の写本で現存し、大半がフランス語の島しょ版からの翻訳だが、性格の異なる四つの散文訳（コットン版、欠損版、エジャトン版、ボドレー版）が存在するのみならず、韻文による縮約版も作られた。ラテン語訳にも五つのヴァージョンがあり、なかでもリエージュ版に基づいたウルガタ版がもっとも数が多い（四十一写本）。ドイツ語訳も十四世紀末に二つのヴァージョンが作られていて、それぞれ四十以上の写本で現存している（図2）[14]。他の言語についての詳細は省くが、これら諸ヴァージョン間の影響関係は相当に複雑で、語句レベルの異同に加えて、エピソードの意図的な削除や追加、入れ替えが認められる。おそらくフランス語の大陸版がもっとも原著者のオリジナルに近いと考えられているが、現存しない原型へと遡ることは不可能である。

それゆえ『ジョン・マンデヴィルの書』に関する限り、権威ある唯一の原型の再生を試みるよりも、作者と読者との境界線があいまいな状況のもとで、複数のヴァージョンがムヴァンス、ゆらぎを露呈しつつ同価値で並び立つ、ひとつの作品群ととらえることが現実的である。写字生も写本の編纂に関与した可能性を無視できない状況では、作為の有無を作者の意図と単純に結びつけることは難しい。実際、本文から読み取れる執筆意図や作品に対するジャンル意識もヴァージョン毎に異なっていて、その違いは旅行記本体よりも、パラテクスト的な機能を果たす序文や結びの部分から読み取れる。本章では、序文で展開される語り手の自画像と結びにおける真実性の保証という点に注目して、『ジョン・マンデヴィルの書』が、旅行記というジャンル自体が変化しつつあった時期において、いかにフィクションと現実の狭間に自らを位置づけているかを明らかにしたい。諸ヴァージョンを比較することで、『ジョン・マンデヴィルの書』がフェイク・スペクトラムの上でいかに揺らいでいるかを具体的に検討することができる。

5――中世的序文の特徴

修辞学全盛の中世においては、本文に先立つ序文の書き方にもモデルが存在していた。古典作家の作品を新たに刊行する際に編者が付す序文の形式は、十二、十三世紀の神学者やラテン語著述家によって体系化されており、それは『ジョン・マンデヴィルの書』における編纂者の意図を考える上でも役に立つ。序文では、対象とする原典が、新たに編纂したり、註解を付したり、パラフレーズしたりする価値がある「権威ある著作」であることを示す目的で、原著者の名前から始めて、原著者の意図、作品の主題、教訓へ行き着くための著述法、作品の構成、究極的有用性などが詳らかにされる。さらに十三世紀になると、アリストテレス研究の成果として「アリストテレス的序文」が登場する。これは、『自然学』で展開されている四原因説に倣って、作品の作用因、資料因、形相因、目的因を記すものである。作用因と資料因はそれぞれ、作品にかたちを与えた著者と作品の材源（題材や種本）を指す。形相因は書き手が素材の上に置くパターン、つまり書き手が用いる論法や文体、そしてその結果出来上がった作品の構造である。目的因は作品の存在理由、具体的には、書き手は作品によっていかなる善を成す意図があるのか、キリスト教的真理のためにいかに貢献するかで、作品が担う教訓的機能ということになる。(15)

序文の内容は、書き手と作品との関係によっても異なる。神学者のボナヴェントゥラ（一二二一～一二七四）の定義によると、著述に携わる人間には四種類ある。

他人の言葉を、何も変えたり付け加えることなく書き記す者は、単純明快に写字者（scriptor）と呼ばれる。他人の言葉を、自分の言葉を何ら加えることなく一つに纏める人物は編纂者（compilator）である。他人の言葉と自分の言葉を書き記すが、他人の言葉が主要部分を構成し、自分の言葉は議論を明確にするための付記である場合は、注釈者（commentator）であって著者ではない。他人の言葉と自分の言葉を書き記すが、自分の言葉が主要部分を形成し、他者の言葉は単に補強として付記されている場合、そうした人物は著者（auctor）とよばれるべきである。(16)

中世においては一般的に、著者（英語のオーサー）という呼称は、後世の作家にとって「権威」（オーソリティ）となる著述をなした人物を指して用いられ、新約聖書の「書簡」の著者であるパウロ、ラテン語訳聖書（ウルガタ聖書）を完成させたヒエロニムス、アウグスティヌスに代表される「教父」と呼ばれる初期キリスト教会の神学者たち、さらに古典作家のウェルギリウス等の限られた著述家のみがその名に相応しいと考えられた。それ以降の「現代の」書き手たちは、関与の程度に応じて他の三種類のいずれかになる。『ジョン・マンデヴィルの書』においても、この四分類を下敷きとして、作者と写本の制作者の関係はヴァージョン毎に異なっている。

6——「騎士ジョン・マンデヴィル」というペルソナ

フランス語大陸版の序文では、「海のかなたの」（地中海の向こうの）約束の地エルサレムの奪還が、キリスト教徒たちの内戦のせいで実現されていないという嘆きに続いて、語り手は次のように自己紹介をする。

海外への十字軍も絶えて久しいが、聖地のことを聞くのが楽しみで、それに慰めを見いだす人がいる。不肖、私、騎士ジョン・マンデヴィルは、イングランドのセント・オールバンズの町に生まれ育ち、一三二二年の聖ミカエル祭の日に船出し、それ以来長い間海上にあって、常に多くの国々やさまざまな地方、領地や島々を見てまわり、トルコ、大・小アルメニア、タタール、ペルシャ、シリア、アラビア、上・下エジプト、リビア、カルデア、エチオピアの大部分、アマゾニア、大・中・小インドの一部とインドをとりまく多くの島々——そこではそれぞれの掟や慣習に従ってさまざまな人間が暮らしている——を旅したのである。そうした土地や島々については、それについて語るべきときに、私が思い出せるままにより詳しく語り、そこでのいくつかの事柄について説明する。特に崇高なる都エルサレムとその周囲の聖地を訪れる意志と願望をもっている人々のために、どの道筋を辿ればよいかを語り示そうと思う。なぜなら私は幾度も、神のご加護あって、立派な仲間とともにそこを馬で旅したからである。

そしてご理解いただきたいが、私はこの小書をより簡潔にラテン語で著すべきであったが、ラテン語よりもフランス語が堪能な方が多いので、誰もがわかるようにフランス語で記した。ラテン語を全くあるいは僅かしか解さないが海外へ旅したことのある貴族や騎士やその他の身分高き人々が、私が真実を語っているか否か、私が記憶のせいで、あるいは他の理由で語り間違えていないかどうか、そのことがわかって指摘し、正してくれるようにと。なぜなら、目にしてから久しい遠い過去の事柄は忘れ去られるし、人間の記憶は全てを覚えていて理解することはできないのだから。(17)

ここでは、誰がいかなる目的で書いたのか――アリストテレス的序文における作用因と目的因――がまず明示され、さらに後半では執筆の言語について弁明することで、形相因が説明されている。語り手は自分が旅した地域を列挙して、これらの地について記すと述べるが、そのことは必ずしも、自分の訪問について記すという意味ではない。記述の第一の目的(目的因)はエルサレムへ行くには「どの道筋を辿ればよいかを語り示す」ことであり、自分の旅の見聞については、「思い出せるままにより詳しく語り、そこでのいくつかの事柄について説明する」にとどまる。旅と叙述を切り離して考える必要があり、旅は執筆の動機ではあっても、それ自体が作品の目的因でも資料因でもない。

また、中世文学においては、一人称の語り手が著者その人ではなく、架空のペルソナであることは珍しくない。なかでも騎士は、騎士道ロマンスに限らず、広くナラティヴ文学におけるペルソナの代表格で、さまざまな驚異を体験する。妖精と恋におち、ドラゴンや巨人と戦うだけでなく、煉獄や地獄、地上楽園といった死後の世界へも積極的に出かけてゆく。死後世界の探訪譚は、古代末期から十五世紀末に至るまで途切れることなく書き続けられた、中世を代表するナラティブ・ジャンルである。その代表作のひとつ、『聖パトリキウスの煉獄譚』（一一八〇〜一一八四年頃）では、オウェインという名の騎士が、信仰心のみを「敬虔なガイドとし」て「新奇で類いまれな騎士の業をおこなわんとして」、アイルランドの辺境にある、煉獄の入口とされる縦坑に下りてゆき、煉獄と地上楽園を巡って無事に帰還する。(18) また、十四世紀末には、カタルーニャの騎士ラモン・デ・ペレヨス（一三五〇〜一四二四以降）が同じく「聖パトリキウスの煉獄」を訪問し、自らその記録をカタルーニャ語で残している。語り手が自己紹介をして旅の目的を告げるその冒頭部分は、『ジョン・マンデヴィルの書』の序文に似ている。

一三九八年の九月の聖母マリアの祝日の午後に、教皇ベネディクトゥス十三世の祝福を賜り、神のご加護によりペレヨスとロダの子爵の地位にありセレの領主でもある私ラモンは、聖パトリキウスの煉獄を目指してアヴィニョンの街を出立した。誰もが奇異で驚異な出来事を知りたいと望むし、当然ながら、そうしたことは伝聞よりも自分の目で見る方が喜ばしい。（中略）私は、この世界に存在する驚異的でさまざまな変わった事柄について知ることに熱心で、それらを他の騎士たちから単に聞かされるよりも、実際に見てみようと心に決めていた。すぐに私は、この世界で冒険を求めて、この地上の全てのキリスト教国、異教徒やサラセン人の国、さらにその他の民族のもとを出来る限り旅したのである。私は、人々の口に上った奇異で驚くべき事柄の大半を、陸でも海でも自分の目で見たので、それらについて証言することも出来る。私は多くの危険と困難を乗り越え、損失をこうむり、キリスト教徒にもサラセン人にも捕まって投獄された。これらのことについては、私が語りたいこととの関連で必要が生じない限り語るつもりはない。私はただ聖パトリックの煉獄への旅を語りたいだけで、それについては四つの点から語ろうと思う。まず、なぜ聖パトリキウスが煉獄を定めたかである。次に、それはどこにあるか、第三に、なぜ私はそこを訪れることにしたか、そして最後に、私がそこで目にしたことのうち、詳らかにしてもよく、そうすべき事柄について語る。なぜならば、明らかにすると私やそれを耳にした者たちに甚大な危害をもたらす事柄もあり、そうすることは賢明ではなく、主も喜ばれないからである。(19)

語り手が自分の名前と身分、旅に出立した日時を具体的に示し、それまでの海外歴を披瀝するスタイルは『ジョン・マンデヴィルの書』の序文と共通していて、作用因と目的因をまず語るアリストテレス的序文の一例である。ラモンは実際に旅をしたと考えられているが、しかし旅の経験をそのまま語るわけではない。むしろ自分自身の経験を過信することなく聖パトリキウスの煉獄について語ると述べて、マンデヴィルと同様に、自分の旅から意図的に距離を置いている。この後に続く聖パトリキウスの煉獄に関する記述は、実際には上述の『聖パトリキウスの煉獄譚』に準ずる内容だが、そのことが即座にラモンの訪問記を剽窃と断じる理由にならないことは既に述べたとおりである。ラモンの序文は何よりも、遍歴の騎士である自分が、こうした驚異のナラティブの語り手を演じる資格があることを示している。同じく『ジョン・マンデヴィルの書』も、ナラティブ文学の騎士像を意識しつつ、驚異的要素を含むナラティブを語るに相応しいペルソナを形成しようとしており、そのことは中世の読者には明らかだったといえる。

7――聖地巡礼案内としての『ジョン・マンデヴィルの書』

フランス語の大陸版はエルサレムへの道筋を示すことを目的因としているが、同様の主張は他のヴァージョンにも見られる。十字軍騎士と巡礼は、中世後期に聖地を訪問する場合の現実的な選択肢であった。ウルガタ版（ラテン語）の序文では、両者を合体したペルソナを形成することで、本書の第一の機能が聖地巡礼案内であることがより明確に示される。

私は、若いときに、彼の地［聖地］をその相続人のもとに取り戻す欲求に突き動かされたので、——もっとも私は、自分の力によっても兵士たちの力を借りてもそれを果たすことはできなかったが——、巡礼として彼の地をしばらく訪れて、近くから幾ばくかの敬意を払うものである。ゆえに私は一三二二年にマルセイユから船出して、今日まで三十三年間海上にあった。私は巡礼として、多くの異なる国々や地域や島々を旅して回った。（中略）しかしながら、私はもっとも強い欲求とともに「約束の地」にいたので、神の子の痕跡が残されている場所をつぶさに見ようと、彼の地により長く留まったのだった。ゆえに、本書の第一部では、私はイングランドから彼の地への巡礼路を、海路も陸路も記述し、また彼の地の有名な聖所について簡潔にしかし丁寧に思い起こすこととする。その記述が、巡礼者にとって、旅の途上も到着後も、何らかのかたちで役に立つように。(20)

また、別な系統のラテン語版では、聖地奪還への言及がなく、簡潔な自己紹介に続いてすぐに聖地巡礼ルートの説明が始まるため、語り手の実体験と記述内容の結びつきはさらに希薄で、『ジョン・マンデヴィルの書』は端的に聖地巡礼案内として読者に提示されている。(21)

8——驚異の書としての『ジョン・マンデヴィルの書』

一方で、本書を中世的な驚異の書、好奇心に触発された見聞録とみなすヴァージョンも存在している。(図3、4)十五世紀に制作された英語の韻文要約版は、神への短い祈りに続いて次のように始まる。

さあ、親愛なる旦那様方、奥方様方、驚異についてお聴きになりたいのならば、少しお時間をいただければ、大いなる驚異についてお話しします。昔イングランドに一人の騎士がいて、屈強で勇敢な男でした。誉れ高き男で、サー・ジョン・マンデヴィルという名でした。先祖代々セント・オールバンズの生まれで、――お聞きください――親類もイングランドに沢山いました。立派な戦士で、この後にお聴きいただくように、海の彼方の多くの国々へと旅しました。というのも、たっぷり三十四年間もこの地を離れて、世界の驚異を目にせんと旅したのです。そして見たことを全て記録し、本に書き記したのです。また、人から聞いたことも全て本に記しました。しかし、その本には語る必要の無いことも多く、物語や歌でよく耳にするので、その必要もありません。こんないい話は他にありませんが、それでも長くなりすぎて、聴くのに疲れて嫌になってしまうでしょう。ですから、その本から、彼が目にした驚異全てと他の幾つかの事柄に関する箇所を抜き出して、この小書にまとめました。キリスト暦一三二二年の聖ミカエル祭の日に、この立派な騎士はこの地を出立しました。ケント州の町ドーバーからこの騎士は船に乗ったのです。(22)

図4　『ジョン・マンデヴィルの書』の驚異——プレスター・ジョンの国
©British Library Board（MS Harley 3954, f.64）

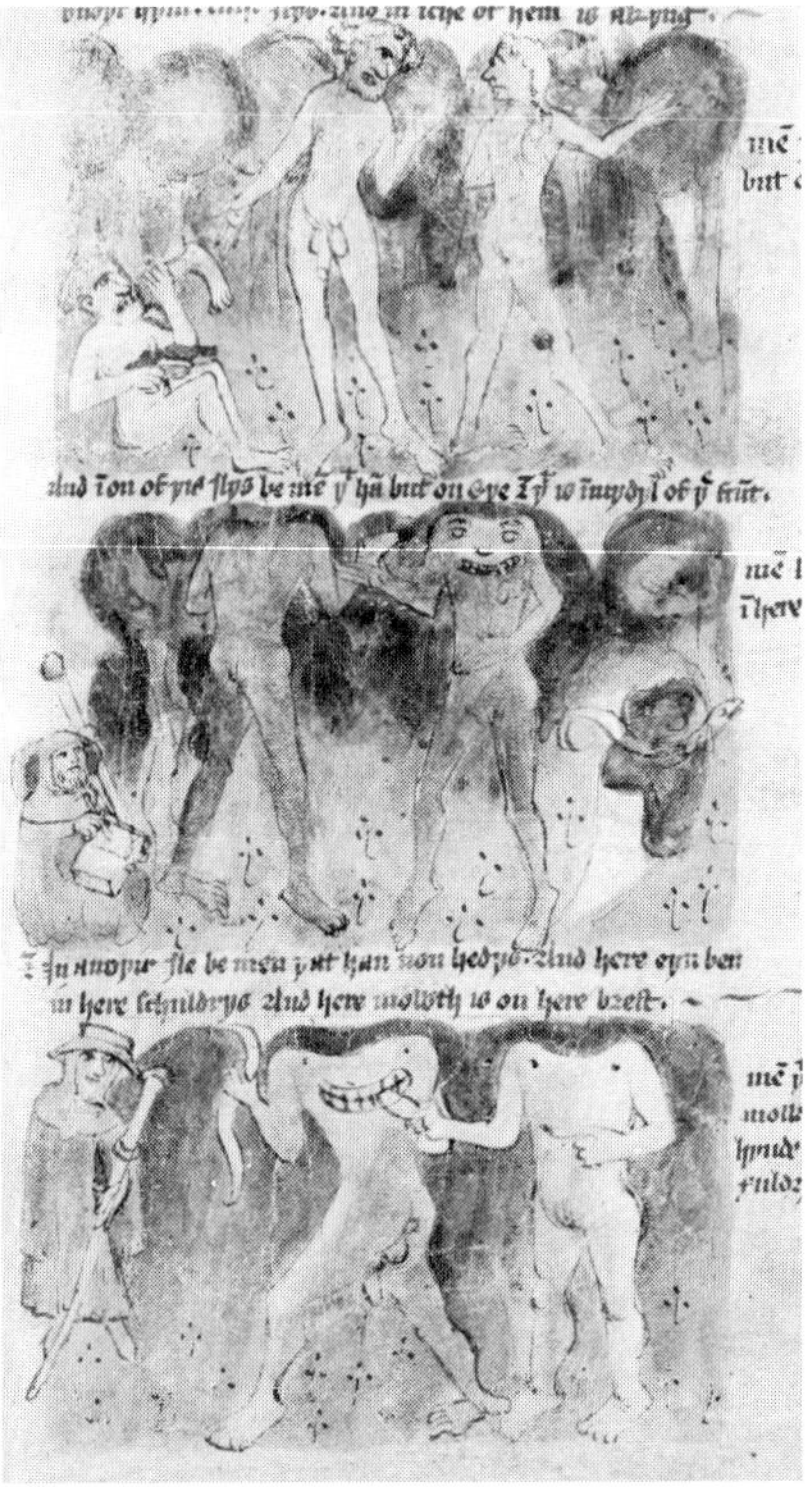

図3　『ジョン・マンデヴィルの書』の驚異——首のないブレミアエ
©British Library Board（MS Harley 3954, f.42）

本書は、マンデヴィル（＝作用因）が自分の見聞を全て書き記した本（＝資料因）を、驚異を伝える目的で（＝目的因）で要約した（＝形相因）ものであると述べることで、四原因にまんべんなく触れている。さらに語り手は、マンデヴィル自身が残した記録は長すぎるし、また他で読める箇所も多いので、短く編集し直したと述べるが、実際、他のヴァージョンと比べると、地理学的解説はほとんど削除されて奇跡や驚異の記述に終始している。この韻文ヴァージョンは、ある種の二次創作とみなすことができる。『ジョン・マンデヴィルの書』の原典は再話や編纂に値する「権威」あるテクストの地位に格上げされ、語り手は、マンデヴィルという「著者」に対する編纂者として自らを位置づけている。また、吟遊詩人が目の前にいる聴衆に語りかけるシチュエーションを想定する始まりは韻文ロマンスの典型で、さらに、マンデヴィルが半ば伝説的な大旅行家としてキャラクター化されることで、作品のジャンル的前提はロマンスのそれへと変容している。一方で、その内容は単純明快に大探検旅行家の土産話になっているが、ジャンルが大きくフィクションへとシフトしているお陰で、作為的なフェイクか否かの問題は生じないのである。

以上の十五世紀のヴァージョンからは、『ジョン・マンデヴィルの書』がジャンルとして、聖地巡礼案内と驚異譚の間でゆらいでいる状況がみえる。そうしたゆらぎは、程度の差こそあれ、全てのヴァージョンに内在する共通点といえる。そのことは、上述のラテン語版が巡礼案内であることを序文で明言しているにもかかわらず、写本には「世界の驚異をめぐるジョン・マンデヴィルの旅」という驚異譚を想起させるような標題が付されているという事実にも表れている。(23) ジャンルのゆらぎに応じて、目的因も形相因も変化しているのである。

作用因がセント・オーバンズ出身の騎士ジョン・マンデヴィルであることは一貫して変わらないが、その自画像が与える印象もヴァージョンによって異なり、その点はいくつかの写本に見られる挿絵にも反映されている。

図5　巡礼姿のマンデヴィル
©British Library Board（MS Harley 3954, f.2）

図6　巡礼姿のマンデヴィル
Spencer Collection, The New York Public Library（MS 37, f.1v）

図7　執筆中のマンデヴィル
©British Library Board（MS Add. 24189, f.4）

『ジョン・マンデヴィルの書』には、そのエキゾチックな内容ゆえに挿絵入りの写本が比較的多い。十五世紀後半に制作された中英語版の写本には九十九点もの挿絵が含まれ、マンデヴィルは旅する巡礼姿で描かれている[24]（図5）。十五世紀後半のドイツ語版写本でも、ホタテ貝の図柄の巡礼バッチをつけた、巡礼姿のマンデヴィル像が扉絵として挿入されていて（図6）、旅の実体験が前面に押し出されている。その一方で、見事な細密画で飾られた十五世紀前半のチェコ語訳の写本では、マンデヴィルは書斎で執筆する老学者のような姿で描かれ、むしろ著述活動に権威を与える意図が感じられる（図7）。[25]

9――語り手は信頼に値するか――結びのしかけ

チェコ語版のマンデヴィル像は、情報の信憑性は著述がもつ権威に左右されることを示しており、この点は紀行文学に共通する関心事である。たとえば、マルコ・ポーロの見聞を『世界の記』として編纂したルスティケロ・ダ・ピサは、次にように記述の真実性を主張する。

これは、ヴェネツィアの賢く高貴な市民マルコ・ポーロ殿が、実際に自分で目にしたことを語ったものである。もっとも、中には自分で目にしなかったことも含まれているが、その場合でもマルコ殿は確かな人物から真実として耳にしたのである。そこで私たちは、私たちのこの書物を嘘いつわりの混じらぬ正しい書物とするため、見たことは見たことと、また聞いたことは聞いたこととして記すことにしようと思う。だからこの書物に耳を傾ける方や、またみずからお読みになる方は、すべてが真実であるのだから、どうかこの書物のことを信じていただきたい。というのも、皆さまにお断りしておくが、主なる神が私たちの最初の祖先アダムをお造りになって以来、どのような時代にも、このマルコ・ポーロ殿ほどに世界のさまざまな地域とその大いなる驚異を知った人間はいなかったからである。[26]

マルコ・ポーロは実在の人物で自ら旅をしたが、ここで強調されているのはその点ではなく、語り手としての信頼性である。マンデヴィルも同じように、「そう伝え聞いている」、「私には確認できなかった」といった留保を効果的にはさむことで語り手の誠意をさりげなく示して、記述の信憑性を高めることに成功している。しかし同時に、実際には旅をしていないマンデヴィルは、内容の真実性を担保するもう一つのしかけを用意している。『ジョン・マンデヴィルの書』では大半のヴァージョンで、巻末に短い結びが存在する。その目的はいずれも記述の信憑性を担保することにあるが、内容については序文以上に違いが認められる。いくつかの中英語版には、帰路にマンデヴィルがローマの教皇庁を訪れるというエピソードが独自に挿入されている。十五世紀初期のコットン版では以下の通りである。

帰路、私はローマに立ち寄り、我らが聖父、教皇に我が人生を披瀝して、数も多く種類も様々な良心の汚点について赦免していただいた。私のように、さまざまな宗派や信仰をもつ多様な種族のあいだで暮らした者には必須なのである。そのときに私はこの報告をお目にかけた。それは、神のお恵みにより私自身が見聞した驚異や風習について記し、また、私自身が見ていない事柄については知っている人々から得た情報に従って記したものである。そして、聖下に、博識で賢明なる枢機卿会の見解によって我が書が審査、訂正されることをお願いした。我らが聖父は、特別な恩寵により、その委員会によって我が書が審査され証明されるように計らってくださり、それにより我が書は真実であると証明された。そして審査に使われた書物を見せていただいたが、それには百倍もの事柄が記されていて、後になって、この書に基づいて「世界地図」（マッパ・ムンディ）も制作されたのである。多くの人々は、著者だろうと誰だろうと、その人がいかに誠実であっても、自分の目で見る事柄しか信用したがらないものだが、上述したようなかたちとやり方で聖父により確認され証明されたのである。

そして不肖、私、騎士ジョン・マンデヴィルは、一三二二年に我が国を出立して船出し、多くの土地、島々、国々を旅し、あまたの珍しい場所を巡り、多くの立派な人々と交わり、私自身は力不足で加わりはしなかったが、多くの勇壮な戦いの場にも居合わせた。そして今や私は（神もご存じだが）我が意に反して、私を悩ます痛風のせいで活動を終えることを余儀なくされ、休養すべく帰国している。そして、この哀れな休養を、過ぎ去った時を記録することで慰めんとして、私の心に去来するがままにそれを行って、私が祖国を旅だってから三十四年目にあたる一三五六年にこの本に書き上げた。(27)

教会大分裂により教皇庁は一三七八年までアヴィニョンにあったので、ローマで教皇に謁見したという記述は歴史的には正確とは言えないが、教皇という権威によって真実性を担保しようとする意図は明らかである。

こうした権威付け自体は珍しくはないが、ここで語り手は、自分が記したことは逐一、教皇庁図書館所蔵の権威ある書物と一致することが確認されたと述べて、記述の真実性を主張する。その書物が何であれ、『ジョン・マンデヴィルの書』自体がそれを種本として書かれた可能性が否定できないので、記述の一致はマンデヴィルが自ら旅をしたことの証明にはならないが、ここで問題とされているのはその点ではなく、あくまで記述の真実性である。真実性は、記述が教皇庁にある書物と一致しただけでなく、その書物が有名なマッパ・ムンディの種本に用いられたほどに権威ある一冊であったことで、二重に担保されている。語り手は、自ら大旅行をしてきたことを証明したいのではなく、自分が誤りの無い地誌を完成させた信頼できる編纂者（compilator）であることを、書物の権威を借りて間接的に宣言しているのである。

同様の記述は、エジャトン版として知られる中英語訳にもあるが、注目に値する相違点がある。

そして、多くの人々は自分の目で見るか、生まれ持った知性で思い描けることしか信じようとしないので、私は帰路ローマに行って、我が書を聖父教皇にお目にかけた。そして私は聖下にさまざまな国で目にした驚異のことを語ったので、聖下と賢明なる枢機卿会は、ローマにいるさまざまな人々とともにそれを審査することを欲した。なぜなら、いつもローマには世界中の国の人々が住んでいるからである。そして聖下と枢機卿会が我が書をくまなく審査してまもなく、聖下は書かれていることは確かに残らず真実だと言われた。というのも、聖下は、それら全てのこととさらにそれ以上のことが記されていて、マッパ・ムンディがそれに基づいて作られた、あるラテン語の書物をお持ちで、見せてくださったのである。そうして我らが聖父が、私の書物を全ての点において承認し証明してくださったのである。(28)

前述のコットン版ではマンデヴィルは教皇から罪の赦免を受けるが、エジャトン版ではその記述は無い。旅の記録を披露することが教皇庁訪問の唯一の目的で、その理由は教皇庁には万巻の書とともに世界中の人々が集まっているからである。審査に使われた書物の権威を強調する点は変わらないが、世界各地からの旅人達にも審査されることで、マンデヴィルの記述内容は書き記された権威と同時代の目の両方で証明されたこととなる。(29)教皇庁訪問のエピソードは、十五世紀にイングランドで制作されたラテン語写本一点にも見いだされるが、そこではまた違ったかたちで真実性が強調されている。エジャトン版とほぼ同じ記述に続いて、教皇に謁見した様子が対話で再現され、教皇による権威付けに臨場感と信憑性を与えている。

(聖下は) 愛想良くその本を手に取ると、丁寧に慎重に調べられた。ある日、親しく言葉を交わすために、使用人を通じて、私を聖ペトロ宮のなかの自室にお呼びになった。私が到着して、床にひれ伏して謙虚に敬意を示すと、二人の枢機卿がいる前で、私に次のような言葉をかけられた。「そなたの名は何という?」私は「ジョンと申します」と答えた。するとこう仰った。「そなたの本を調べ、もっと多くの不思議なことが記された別の書物と比べてみた[30]」。

他のヴァージョンでは審査に用いられた書物は特定されていないが、ここではイングランドの年代記作家ラヌルフ・ヒグデン(一二八〇頃〜一三六四)が著した『ポリクロニコン(万国史)』であると明示されている。『ポリクロニコン』は中世後期のイングランドではもっとも権威のあった歴史書で、中英語訳も制作されて、写本およびインキュナブラで広く流通していた。続いてマンデヴィルは、『ポリクロニコン』の記述に基づいて制作された「ある球体の器具」を見せられるが、「それは、絵や図のかたちでほとんど全ての国や種族が描かれている、『世界の球』と呼ばれる驚くべきもの」と形容される。平面的な「マッパ・ムンディ」ではなく、立体の地球儀のような器具と比較されることで、世界の果てを記述するとともに世界一周の可能性にも触れた本書の信憑性はさらに増している(図8)。

また、中英語の欠損版に属する十五世紀の写本には、教皇による権威付けの例を全く違ったかたちで見ることができる。本書の最後に、「そして我らが聖父は、この書を揺らぐことない信仰心をもって、読んだり書き写した

図8　マルティン・ベハイム作の最古の地球儀（1492年）（Wikimedia Commons）

り、読み聞かされる者に、誰であれ、百日間の贖宥と高き神の祝福を授けられた」と、おそらくこの写本の写字生によって加筆されている。(31) 贖宥を約束するこうした章句は、十五、十六世紀の時禱書において祈祷文に付随するかたちで頻繁に認められる。ここでは、『ジョン・マンデヴィルの書』がもつ聖地巡礼案内としての一面を強調するとともに、本書を読む行為が、天国を目指す人生の巡礼にも益するものとして教皇によって証明されている。本書の最終的な機能（目的因）はまさに魂の救済なのである。

以上のように、教皇庁訪問のエピソードの記述にはヴァージョンによって興味深い差異があるが、それが担保するものはあくまで情報の正確さであって、マンデヴィル自身の経験ではない。語り手は自分が広く旅したことを明言してはいるが、それがナラティヴ上の脚色であったとしても記述の信憑性も正確さも揺らぐことはないのである。中世的には、記述の真実性が神の代理人たる教皇によって究極的に証明されている以上、本書は万が一にもフェイクではあり得ないというわけである。

10――もうひとつの演出――大旅行家の回顧録

その一方で、旅が語り手の実体験であることを立証することで記述の信憑性を担保しようとする、より「近代的な」意識に裏打ちされたヴァージョンも存在している。リエージュ版として知られるフランス語版の結びでは、執筆の経緯が、固有名を挙げて詳しく説明されている。ジョン・マンデヴィルはリエージュ（ベルギー）出身で、バス・サブロニエール区のアヌカン氏の宿から一三五七年に旅に出立して三十五年後に帰郷し、著名な医師のジャン・ア・ラ・バルブの要請により本書をまとめたというのである。ジャン・ア・ラ・バルブは『疫病論』（一三六五年）などを著した実在の医師で、リエージュで活躍していた。都合がいいことに、ジャン・ア・ラ・バルブの住居があったとされる場所の近くで、一三四九〜一三五〇年頃に実際にアヌカンという人物が宿屋を経営していたという事実がある。また、同じ頃に、リエージュの聖堂参事会員のジャン・ドゥートルムーズ（一三九九没）が著した『歴史の鏡』のなかにもマンデヴィルへの言及がある。それによると、ジャン・ア・ラ・バルブは実はマンデヴィルその人であって、マンデヴィルは、貴族を殺害したかどでイングランドにいられなくなり、一三四三年にリエージュに移り住んだというのである。過去の研究者のあいだでは、このジャン・ドゥートルムーズこそが実はマンデヴィルの書の作者であるという見解もあった(32)。

このようにリエージュ版の結びは、早い時期からマンデヴィルの正体をめぐって、史実と織り交ぜてひとつの伝説を作り上げている。それ自体興味深いが、ここにはマンデヴィルが自ら旅したことを証明する仕掛けがもう一つある。痛風のせいで旅をあきらめたマンデヴィルはジャン・ア・ラ・バルブの診察を受けるが、その時に二人は既知の仲であったことが判明する。

そして会話の途中で氏がさりげなく述べたことが、私たちが旧知の仲であったことを知るきっかけとなった。本書の第七章で記したように、エジプトのカイロでスルタンのメレクマダブロンのもとで出会っていたのである。氏がその優れた専門的技術で私を治療しつつ、私の世界を巡る旅と巡礼でみた事柄の一部を書き物にまとめて、後世に読んだり読み聞かせたりできるようにすべきと強く熱心に勧めたのだった。それ故についに、氏の忠告と助力のお陰で本書は完成した。私自身は祖国のイングランドに戻るまでは、何も書かないつもりでいたのだが(33)。

第七章（コットン版では第六章）はスルタンの名前についての章で、そこでマンデヴィルは「スルタンがベドウィン族と交戦中、長い間兵士として彼とともに暮らした」と記している。旅の途中で出会った人物との偶然の再会というかたちで真実性を担保している点は注目に値する。それは、マンデヴィルが実際に旅をして海外にいたことを証明するだけでなく、実在の著名人に勧められて、後世の読者のために経験談を纏めたと記すことで、この執筆がフランス語の大陸版のように個人的な回顧ではなく、むしろ公共的な行為であることを宣言している。謙虚に読者の訂正を乞うことで、個人の経験を公共の記憶へと作り替え、その真実性を覆せないものとしているのである。こうした史実の活用を、むしろ意図的なフィクションへのシフトと考えることも可能である。たとえばイギリスのピカレスク・フィクションの代表作、トマス・ナッシュの『不運な旅人』（一五九四年）では、詩人のサリー伯をはじめ、エラスムスやトマス・モアといった歴史上の人物がキャラクター化されて登場することで、作品のフィクション性はより際立っている。しかしその一方で、紀行文学とは旅の実体験の記録であるという近代の定義にすり寄ることで、フェイクであるという誹りに自ら身をさらしているともいえるのである。

まとめ——旅行記というジャンルの変化

権威あるテクストからの抜粋を、特定の主題や用途に即して編纂してひとつの作品にまとめあげる手法は、「コンピラチオ」(compilatio)と称されて、中世における執筆の基本モードであった。『ジョン・マンデヴィルの書』は、聖地巡礼案内あるいは驚異の書という機能を念頭において、歴史、地理、博物学などの知識を集成したコンピラチオととらえることが可能である。騎士ジョン・マンデヴィルは、随所に一人称で登場して感想や見解を述べるが、それは決して断定的ではなく、東地中海からオリエントの文化的多様性をゆるやかに包み込む。冒険の旅に挑む騎士は中世のナラティブ文学における代表的なペルソナであるからこそ、この語り手はマルコ・ポーロ以上に輪郭がはっきりとした個人として際立ち、旅先の情報に立体的で明晰な声を与えることに成功したといえる。『ジョン・マンデヴィルの書』を騎士によるコンピラチオと捉えるならば、中世において正統的なこの二つの手法を統合した本書は真に中世的な作品である(34)。

中世の紀行文学においては、実見に基づいていないことが、作品の情報源としての価値を下げることには必ずしもならない。しかし、その一方で、マンデヴィルの旅を歴史上の事実として立証しようとするリエージュ版の存在は、旅行記というジャンルをめぐる前提も読者の期待も変化しつつあり、旅人個人の実見であることが重視されてきたことを示している。マルコ・ポーロの『世界の記』も、中世の想像界に依拠しつつも実録であることを努めてアピールしている。その意味では、ジョン・マンデヴィルという大旅行家像を作り上げていったのは、旅のノン・フィクション性を絶対視する初期近代の旅行記の定義そのものである。結果として中世的ペルソナがイギリス人騎士ジョン・マンデヴィルという歴史上の人物として一人歩きしたとしても、それは作品の責任ではないといえるが、そうした展開を誘発するゆらぎが内在していたこともまた事実である[35]。『ジョン・マンデヴィルの書』がフェイクだとしたら、それは多分に、旅行記のジャンル自体が変化しつつあった時期に本書がベストセラーとなり、多様な読者の期待に答えるとともに、新たな読者を開拓すべく、ムヴァンスを発揮して変容したことに起因する。フェイクとしての『ジョン・マンデヴィルの書』は、読者の期待が作り出した産物であったといえるかもしれない。

注

（1） Iain Macleod Higgins, *Writing East: The "Travels" of Sir John Mandeville*, Philadelphia: University of Pennsylvania Press, 1997, p.7.

（2） Thomas Coryat, *Coryat's Crudities*, 2 vols, Glasgow: James MacLehose and Sons, 1905, I, 303.

（3） David Wilmot Ruddy, "Scribes, Printers, and Vernacular Authority: A Study in the Late-Medieval and Early-Modern Reception of *Mandeville's Travels*", unpublished dissertation, University of Michigan, 1995, pp.171-179.

（4） Hugh Murray, *Historical Account of Discoveries and Travels in Asia, from the Earliest Ages to the Present Time*, 3 vols, Edinburgh: Archibald Constable, 1820, I, 197; *Sir Thomas Browne's Works: Including His Life and Correspondence*, ed. by Simon Wilkin, London: William Pickering, 1835, II, 235-36（*Pseudodoxia epidemica*, I. 8 への注）参照。

（5） 『ジョン・マンデヴィルの書』の典拠については、特にChristiane Deluz, *Le livre de Jehan de Mandeville: une «géographie»* *au XIVe siècle*, Louvain-la-Neuve: Université Catholique de Louvain, 1988に詳しい。

（6） George Somes Layard, “Sir John Mandevil Liar”, *The Pall Mall Magazine*, 2.10 (Feb 1894), 670-683.

（7） Cailin O’Connor and James Owen Weatherall, *The Misinformation Age: How False Beliefs Spread,* New Haven, CT: Yale University Press, 2019, pp.1-3.

（8） Giles Milton, *The Riddle and the Knight: In Search of Sir John Mandeville*, 1996. ジャイルズ・ミルトン『コロンブスをペテンにかけた男――騎士ジョン・マンデヴィルの謎』岸本完司訳（中央公論社、二〇〇〇年）。

（9） Mary B. Campbell, *The Witness and the Other World: Exotic European Travel Writing, 400-1600,* Ithaca, NY: Cornell University Press,1988, p. 9.

（10） D. R. Howard, *Writers and Pilgrims,* Berkeley: University of California Press, 1980, p.55.

（11） Mary Carruthers, *The Book of Memory: A Study of Memory in Medieval Culture,* Cambridge: Cambridge University Press, 1990, pp. 218-220.

（12） mouvanceの概念を導入したのはPaul Zumthor, *Essai de poétique médiévale*, Paris: Seiul, 1972である。中世英文学に引きつけた分かり易い解説がBella Millet, ‘What is mouvance?’〈http://www.southampton.ac.uk/~wpwt/mouvance/mouvance.htm〉にある。

（13） Michael J. Bennett, “*Mandeville’s Travels* and the Anglo-French Moment”, *Medium Aevum* 75(2006), 273-292.

（14） Higgins（p. 21）の図“The Transmission of *The Book of John Mandeville*”に基づき、本章で言及するヴァージョンを中心に簡略化した。破線は影響関係が間接的であることを示す。『ジョン・マンデヴィルの書』の写本、初期刊本、校訂版については、Deluz およびM. C. Seymour, *Sir John Mandeville,* Authors of the Middle Ages 1: English Writers of the Late Middle Ages, Aldershot: Variorum 1993に詳しい。

（15） A. J. Minnis, *Medieval Theory of Authorship: Scholastic Literary Attitudes in the Late Middle Ages*, London: Scolar, 1984, pp. 13-33.

（16） *Medieval Literary Theory and Criticism c.1100-1375*, ed. by A. J. Minnis, A. B. Scott and D. Wallace, Oxford:

Clarendon, 1988, p. 229.

（17） *Mandeville's Travels: Texts and Translations*, ed. by Malcolm Letts, 2 vols, The Hakluyt Society, 2nd Series, 101-102, London: The Hakluyt Society, 1953 for 1950, II, 226-413 (p.231) から引用。本章における『ジョン・マンデヴィルの書』からの引用はこのフランス語の大陸版を基準として、適宜その他のヴァージョンから引用する。本書の日本語訳は二種類刊行されていて、いずれも中英語版からの翻訳である。『マンデヴィルの旅』（大手前女子大学英文学研究会編訳、英宝社、一九九七年）［コットン版の訳］、J・マンデヴィル『東方旅行記』（大場正史訳、東洋文庫一九、平凡社、一九六四年）［エジャトン版の訳］。また、典拠となった作品の日本語訳としては、オドリコ『東洋旅行記　カタイ（中国）への道』（家入敏光訳、光風社出版、一九九〇年）、高田英樹編訳『原典　中世ヨーロッパ東方記』（名古屋大学出版会、二〇一九年）――オドリクス『東方記』とポーロ『世界の記』（抄訳）を含む――がある。

（18） *St Patrick's Purgatory: Two Versions of Owayne Miles and the Vision of William of Stranton, Together with the Long Text of the Tractatus de Purgatorio Sancti Patricii*, ed. by Robert Easting, EETS OS 298, Oxford: Oxford University Press, 1991, pp.119-154. マルクス／ヘンリクス『西洋中世奇譚集成：聖パトリックの煉獄』（千葉敏之訳、講談社学術文庫、講談社、二〇一〇年）。

（19） A. Jeanroy and A. Vignaux, *Voyage au Purgatoire de St Patrice, Visions de Tindal et de St Paul*, Toulouse: Edouard Privat, 1903, pp. 3-4; Dorothy M. Carpenter, 'The Pilgrim from Catalonia/ Aragon: Ramon de Perellós, 1397', *The Medieval Pilgrimage to St Patrick's Purgatory, Lough Derg and the European Tradition*, ed. by Michael Haren and Yolande de Pontfarcy, Enniskillen: Clogher Historical Society, 1988, pp.104-105.

（20） Richard Hakluyt, ed., *The Principall Navigations, Voyages and Discoveries of the English Nation...*, London: George Bishop and Ralph Newberie, 1589, p. 26.

（21） 「多くの人々が聖地、すなわち約束の地と、世界各地を形作っている海の向こうの他の国々について聞きたいと欲するので、不肖、私、騎士ジョン・マンデヴィルは、イングランドのセント・オールバンズの町に生まれ育ち、一三二二年の聖ミカエル祭の日に船出し、その後長い間海上にあって、さまざまな国や地域や島々を巡ってきた。（中略）特に私はこの作品を、聖なるエルサレムの町とその周囲の聖地を訪れたいと欲する人々のために書き始めた。私はその人々のために、彼の地へ行くにはどの道を辿れば正しいかを、明確に示すつもりである。なぜならば私は、神のご加護があって、立派な仲間とともに、馬や徒歩で幾度も彼の地を訪れたからである」（M. C. Seymour, ed., *The Bodley Version of Mandeville's Travels*, EETS OS 253, Oxford: Oxford University Press, 1963, p. 2.)。

（22）M. C. Seymour, ed., *The Metrical Version of Mandeville's Travels*, EETS OS 269, Oxford: Oxford University Press, 1973, pp.3-4 (ll.11-30, 50-54).

（23）Seymour, *The Bodley Version*, pp.2-3. このラテン語ヴァージョンから訳された中英語ヴァージョン（ボドレー版）も同様なラテン語標題を持つ。

（24）London, British Library, MS Harley 3954, fol. 2r; Katherine L. Scott, *Later Gothic Manuscripts 1390-1490*, 2 vols, A Survey of Manuscripts Illuminated in the British Isles 6, London: Harvey Miller, 1996, II, pp.207-11 (no.70b).

（25）London, British Library, MS Addit. 24189, fol. 4r. Cf. *The Travels of Sir John Mandeville: A Manuscript in the British Library*, introd. by Josef Krása, New York: George Braziller, 1983.

（26）十五世紀初頭のフランスで制作された豪華な彩色写本、Paris, B.N. ms. fr. 2810から引用。月村辰雄・久保田勝一訳『全訳　マルコ・ポーロ東方見聞録——『驚異の書』fr. 2810写本』（岩波書店、二〇〇二年）、九頁。

（27）M. C. Seymour, ed., *Mandeville's Travels*, Oxford: Clarendon, 1967, pp. 228-229.

（28）M.C. Seymour, ed., *The Egerton Version of Mandeville's Travels*, EETS OS 336, Oxford: Oxford University Press, 2010, pp. 170-171.

（29）cf. Tzanaki, p. 109; Higgins, p. 257.

（30）Durham, University Library, MS Cosin V. iii. 7. Higgins p.258から引用。

（31）Oxford, Bodl. Libr. MS Rawl. D. 101; Josephine Waters Bennett, *The Rediscovery of Sir John Mandeville*, New York: The Modern Language Association of America, 1954, p.295.

（32） Higgins. pp. 261-263.

（33） Hakluyt, *The Principall Navigations*, pp.76-77; cf. Seymour, *Sir John Mandeville*, p.27.

（34） cf. Jaś Elsner and Joan-Pau Rubiés, “Introduction”, *Voyages and Visions: Towards a Cultural History of Travel*, ed. by Jaś Elsner and Joan-Pau Rubiés, London: Reaktion Books, 1999, p. 37.

（35） 近代初期における『ジョン・マンデヴィルの書』の受容と変容については、Ladan Niayesh, ed., *A Knight's Legacy: Mandeville and Mandevillian Lore in Early Modern England*, Manchester: Manchester University Press, 2011 参照。

【第2章】

書簡は語／騙る

——初期近代イギリスのジャーナリズムとフィクションの誕生(1)

井出 新……IDE Arata

「ニュース（news）」という言葉が最近の事件や出来事に関する報告を意味するようになったのは、十五世紀初頭のこと。もちろん当時、まだ新聞は存在しないし、印刷出版文化自体も揺籃期だ。しかしマスメディアが存在しない当時も、そしてはるかそれ以前にも、ニュースは存在した。実際、「ニュース」と同じ意味をもつ言葉は「タイディングズ（tidings）」だが、こちらの方は十一世紀初頭にまで遡る。おそらくニュースの歴史は人間の歴史と同じぐらい古い。人から人へと口頭で伝えられる情報、それがニュースだったのだ。

距離の離れた場所にいる人やグループ間の情報交換で必要になってくるのが、手稿の書簡という情報媒体である。使徒「パウロが、自分の手であいさつを記し」（第一コリント十六章二十一節）、地中海沿岸諸国に点在する教会に多くの書簡を送ったのも、福音（グッド・ニュース）を伝達するために他ならない。そういう意味で書簡は、ニュースと切っても切れない関係だったと言える。印刷出版文化が爆発的な成長を遂げ、新聞の前身である片面刷りバラッドやパンフレットなどの印刷物が大量に出版されるようになった初期近代においても、手稿の書簡は情報伝達手段として重要な役割を担い続けた。

ただ、出版物によるニュースの伝達と手稿の書簡によるそれとでは、情報を伝えられる読者の数に大きな違いがある。手書き書簡が特定の個人もしくは複数の受け手に情報伝達を行うのに対して、出版物の方はニュースを不特定多数に向けて一斉に拡散でき、同じコピーが大量に出回るため、情報が消失せず長く人々の間に残る。こうして、手稿の書簡による情報伝達にしても、出版物によるそれにしても、それぞれ社会的・文化的な役割を分かち合っていたわけだが、本章で焦点を当てたいのは、十六世紀後半のイギリスで、手稿文化に根づいた書簡と、出版文化の所産であるジャーナリスティックなパンフレットとが、フェイク・ニュースの発信という点で共犯関係を結ぶ様子であり、さらにはそこから文学的なフィクションが生まれてくる可能性である(2)。

そうした興味深い文化現象が出現したのは、ちょうど一五八〇年代、個性的な物書きと貪欲な書籍商、そして権謀術数の政治家、それぞれの思惑が図らずも交錯し、相乗効果を得たことによるところが大きい。その様子を具体的に見ていこう。

1——騙る書簡

情報伝達の手段が限られていた初期近代において、情報発信者と受信者の親密な関係を前提にした書簡は、私事・時事に関する情報を交換し、秘密を共有することで、内容の信憑性や連帯感を生み出す伝達手段として認知され、広く用いられていた。立場上、正確な情報の必要に迫られる人々（例えば枢密院顧問官や政治家など）は、広く国内外から情報の収集を行う際、素性をよく知る使節大使や諜報員、貿易商人などからの私信に頼る他なく、そうした書簡への信頼感は深く社会に浸透していた。

しかしながら、よく知る相手からの手稿書簡の情報が必ずしもすべてにおいて正確かつ真実であるとは限らない。個人の限られた情報収集能力による限界を考えれば、現代において求められるような「客観的」かつ「不偏不党」な情報を、書き手に期待することは難しいだけでなく、情報提供者の偏見や隠れた意図、利害関係も入り込んでくる。当時の知的エリートたちはそのことをよく心得ていた。例えば当時の国務長官（＝諜報活動の総元締め）フランシス・ウォルシンガムに仕えた秘書官ニコラス・フォントは、『国務長官の務めについて』と題する覚え書きの中で、多くの使用人＝スパイが提供する情報の信憑性について、次のように述べている。

こうした仕事で使用人が多いと弊害が生まれる。というのは、国務大臣の主だった使用人は、秘密厳守と誠実さを第一に求められるが、使用人の数が増えれば増えるほど、それだけ信頼も置けなくなるものだからである。また機密事項にたずさわる使用人が多くなれば、たとえどんなに誠実な人物であっても、他言できない事柄を委ねられたという責任の重さを感じられなくなってしまうだろう。(3)

つまり情報提供者が増えれば秘密厳守が危うくなる上に、彼らがこぞって提供してくる情報の誠実さもまた怪しくなるというのだ。実際、信憑性や速報性の点で価値の低い情報を送ってよこす金目当ての「にわか」諜報員に、ウォルシンガムらは常に苦しめられている。

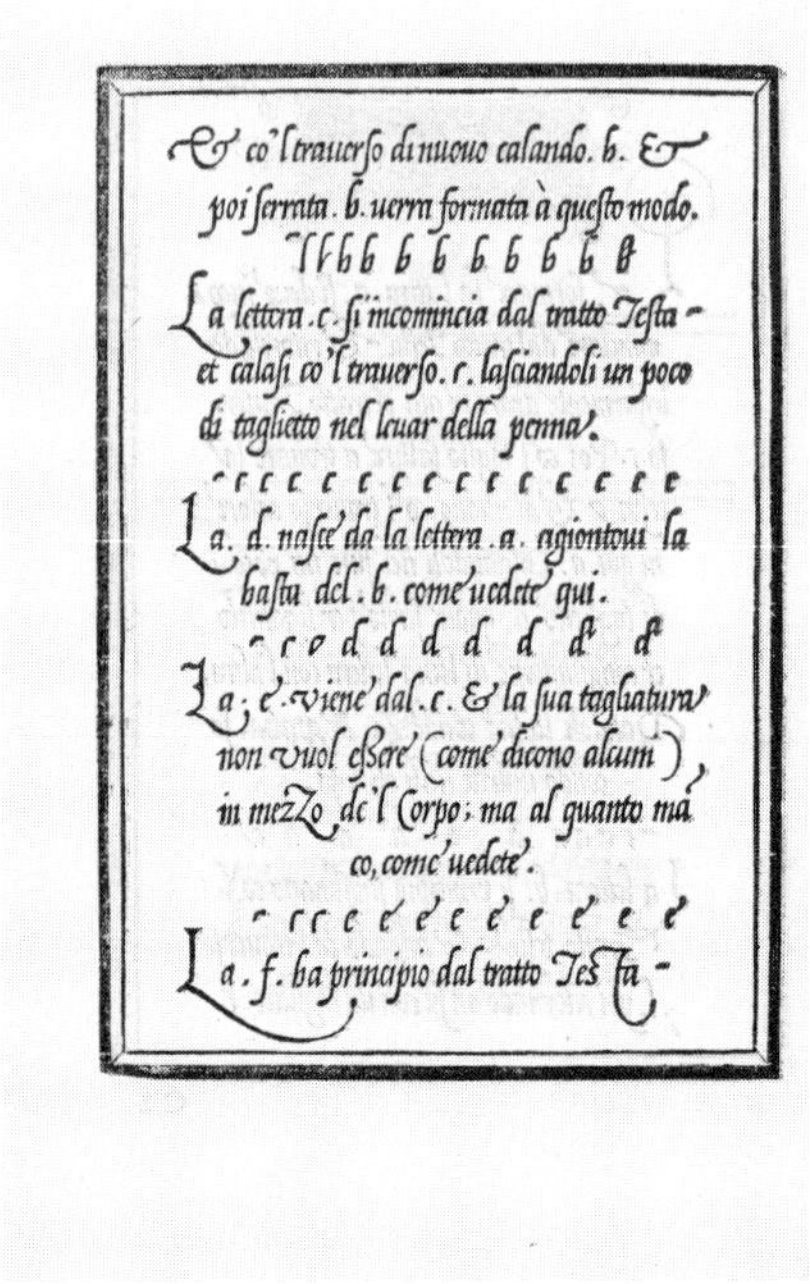

図1　イタリアン・ハンドの綴り方を教える教科書の1ページ（Giovambattista Palatino, *Libro* (Rome, 1540), sig. C2v.)。
（TypW 525.40.671, Houghton Library, Harvard University）

さらに手書き書簡が厄介なのは、親しい相手に直接書き送るという性質上、内容的な信憑性が高いようでいて、そこに演技やフィクションの入り込む隙が生まれることである。いやむしろ隙だらけと言った方が良い。

例えば手紙を美しく書き上げる伊書体《イタリアン・ハンド》が、立身出世を目指す十六世紀の学生や教員に広く学ばれていた事実は、書簡による演技と無関係ではない。目を引くような流麗な書体を用いて、自分自身の教養の高さをアピールしたり、或いは秘密を共有するパトロンへの恭しさや愛情を醸し出したりする、そうした演技やフィクションが入り込むのだ。相手を喜ばせ、書き手自身を知的に見せるための身振りが書簡に反映される――こうした現象は、手書きでラブレターを書いた世代には身に覚えのあることかもしれない。

書体だけではない。手書きの書簡は、いわば相手の顔が見えるというその信頼感ゆえに、「文書偽造」という、もっと深刻な演技・フィクションの脅威に曝されていた。シェイクスピアの代表作『ハムレット』で、デンマーク国王の名前と書体、そして国璽を使ってイングランド王への書簡をでっち上げ、デンマーク国王のスパイ、ローゼンクランツとギルデンスターンを処刑台へと送り込んだハムレットの公文書偽造（五幕二場）はまさにその一例だ。

『十二夜』に登場する侍女マライアも、女主人の筆跡（おそらく伊書体《イタリアン・ハンド》）を真似て、いかにも女主人が書いたかのようなラブレターを偽造している（二幕三場）。[4] 伊書体《イタリアン・ハンド》は、パラティノ流であれクレスキ流であれ、書字法のお手本が印刷本で存在したから（図1）、それに倣って書かれた書体や署名を他人が真似することは、さほど難しくはなかっただろう。[5]

ハムレットやマライアに見られるような文書偽造は、架空の物語に限った現象ではなく、むしろ現実の映し鏡だった。実際、ケンブリッジ大学では一五八三年、キーズ学寮のガイ・ハリソンという大学生が、卒論審査を担当する教員の筆跡をまねて卒業証明の書簡を偽造した疑いで、十シリングの罰金と卒業延期を食らっている。[6] 文書偽造の法的な規制は、一五六三年の布告によって行われているが[7]、この布告は偽書簡というフィクションが、すでにこの頃、大きな社会問題になりつつあったことを示している。同時にそれは、政府が書簡文書偽造の危険性だけでなく、その有効性にも気付いていたということでもある。実際、国務長官ウォルシンガムが書字法のプロフェッショナル、ピーター・ベイルズを雇っていたという事実は、政府自体が文書作成のみならず文書偽造までも視野に入れていたことを示唆している。[8]

2——ゲイブリエル・ハーヴェイの書簡技法

十六世紀のこうした書簡技法に精通した文人がゲイブリエル・ハーヴェイ（図2）である。彼はケンブリッジ大学の修辞学者として有名であるが、若い頃は虚栄心の強い性格のためか、いざこざが絶えなかった。一五七三年、ケンブリッジ大学のペンブルック・ホール学寮で修士号取得を目指すも、学寮教員たちによる嫌がらせと修士号授

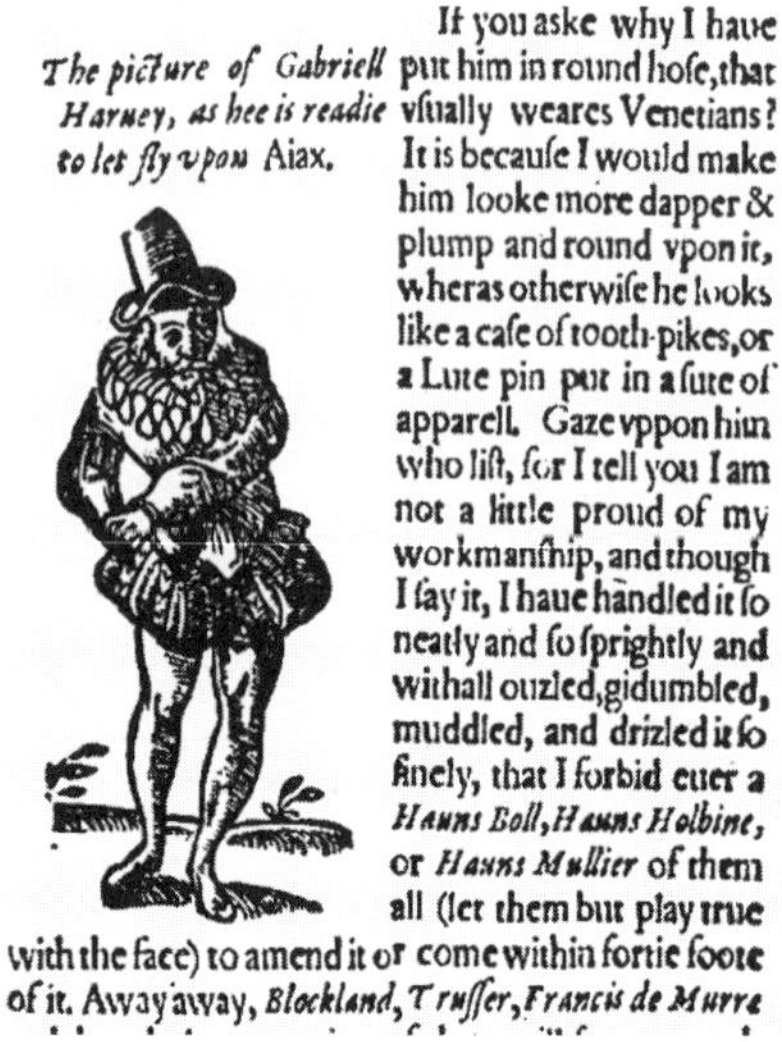
The picture of Gabriell Harvey, as hee is readie to let fly vpon Aiax.
If you aske why I haue put him in round hose, that vsually weares Venetians? It is because I would make him looke more dapper & plump and round vpon it, wheras otherwise he looks like a case of tooth-pikes, or a Lute pin put in a sute of apparell. Gaze vppon him who list, for I tell you I am not a little proud of my workmanship, and though I say it, I haue handled it so neatly and so sprightly and withall ouzled, gidumbled, muddled, and drizled it so finely, that I forbid euer a Hauns Boll, Hauns Holbine, or Hauns Mullier of them all (let them but play true with the face) to amend it or come within fortie foote of it. Away away, Blockland, Trusser, Francis de Murre
図2　Gabriel Harveyを描いた当時の図版（Early English Books Online）

与反対運動に直面し、学寮長ジョン・ヤングをはじめ、自分を支持してくれそうな教員に陳情書や感謝状を数多くしたためた。そういう点で彼はいわば書簡の達人だった。ブリティッシュ・ライブラリー所蔵のスローン手稿本九三として残されているハーヴェイの書簡控え帳には、若きハーヴェイの書簡（陳情）技法が凝縮されている。

学寮長や教員に対して宛てた手紙を、彼は草稿で用いる書記体《セクレタリー・ハンド》とは異なる伊書体《イタリアン・ハンド》で恭しく書き、写しを手元に保存している。[9] 彼はその後、書字法に磨きをかけ、一五八〇年に書かれたケンブリッジ大学学長にして大蔵卿ウィリアム・セシルへの感謝状では、それ以前の筆跡とかなり異なる伊書体《イタリアン・ハンド》を用いている（図3）。[10] これらの手紙はいわば裃を着た、正装姿のハーヴェイと言えよう。さらにスローン手稿本で重要なのは、その中にハーヴェイによる書簡作成の舞台裏が垣間見られることだ。「ベネヴォーロ」或いは「インメリト」と名付けられた（同定不可能な、おそらく架空の）相手との書簡を構想・作成していた形跡が残されていることは注目に値する。彼はその創作書簡の一部を、やがて詩人エドマンド・スペンサーとの往復書簡『品性と機知に富む親密な書簡三通』（*Three Proper, and Wittie, Familiar Letters*、一五八〇年出版）として活字にして出版するが、その往復書簡は、彼らが自らを知識人階級の詩人・評論家として自己成型するための宣伝媒体となった。

もちろん当時、書簡の出版公開自体は珍しいことではない。書簡体による古典作品、エラスムスをはじめとする書簡体の教育・宗教書、歓待行事の報告書など、書簡体作品の出版は一般的なことだったと言える。ただ、対スペイン＝カトリックとの覇権争いを背景に、出版物によるニュース報道が大きな社会的役割を帯び始める一五八〇年代、私事の文学談義や時事ニュース満載の私信を（それも友人の書簡と一緒に）出版するというのは、かなり野心的・画期的なことだった。しかも私信が公開を前提に書かれるとすれば、当然プライバシー性や信憑性を装うため、「事実」の捏造が巧妙化し、騙り方や演技も手が込んでくる。そうしたハーヴェイの手法が「書簡による三文芝居」だと、彼の天敵である文人トマス・ナッシュはすぐに感じとっていたし、批評家ニールソンはそこに「自己偽造《セルフ・フォージャリー》」の有り様を読み、日本では竹村氏が「書簡という様式が引き起こす仮想の友人関係の肥大化」を見ているが、どれも的確な指摘だと言えよう。[11] 本章ではそうしたハーヴェイの私信を、事実とフィクションを絶妙に混淆したいわば書簡体フェイク・ニュースと定義しておこう。

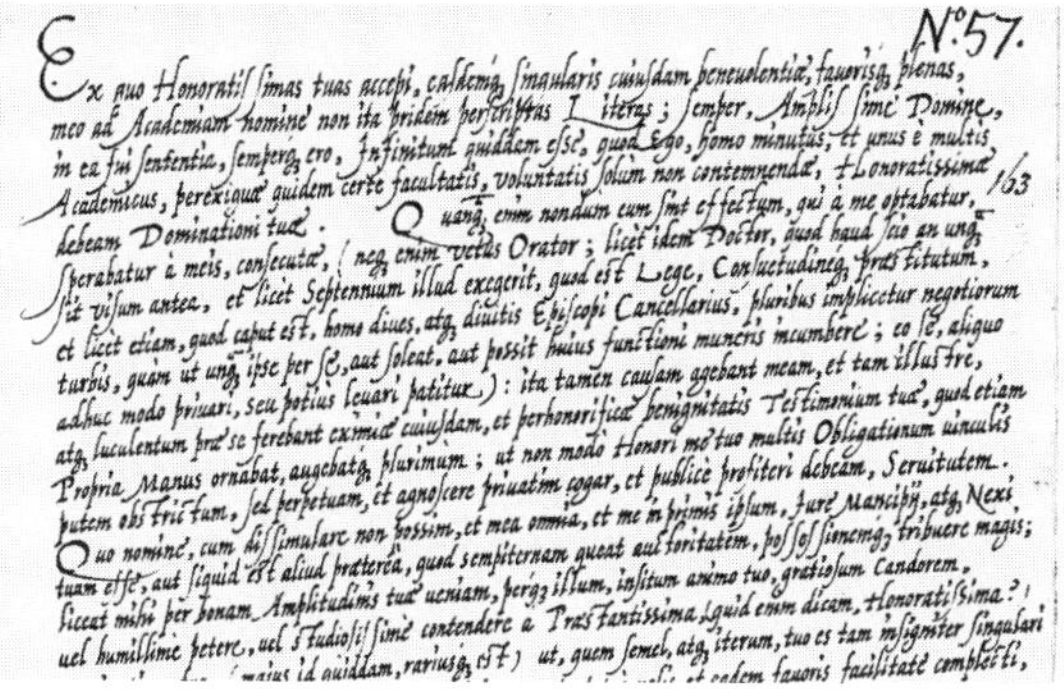
N°57.

Ex quo Honoratissimas tuas accepi, easdemque singularis cuiusdam beneuolentiæ, fauorisque plenas, meo ad Academiam homine non ita pridem perscriptas Literas; semper, Amplissime Domine, in ea fui sententia, semperque ero, Infinitum quiddam esse, quod Ego, homo minutus, et unus e multis Academicus, perexiguæ quidem certe facultatis, voluntatis solum non contemnendæ, Honoratissimæ debeam Dominationi tuæ. Quanquam enim nondum cum sint effectum, qui a me optabatur, sperabatur a meis, consecutæ, (neque enim vetus Orator; licet idem Doctor, quod haud scio an unquam sit visum antea, et licet Septennium illud excegerit, quod est Lege, Consuetudineque praestitutum, et licet etiam, quod caput est, homo diues, atque diuitis Episcopi Cancellarius, pluribus implicetur negotiorum turbis, quam ut unquam ipse per se, aut soleat, aut possit huius functioni muneris incumbere; eo se, aliquo adhuc modo priuari, seu potius leuari patitur.): ita tamen causam agebant meam, et tam illustre, atque luculentum præ se ferebant eximiæ cuiusdam, et perhonorificæ benignitatis Testimonium tuæ, quod etiam Propria Manus ornabat, augebatque plurimum; ut non modo Honori meo tuo multis Obligationum uinculis putem obstrictum, sed perpetuam, et agnoscere priuatim cogar, et publice profiteri debeam, Seruitutem. Quo nomine, cum dissimulare non possim, et mea omnia, et me in primis ipsum, Iure Mancipii, atque Nexi tuam esse, aut siquid est aliud præterea, quod sempiternam queat auctoritatem, possessionemque tribuere magis; liceat mihi per bonam Amplitudinis tuæ ueniam, perque illum, insitum animo tuo, gratiosum Candorem, uel humillime petere, uel studiosissime contendere a Praestantissima (quid enim dicam, Honoratissima?) ut, quem semel, atque iterum, tuo es tam insigniter singulari maius id quiddam, riusque est ... et eadem fauoris facilitate complecti,

図3　Gabriel Harveyのイタリック・ハンド
（State Papers Online）

　ハーヴェイは私信を出版するという手法について、十数年後に次のように回想している。「書簡は私事が書かれるものですから、それが公に出版されるとは普通考えません。あの頃、私はまだ若く、血気盛んで、人生経験も浅く、物腰と同様、考え方も自信過剰でした。[12]」これはスペンサーとの往復書簡の出版が巻き起こした社会的インパクトの強さを示唆するものだが、インパクトが衝撃的だったからといって、いやむしろ衝撃的だったからこそ、ハーヴェイは書簡の出版という方法論をその後も手放そうとはしなかった。彼は再び一五九二年に『四通の手紙とソネット』(*Foure Letters, and Certain Sonnets*)を、そして翌年に『注目すべき内容の新たな手紙』(*A New Letter of Notable Contents*)を出版する。先の引用はまさに『四通の手紙』からのものであり、その中で彼はまたしても悪びれる様子もなく、友人や読者、書籍商宛の手紙を公開している。

なぜハーヴェイは、最初の書簡出版から十年以上も経った九〇年代に再び私信を出版するようになるのだろう？その疑問を解くためには『四通の手紙』を出版したジョン・ウルフという書籍商に注目する必要がある。

3——書簡体フェイク・ニュース

書簡によるフィクションの効用に気付いていたのは、ハーヴェイだけではない。商魂たくましい書籍商ジョン・ウルフは、一五六〇年代ロンドンで書籍商ジョン・デイの徒弟として十年過ごした後、イタリアへと渡り、イタリア語書籍の出版を手がけた(13)。七〇年代の終わりにロンドンへと戻ってきた時には、出版業界の権益を独占する書籍商たちに楯突く過激な少数派となっていた。その頃、聖書やカテキズムなど、儲かる本の出版販売権はクリストファー・バーカーやデイといった政府御用達の書籍商によって独占されていたが、ウルフはその業界で生き残りをかけて新手の商法を編み出した。それが海賊版の出版と「偽装表示」である(14)。

自国で出版されている英語の書籍の海賊版を作ることはもちろん法的に困難だったし、仮にそんなことをすれば、ダメージの大きい罰則を被るのは火を見るよりも明らかだった。そこでウルフが目を付けたのは、大陸のカトリック教会が刊行や所蔵を禁じている売れ筋のイタリア語書籍、例えばピエトロ・アレティーノやニッコロ・マキャヴェリの著書である。それらをロンドンの工房で印刷し、本のタイトル・ページをあたかもイタリアの書肆が出版したかのように偽装し、大量にイギリスと大陸の両方の市場で売りさばくのだ（図４）。これがかなりの商業的成功を収めたらしい。ハーヴェイ自身もアレティーノやマキャヴェリをウルフ版で読み、自分の書架に並べていたことがわかっている。(15)

さらにウルフは仕事仲間の書籍商チャールウッドに、カトリックが異端として弾劾していたジョルダーノ・ブルーノの哲学論文を、まったく同じような形で出版させ、国内外でそれを販売している。したがってブルーノの重要な初期哲学論文はすべて、海外書籍商を偽装したイギリスの書籍商によって出版されたのだった。

I DISCORSI DI NICO-
LO MACHIAVELLI, SO-
PRA LA PRIMA DECA DI
TITO LIVIO.

*Con due Tauole, l'una de capitoli, & l'altra delle coſe prin-
cipali: & con le ſteſſe parole di Tito Liuio a luo-
ghi loro ridotte nella volgar
Lingua.*

Nuouamente corretti, & con ſomma dili-
genza riſtampati.

IN PALERMO
Appreſſo gli heredi d'Antoniello degli Antonielli a xxviij.
di Gennaio. 1584.

図4　ウルフによるマキャヴェリの海賊版・タイトルページ
（Early English Books Online）

一方、同じ頃、ウィリアム・セシル大蔵卿は、出版メディアによる反カトリック・プロパガンダの必要に迫られていた。(16)セシルの狙いは、カトリック側が宣伝するような宗教弾圧はイングランド国内において、実際には行われておらず、処刑されているのは国家に対して謀反を起こした犯罪者だけだと、国内外に向けて広報することだった。その際に目を付けたのがウルフの偽装戦略である。もともとセシルはウルフに政府広報パンフレットのイタリア語版の出版を一五八三年に依頼したこともあって、そのウルフと再びタッ

ESSEMPIO D'VNA LET-
TERA MANDATA D'INGHIL-
TERRA A DON BERNARDINO DI
Mendozza Ambaſciatore in Francia per
lo Re di Spagna.

NELLA QVALE SI DICHIA-
ra, lo ſtato del reame d'Inghilterra, contrario
all'eſpettatione di Don Bernardino, di
tutti gli ſpagnuoli ſuoi conſorti,
& d'altri anchora.

Traſlatata di franceſe in italiano ad inſtanza
di chi deſidera, che gl'Italici huomini cono-
ſcano quanti i romori, della vittoria del-
l'Armata ſpagnuola, ſparti dal Mendozza,
ſieno bugiardi & falſi.

IN LEIDA PER ARRIGO DEL
Boſco. 1588.

図5　『メンドーザ宛て書簡謄本』タイトルページ
（Early English Books Online）

グを組んで今度は一五八八年に、『メンドーザ宛て書簡謄本』（*Essempio d'vna Lettera*, 1588）を出版したのである（図5）[17]。

この書簡は大まかに言えば、イングランドのカトリック教徒からスペインの軍人大使及びスパイ「バーナディーノ・デ・メンドーザ」に宛てた手紙が、イギリスで捕らえられて処刑されたカトリック宣教師の所持品から見つかり、それが急遽、書き写されて出版に至ったという代物である。タイトルページには仏訳をさらに伊訳したとあるが、しかしそれはフェイクだ。実のところ、この書簡は、英・仏・伊において同時に各国語で出版された。そして手紙の作者はカトリック教徒ではなく、何を隠そうウィリアム・セシル本人だった。大英図書館所蔵のランズダウン写本にはセシル自筆による書簡の下書きが残されている[18]。

つまりセシルは事実であるように装った私信を捏造し、書籍商ウルフがさらに装丁の偽装を完璧に仕上げて、国内外にそれを発信したのだった。これはセシルとウルフの共同作業によって成った書簡体フェイク・ニュースと言える。セシルは「筋金入りの嘘つきは、真実と同じぐらい多くのウソを混ぜ合わせる技術を持っている」と述べているが、[19]まさにこの書簡で語られるニュースは、イングランド政府がでっち上げ（そして政府支持者の読み手が信奉した架空の事実（フィクショナル・ファクト）だった。[20]

こうした政府によるフェイク・ニュースの配信に貢献したウルフが、同じ頃、書簡体フェイク・ニュースの出版でロンドン界隈に話題を提供していたゲイブリエル・ハーヴェイと組んだのは、ごく自然な成り行きのように思えてくる。

4――ロバート・グリーンの死を報じる

ウルフが一五九三年に出版したハーヴェイの『四通の手紙とソネット』は、「騙り」だけでなくハーヴェイ自身の個人的怨恨が、その内容を極めてきわどいものにしている。とりわけ注目したいのは、作家ロバート・グリーン（図6）に対するハーヴェイの並々ならぬ敵意だ。

ハーヴェイは一五九二年一月にケンブリッジ大学トリニティ・ホールの教員職を辞し、その後、法律家としての自立を目指して、活動の本拠地をロンドンに移していた。一方、グリーンはその頃、友人で新進気鋭の作家トマス・ナッシュが繰り広げていたハーヴェイ三兄弟への批判に乗じて、『成り上がりの宮廷人を鞭打つ』（*Quip for an Upstart Courtier,* 出版登録は一五九二年七月二十一日）を出版して三兄弟をからかい、ノーフォークのキングズ・リンで医者をしていたハーヴェイの弟ジョンを「医者すなわち馬鹿ですが、医者には違いありません」などとこき下ろした。[21]タイミング悪く七月の終わりに、そのジョン・ハーヴェイが病をこじらせ死去。はるばるキングズ・リンに弟を見舞っていた長男ゲイブリエルは弟の最期を看取った。葬式を終えて八月にロンドンに戻り、そこで彼の耳に聞こえ

図6　経帷子姿のグリーンの亡霊
（Early English Books Online）

てきたのが、『成り上がりの宮廷人を鞭打つ』で公になったハーヴェイ兄弟に対するグリーンの中傷だった。

激怒したゲイブリエル・ハーヴェイがグリーンに対し訴訟を起こそうとした矢先、彼はグリーン死去（九月三日）の報に接する。ハーヴェイがロンドンから離れている間に、グリーンはこれまでの放蕩生活がたたって健康を損ね、死の床に就く。そこでグリーンは自らの悪行を悔い、自叙伝改心物語を記して死んだのだった。

ロンドンに戻ったハーヴェイはおそらく、自分と兄弟たちに対するグリーンの中傷だけでなく、改心物語出版の知らせも聞いたことだろう。それがハーヴェイにとってどれほど耐えがたいものだったかは想像に難くない。彼は弟の最後の言葉（「ああ、兄さん、キリストこそ一番の医者であり僕の唯一の癒し主だ。ガレノスも人間の医術もいらない。天を目指す魂の他にこの地上で神に相応しいものは何もないのだから」）を読者に紹介しつつ、弟が天国へ行ったという確信を涙ながらに披瀝する。慚愧に堪えないのは、立派な弟の名誉回復のため、グリーンを相手取って訴訟を起こすことがもはやできないということだ。グリーンは死の瀬戸際に劇的改心をして、自分の弟が行ったと同じ天国へ逃げおおせたという――いやいや、そんなうまい話が許されてなるものか。ハーヴェイは歯軋りして言う。「弟を最期に馬鹿にした奴が、最初に弟の後について行くとは、一体どんな巡り合わせなのか」と。(22) そんなハーヴェイの取った復讐の手段が、ロバート・グリーンの悲惨な死を――白分には復讐する気は毛頭ないと言いつつ――ありったけの罵詈雑言で語／騙る書簡の出版、すなわち『四通の手紙とソネット』だった。

ハーヴェイはグリーンの最期について情報を集め、編集し、そのニュースを書簡の形で書き上げた。その出版を後押ししたのがウルフ、書簡体フェイク・ニュースの社会的影響力に精通した書籍商である。しかも実は、このウルフがグリーンの『成り上がりの宮廷人を鞭打つ』を出版し、ハーヴェイ三兄弟の批判に加担していたのだから、ウルフの悪徳商法ぶりたるや底知れない。ウルフこそハーヴェイを焚きつけた張本人であり、グリーンに関する情報をハーヴェイに惜しみなく提供した情報源でもあったはずだ。このウルフのもとでハーヴェイは、校正係として日銭を稼ぎながら、『四通の手紙とソネット』の出版を進めたのである。

グリーンの死をどのように報じるか、その方針は、翌年出版の『注目すべき内容の新たな手紙』に垣間見ることができる。この書簡はハーヴェイがウルフに宛てた私信をウルフ書肆から出版するという、手前味噌な代物だが、そこで彼は「［グリーンの改心パンフレットで］約束された改心の涙が、実際は、タマネギを使って流す演技の涙だったということにならないように願いたい」と書いている。(23) こうして『四通の手紙とソネット』はグリーンの改心を取り上げて、「グリーンは何百という作り話や名誉毀損に非難中傷、嘘八百をでっち上げ、捏造しなかったものはない」とその信憑性を疑問視し、さらに「自分を律することが出来ない者は他の人に律してもらわねばならず、自らの愚行のツケを払わねばなりません。［…］紙の上の劇場に君臨した王様［グリーン］は最期を演じて、タールトンと同じところへ［つまり地獄もしくは煉獄］へ行ったのです」と結論付ける。(24)

つまりハーヴェイが目指すのは、グリーンが晩年に編み出した自叙伝的改心物語のナラティヴを徹底的に潰すことだ。グリーン自身の語る改心と奇跡的救いという画期的な物語枠を破棄し、別の物語枠、すなわち罪人がその生き方に相応しく神の裁きに遭い、地獄落ちをしたという枠組みを立ち上げることにある。[25] グリーンの死という出来事の意味を、ハーヴェイは神罰物語という枠で捉え直し、語／騙る。したがって、グリーンの死は徹底的に惨めで汚く、悲惨なものとして描かれなければならない。この書簡体フェイク・ニュースに、レナード・デイヴィスが述べる「自らのフィクション性を否定するファクチュアル・フィクション」の萌芽を見ることは、比較的容易い。[26]

ただ、もっと興味深いのは、ハーヴェイがグリーンの死に際の惨めさを（しばしば評伝研究者が騙されてしまうほどの）ルポルタージュ的な構成で報告する一方で、出来事の「信憑性」や「速報性」に拘泥する姿勢をほとんど見せず、書簡の大半を伝聞による情報やほら話、悪口雑言で構成してしまうことだ。実際、『四通の手紙とソネット』の出版自体は十二月になってから、しかもハーヴェイは自ら「私はまったく「グリーン」と面識はありませんし、一度たりとも彼と名前を呼び合って挨拶をしたこともありませんが、ロンドンでは彼の放蕩と放縦の暮らしぶりを知らない者はおりません」と悪びれる風もなく述べ、[27] ハーヴェイの伝えるニュースが、誰もがすでに知っている情報の焼き直しであることを認めている。

こうしてみるとハーヴェイは、私信という顔が見える形での情報提供を装いつつ、それまでに存在したグリーンのイメージの一面を意図的に膨らませ、別の物語枠を与えようとする一方、そもそも読者は（いや、書き手のハーヴェイすらも）出版公開される書簡の「事実性」や「信憑性」にこだわりもしていないことがわかる。書き手と読者の間に共有されるのはただ「こう信じたい」という期待値的な「事実」だけだ。

5――元型《アーキタイプ》としてのハーヴェイ書簡

現代のジャーナリズムは、情報をダブルチェックできるシステムが確立した時に始まったとアントニー・スミスは言う[28]。そういう観点からすれば、イギリス初期近代、ファクト・チェックのシステムは確立していないどころか、事実と虚構の領域は混交している。それは何故かと言えば、出版報道が「事実性」に焦点を当てているというよりむしろ、「事実」のように見せかけながら、実は読者の期待する物語を語るところに焦点を当てているからだ。（その意味では現在のフェイクニュース・ジャーナリズムは、現代的なジャーナリズムを前時代的なジャーナリズムが脅かしていると見ることもできるだろう。）シェイクスピアの友人で十七世紀前半の文壇を代表する詩人ベン・ジョンソンは鋭くそのことを見抜き、次のように述べている。「立派な作品が誤解されても、輝かしい行いが覆い隠されても、汚れなき生活を送っている人が事実に反して中傷されても、それを読者が相も変わらず喜ぶから、書き手はどうしてもウソをついてしまうのだ[29]。」

これまで論じてきたグリーンの死に関する報道で言うならば、ハーヴェイ書簡であれ、グリーン自身の改心パンフレットであれ、何が「事実」であるかはさほど問題にはならない。むしろ「罪人の改心自叙伝物語」、或いは「罪人に対する恐るべき神罰物語」といったキリスト教的な物語枠をメンタリティーに組み込まれている書き手と読者が、一つの出来事を発信したり受信したりする時に、自分たちの信じる枠組みに基づいて教訓を語ったり読み取ったりしてカタルシスを得ること、キリスト教的価値観を再確認することが、「事実」よりも優先されていたのである[30]。

ただ皮肉なことに、これは最近、夙に指摘されているニュースの読者の習性と共通する点があるように思われる。つまりインターネットでニュースを読む時に、私事であれ時事であれ、それが事実か否かにかかわらず、読者は自分の読みたいニュースしか読まないという傾向である。その傾向を推し進めれば、信じたいフィクションが事実にまさり、それを共有する自分や仲間にとっての「ポスト真実」となるわけだが、そういう連帯感を生むフィクションを巧妙に成立させる形式が、近代初期イギリスにおいては、「書簡」によるニュースだった。それがリアルであり、かつ読者の好みに叶えば叶うほど、出版された書簡は多くの読者を獲得し、その情報は信じるに値する「ファクト」となったのだ。

もちろんハーヴェイに対して「嘘だらけ」と噛みつく読者が当時いなかったわけではない。例えばトマス・ナッシュはハーヴェイの『四通の手紙とソネット』出版の直後、『不思議なニュース』(*Strange News*, 1593)を出版する。この本のタイトルはいかにもウルフが出版しそうなフェイク・ニュースのパロディだが、内容的には『四通の手紙とソネット』を徹底的に批判した諷刺作品だ。ナッシュはハーヴェイが十二年前から「自分の名声に小便をかけるだけではこと足りず、今もなお書簡のことで右往左往」しており、「手紙配達人から仕事を取り上げるほど、自分自身であちらこちらを駆けずり回って手紙を運び、自己賞賛に余念がなく、出鱈目な話を捏造し、人々の物笑いになることで出版業者を儲けさせ、出版業者や書店に賄賂を渡し、自分の本を売ってくれるよう計らってもらう」と述べている[31]。ここでナッシュは書簡体フェイク・ニュースの社会的役割を簡潔に纏めているように思える。つまり捏造書簡が触媒となって作者と出版者、そして読者の共生・共犯関係が促進され、成長し、そこから読者の好む「真実」を巧妙かつリアルに語/騙る「ファクチュアル・フィクション」が生み出されていくのだ。

こうして、一五八〇年代に、政治家セシルとウルフにより書簡体フェイク・ニュースを「フクショナル・ファクト」へと意識的に転用する試みが発動される一方、文人ハーヴェイとウルフにより、それを「ファクチュアル・フィクション」へと転用する試みも発動され、これら一連の書簡の出版は、はからずも十七世紀から十八世紀にかけての政治宣伝におけるフィクションのみならず、文学やメディアにおけるフィクションのあり方を指し示す元型《アーキタイプ》（アーキタイプ）となったのである。

注

（1）本章は、日本英文学会全国大会・シンポジア第一部門「初期近代文学空間としての書簡」（於・安田女子大学、二〇一九年五月）において発表した原稿に、加筆修正を施したものである。シンポジア司会者の水野眞理氏、シンポジストの富樫剛氏、福本宰之氏、そしてフロアの方々から貴重なコメントを頂戴した。改めてこの場を借りて深く御礼を申し上げたい。

（2）十六世紀に"fake"という言葉は存在しなかったが、"counterfeit"という言葉によって、極めて類似した概念を表すことができた。この言葉は「虚偽」、「偽物」、「偽金」、「偽装」、「偽造」、「見せかけと実体が異なること」など、時代に漂う不安感を映し出すキーワードと言って良い。そこで、この論文では、我々が一般的に使う"fake"という言葉を、十六世紀の"counterfeit"に重ねつつ、書き手と出版者、そして読者との共犯関係を論じて行きたい。

（3）Charles Hughes, ed. "Nicholas Faunt's Discourse touching the Office of Principal Secretary of Estate, & c. 1592," *English Historical Review* 20, 1905, pp. 500-501.

（4）シェイクスピア作品における文書偽造が孕む問題性や現実との関わり方については、Alan Stewart, *Shakespeare's Letters*, Oxford: Oxford Univ. Pr., 2008, pp. 272-276を参照。

（5）Jonathan Gibson, "From Palatino to Cresci: Italian Writing Books and the Italic Scripts of Early Modern English

Letters," in *Cultures of Correspondence in Early Modern Britain*, ed. James Daybell and Andrew Gordon, Philadelphia: Univ. of Pennsylvania Pr., 2016, pp. 29-47.

（6） Cambridge University Archives, Collect. Admin. 6a [Caryl B. 24], Buckle Book, p. 222 (1582/3 January).

（7） Anno 5o Elizabethae, cap. 14, "An Act against the Forging of Evidences and Writings" in Danby Pickering, ed. *The Statutes at Large, from the First Year of Q. Mary, to the Thirty-Fifth Year of Q. Elizabeth*, Vol. VI, Cambridge: Joseph Bentham, 1763, pp. 202–203.

（8） スパイマスターであるウォルシンガムが書字法のプロ、ピーター・ベイルズを雇っていたという事実は、政府自体が文書偽造のプロを擁していたというだけあって、とてもきな臭い。Cf. Andrew Gordon, "Material Fictions: Counterfeit Correspondence and the Culture of Copying in Early Modern England," in *Cultures of Correspondence*, pp. 102-109.

（9） British Library, Sloane MS 93, fol. 2r.

（10） British Library, Lansdowne MS 30, fol. 163.

（11） Thomas Nashe, *Strange Newes, of the Intercepting Certaine Letters, and a Conuoy of Verses, As They Were Going Priuilie to Victuall the Low Countries* (London, 1593), in *The Works of Thomas Nashe*, ed. Ronald B. McKerrow and F. P. Wilson, 5 vols., 1958; rpt. Oxford: Basil Blackwell, 1966, 1: p. 296; James Nielson, "Reading between the Lines: Manuscript Personality and Gabriel Harvey's Drafts," *Studies in English Literature, 1500-1900*, 33, no. 1, 1993, p. 44; 竹村はるみ「書斎の中のシドニー・サークル：スペンサーの友情伝説を読む」（『食卓談義のイギリス文学』彩流社、二〇〇六年）、三〇頁。『四通の手紙とソネット』におけるハーヴェイの語りとフィクション性については、野崎睦美「エリザベス朝ゴシップ学事始」（『シェイクスピア・ニュース』四一巻一号、二〇〇一年）、三一一五頁を参照。

（12） Alexander B. Grosart, ed. *The Works of Gabriel Harvey*, 3 vols, 1884; rpt. New York: AMS, 1966, 1: p. 178.

（13） 書籍商ウルフの活動については、Clifford Chalmers Huffman, *Elizabethan Impressions: John Wolfe and His Press*, New York: AMS, 1988を参照。

(14) Denis B. Woodfield, *Surreptitious Printing in England 1550-1640*, New York: Bibliographical Society of America, 1973, pp. 24-33.

(15) Virginia F. Stern, *Gabriel Harvey: A Study of His Life, Marginalia, and Library*, Oxford: Clarendon Pr., 1979, pp. 200, 268.

(16) セシル主導のプロパガンダ・パンフレットについてはConyers Read, "William Cecil and Elizabethan Public Relations," in *Elizabethan Government and Society: Essays Presented to Sir John Neale*, ed. S. T. Bindoff, J. Hurstfield and C. H. Williams, London: Athlone Pr., 1961, pp. 21-55を参照。

(17) タイトル全文は*Essempio d'vna Lettera mandata d'Inghilterra a Don Bernardino di Mendoza*で、"Essempio"は「写し」(copy)のことであり、タイトルの意味としては"A Copy of a Letter"ということになる。Cf. John Florio, *A Worlde of Wordes* (1598), p. 121. 英語版とフランス語版はリチャード・フィールドによって同年に出版されている。

(18) British Library, Lansdowne MS 103, fols. 134-163.

(19) TNA, State Papers 98/1, fol. 73v.

(20) ノーマン・メイラーの言葉を借りれば「ファクトイド」ということになるだろう。メイラーは"factoid"を"facts which have no existence before appearing in a magazine or newspaper, creations which are not so much lies as a product to manipulate emotion in the Silent Majority"と定義している。Norman Mailer, *Marilyn*, Los Angeles: Alskog, 1973, p. 18.

(21) ハーヴェイ一家に対する諷刺の部分は、後にグリーン自身によって削除されたが、ハンティングトン図書館所蔵のコピーには削除部分が含まれている。引用はMcKerrow and Wilson, ed. *The Works of Thomas Nashe*, 5: p. 76 (in "A Supplement to McKerrow's Edition of Nashe", by F. P. Wilson) による。

(22) Grosart, ed. *The Works of Gabriel Harvey*, 1: p. 188.

(23) Grosart, ed. *The Works of Gabriel Harvey*, 1: p. 292.

(24) Grosart, ed. *The Works of Gabriel Harvey*, 1: pp. 165, 167.

（25） Billerも同じような点を指摘している。Cf. Janet Elizabeth Biller, ed. *Gabriel Harvey's* Foure Letters *(1592)*: *A Critical Edition,* unpublished doctoral dissertation, Columbia University, 1969, p. lxi. 改心ナラティヴの枠組みについては，Patricia Caldwell, *The Puritan Conversion Narrative: The Beginnings of America Expression,* Cambridge: Cambridge Univ. Pr., 1983，及びD. Bruce Hindmarsh, *The Evangelical Conversion Narrative: Spiritual Autobiography in Early Modern England,* Oxford: Oxford Univ. Pr., 2005を参照。

（26） Lennard J. Davis, *Factual Fictions: The Origins of the English Novel,* Philadelphia: Univ. of Pennsylvania Pr., 1983, p. 36.

（27） Grosart, ed. *The Works of Gabriel Harvey,* 1: p. 168.

（28） Anthony Smith, "The Long Road to Objectivity and Back Again: The Kinds of Truth We Get in Journalism," in *Newspaper History from the 17th Century to the Present Day,* ed. George Boyce, James Curran and Pauline Wingate, London: Constable, 1978, p. 155.

（29） Ben Jonson, *Timber or Discoveries,* ed. Lorna Hutson in *The Cambridge Edition of the Works of Ben Jonson,* vol. VII, gen. ed. David Bevington, Martin Butler, and Ian Donaldson, Cambridge: Cambridge Univ. Pr. 2012, p. 510.

（30） こうした傾向はとりわけニュース・パンフレットに関して顕著である。Alexandra Walsham, *Providence in Early Modern England,* Oxford: Oxford Univ. Pr., 1999を参照。

（31） McKerrow and Wilson, ed. *The Works of Thomas Nashe,* 1: p. 261.

瀧本佳容子……TAKIMOTO Kayoko

［第3章］近代的作者の誕生

――セルバンテスと『贋作 ドン・キホーテ』

母の話では、私が最初に書いたものは自分が読んだ物語の続きでした。私は、物語が終わってしまうのがいやだったか、または、話の終わりを自分で補いたかったのです。

（マリオ・バルガス・リョサ「読書およびフィクション礼賛」二〇一〇年ノーベル文学賞受賞講演）

1――真贋『ドン・キホーテ』

近代小説の嚆矢としばしば評されるミゲル・デ・セルバンテス（一五四七～一六一六）の『ドン・キホーテ』(1)は、十六世紀に大流行した騎士道物語のパロディとして書かれた。主人公ドン・キホーテは、ラ・マンチャ地方のあ

EL INGENIOSO
HIDALGO DON QVI-
XOTE DE LA MANCHA
Compuesto por Miguel de Ceruantes Saauedra.
DIRIGIDO AL DVQVE DE BEIAR,
Marques de Gibraleon, Conde de Barcelona, y Bañares, Vizconde de la Puebla de Alcozer, Señor de las villas de Capilla, Curiel, y Burgillos.
Año, 1605.
Con priuilegio de Castilla, Aragon, y Portugal.
EN MADRID, Por Iuan de la Cuesta.
Vendese en casa de Francisco de Robles, librero del Rey nro señor.

図1　『ドン・キホーテ』前篇の表紙（1605年の初版）(Wikimedia Commons)

図2　フアン・デ・ハウレギがセルバンテスを描いたとされる肖像画(Wikimedia Commons)

図3　ドン・キホーテとサンチョ・パンサ（ギュスターヴ・ドレのエッチング）(Wikimedia Commons)

る村に住む、本名をアロンソ・キハーノという郷士（貴族の最下級）で、騎士道物語に耽溺していた。騎士道物語には『ドン・キホーテ』でも称賛される『アマディス・デ・ガウラ』（スペイン語初版一五〇八年）や『ティラン・ロ・ブラン』（バレンシア語初版一四九〇年）のような名作もあったが、流行に伴って劣悪なものも量産されるようになった。セルバンテスが意図したのは陳腐な類型化を遂げた騎士道物語のパロディだった。『ドン・キホーテ』の主人公アロンソ・キハーノは、物語の英雄に倣って世を正すことを志して自らにドン・キホーテという名をつけ、正義を実現するための冒険を求めて遍歴の旅に出る。騎士に不可欠の従士には、近所に住む百姓のサンチョ・パンサを、いずれ島の領主にしてやるからと口説き落として随伴させる。その旅で彼は、悪者と死闘を繰り広げて超人的能力を発揮し、弱き者を助け、美しい姫君に愛を捧げねばならない。しかし、現実には騎士が活躍できるような事件は起こらず、物語と現実を反転させてしまった反英雄ドン・キホーテの意図は空回りするばかりで、人々は常軌を逸した彼の言動に驚き、彼を嘲笑う。

一六〇五年に刊行された『ドン・キホーテ』前篇はスペイン内外で成功を収め、同年のうちに、ポルトガルで二回、マドリードで一回、バレンシアで二回出版され、さらにラテンアメリカにも二度にわたって出荷された。その後一六一五年の後篇出版までの間に、マドリード（一六〇八年）、ミラノ（一六一〇年）、ブリュッセル（一六〇七年、一六一一年）、ロンドン（英訳、一六一一年）、パリ（仏訳、一六一四年）と、翻訳も含めてスペイン内外で相次いで刊行され、外伝や翻案もつくられた。十七世紀の間にスペインの外で刊行された「ドン・キホーテもの」の数を、翻訳と翻案をあわせて言語別に挙げると、英語で十五、ドイツ語で十七、イタリア語で一、オランダ語で二、そしてフランス語では二十四にものぼった。フランス語版の最初の翻案を書いたのは、オリジナルの『ドン・キホーテ』を仏語に訳したフランソワ・フィヨー・ド・サン゠マルタンで、さらにその続編をロベール・シャールが書き継いだ。十八世紀から十九世紀にかけてはスペインで「ご当地別ドン・キホーテもの」が流行る一方で、ドン・キホーテがはるばるキューバにまで行く版も出た。十九世紀にはドン・キホーテが読み耽るのはフランス啓蒙主義の本になり、エクアドル産「ドン・キホーテもの」も出た。そして今日では、バレエ作品やミュージカル、オーソン・ウェルズからテリー・ギリアムにいたる監督たちによる映画、ドラマ、アニメ、その他の媒体で表現された数え切れないほ

図4　バレエ『ドン・キホーテ』(スペイン国立バレエ団)(Wikimedia Commons)

どの「ドン・キホーテもの」を私たちは目にする。

このように多産された「ドン・キホーテもの」の一つが、真正『ドン・キホーテ』後篇刊行直前の一六一四年に、トルデシーリャス生まれのアロンソ・フェルナンデス・デ・アベリャネーダ作として出版された『機知に富んだ郷士ドン・キホーテ・デ・ラ・マンチャ第二巻』(*Segundo tomo del ingenioso hidalgo Don Quijote de la Mancha*)である(邦訳名は『贋作ドン・キホーテ』、以下『贋作』)。作者名、出版地(タラゴーナ)、印刷業者名(フェリペ・ロベルト)はすべて偽りで、誰が真の作者なのかは今日でもわかっていない。『贋作』は

SEGVNDO
TOMO DEL
INGENIOSO HIDALGO
DON QVIXOTE DE LA MANCHA,
que contiene su tercera salida: y es la
quinta parte de sus auenturas.
Compuesto por el Licenciado Alonso Fernandez de
Auellaneda, natural de la Villa de
Tordesillas.
Al Alcalde, Regidores, y hidalgos, de la noble
villa del Argamesilla, patria feliz del hidal-
go Cauallero Don Quixote
de la Mancha.
Con Licencia, En Tarragona en casa de Felipe
Roberto, Año 1614.

図5　アベリャネーダ作『機知に富んだ郷士ドン・キホーテ・デ・ラ・マンチャ第二巻』(Wikimedia Commons)

スペイン内外で人気を博し、『ドン・キホーテ』刊行の頃から現れ始めたスペイン語文芸に関する書誌学的研究や文学史的論考において真正『ドン・キホーテ』と並んで論じられた。例えば、一六二四年にはタマヨ・イ・バルガスによって「前篇の比類なき面白さでもって後篇を書いた」と評価される一方、スペイン近代書誌学の創始者ニコラス・アントニオには一六七二年に「セルバンテス作品の続編を書くほどの才知はない」と批判された。このように、評価の高低はともかく『贋作』は早々にスペイン語文芸の伝統の一部となり、数多くの「ドン・キホーテもの」の中で今日まで命脈を保って読まれ続ける唯一の作品で、「外伝」または「贋作、偽作」を意味する apócrifo という形容詞を付けられて『ドン・キホーテ』研究では必ず言及される。『贋作』がこのような特権的地位を占めた理由は、次節以降で述べるように、『贋作』が、セルバンテス自身によって『ドン・キホーテ』後篇に取り入れられ、その結果、後篇がより豊かなテクストになったからである。

2――テクストをめぐるテクスト

物語に没入した末にフィクションと現実を反転させてしまう読者を主人公とする『ドン・キホーテ』は、本についての本だと言われる。この側面がさらに豊かな様相を呈するのは、『ドン・キホーテ』前篇の成功ぶりを描き出した後篇においてである。後篇開始早々の第二章でドン・キホーテとサンチョ・パンサは、自分たちの冒険の旅が本となっていることを同じ村の学士サンソン・カラスコから知らされる。サンチョは「そこにはおいらもサンチョ・パンサという本名で登場するし、ドゥルシネーア・デ・トボーソ姫のことも、さらにお前様とおいらが二人だけで話し合ったことなどもみな載っているというもんだから、その伝記の作者は一体全体どうしてそういうこと

図6　騎士道物語の読みすぎで妄想に取り憑かれたドン・キホーテ（ギュスターヴ・ドレのエッチング）（Wikimedia Commons）

を知ったものかとびっくり仰天」する（後篇第二章、二四頁）。そこで、ドン・キホーテがサンソンを呼び出して確かめると、サンソンは、正しいどころか、ポルトガル、バルセローナ、バレンシアで合計一万二〇〇〇部が刊行され、そのうえアントワープ（アントウェルペン）でも印刷中だという噂があり、あらゆる階層・世代の人々が『ドン・キホーテ』に親しみ、路上で痩せ馬を見ると誰もが即座に「ほら、ロシナンテが行くよ」と言うほどだ、と語る。

前節で述べたように『ドン・キホーテ』前篇は実際にスペイン内外で成功を収めたが、それは印刷術普及のおかげだ。印刷術がもたらす恩恵はドン・キホーテ主従の人気だけにはとどまらない。「印刷された作品だとじっくり読むことができるため、それだけ欠点が目につきやすい」と言うサンソンは、前篇にはドン・キホーテと何のつながりもない話が挿入されているとか辻褄が合わない箇所があるとかの批評をサンチョ相手に繰り広げる（後篇、第三〜四章、三〇―三四頁）。これらの欠点は後篇では繰り返されない。つまり、後篇は前篇を参照してできたテクストで、後篇では前篇への自己言及が繰り返される。この依存関係が成立するのは前篇が印刷され広範な読者を得ていたからだ。

さらに、印刷による前篇の普及によって『ドン・キホーテ』の作者に関する問題が錯綜する。サンソンは後篇の刊行について次のように言う。

「著者は後篇を約束しておりますかな？」

「ええ、約束しています」と、サンソンが応えた。「しかし、作者は、まだその続きが見つかっていないし、それを誰が持っているのかも分からないと言っているので、本当に後篇が日の目を見るのかどうか、いまだはっきりしたことは言えない状況です。（…）」

（…）「彼がいま血まなこになり、懸命に探し回っている物語が見つかり次第、すぐにもそれを印刷に付すということです。（…）」

（後篇、第四章、三五―三六頁）

SEGVNDA PARTE
DEL INGENIOSO
CAVALLERO DON
QVIXOTE DE LA
MANCHA.
Por Miguel de Ceruantes Saauedra, autor de su primera parte.
Dirigida a don Pedro Fernandez de Castro, Conde de Lemos, de Andrade, y de Villalua, Marques de Sarria, Gentilhombre de la Camara de su Magestad, Comendador de la Encomienda de Peñafiel, y la Zarça de la Orden de Alcantara, Virrey, Gouernador, y Capitan General del Reyno de Napoles, y Presidente del supremo Consejo de Italia.
Año 1615
CON PRIVILEGIO.
En Madrid, Por Iuan de la Cuesta.
Vendese en casa de Francisco de Robles, librero del Rey N.S.

図7 『ドン・キホーテ』後篇の表紙（1615年の初版）(Wikimedia Commons)

『ドン・キホーテ』は、作者の設定でも騎士道物語を滑稽に模倣している。主な語り手は「私」だが、もともとはシデ・ハメーテ・ベネンヘーリというイスラーム教徒がアラビア語で書いた原作を「私」が見つけてスペイン語に翻訳させ編纂したと設定されている。これに厳密に従えば、アラビア語で書かれた原作の続きがまだ見つからないというサンソンの台詞も、アラビア語の原作に含まれているはずである。また、ここでサンソンが「著者」と呼ぶのは作品中に「私」として登場する人物だが、「私」によって書かれているはずのサンソンは自分を書いている「私」とどこでどのようにして会ったのだろうか。ここではテクストの自己言及性は入子構造を示し、私たち読者は『ドン・キホーテ』後篇内部の小説世界において物語が生起するのに一瞬遅れてその複製を読んでいる、ということになる。

ドン・キホーテ主従はカラスコ以外の読者にも出会う。第五十八章に登場する三十人を超す男女は皆が前篇を読んでいる。ある娘が彼らを「今の世でいちばん勇敢な、いちばん恋に身を焦がす、そして、いちばん礼儀正しいお方なのよ。それに、いっしょにおいでのそっちの方は、サンチョ・パンサとかいう、この世に並ぶ者のないほど愉快で洒落《しゃれ》たお話をする従士さんにちがいありませんわ」と認識すると、サンチョはそれを肯定し、「わしが、お前様の言いなさったその道化者の従士で、こちらがわしの御主人、つまり、その物語に書かれてるドン・キホーテ・デ・ラ・マンチャ、その人なんです」と応じる（後篇、第五十八章、四七六および四七八頁）。このように、後篇に登場する前篇の読者たちはドン・キホーテ主従の旅の目的や言動の特徴を熟知しており、現実を騎士道物語の世界観で解釈するドン・キホーテとの意思疎通を図るために、ドン・キホーテに合わせた言動をとる。この登場人物たちの「ドン・キホーテ化」はすでに前篇において意識的あるいは無意識的に起こり始めている。そして、無意識的ドン・キホーテ化をもっとも早期からもっとも顕著に示すのはサンチョ・パンサで、後篇ともなると彼はドン・キホーテに「お前は日ごとに、愚かではなくなり、次第に賢明になっていくぞ」と言わせたり（後篇、第十二章、八九頁）、調子に乗って長広舌を繰り広げ、ドン・キホーテを「サンチョが話のなかに、とんでもない出まかせを連ねるのではないかと、絶えずびくびく」させたりする（後篇、第五十五章、四五八頁）。

その一方でドン・キホーテ主従は、意識的にドン・キホーテ化する者たちから、自分たちがすでに示した言動に準じた振る舞いを期待される。後篇においてもっとも意図的かつ作為的にドン・キホーテ化してドン・キホーテ主従を翻弄するのは公爵夫妻である。ドン・キホーテ化が極まったサンチョは公爵夫人に、ドン・キホーテから約束された島について次のように言う。

図8 『ドン・キホーテ』後編41章 公爵夫妻がドン・キホーテ主従を翻弄する（ギュスターヴ・ドレのエッチング）（Project Gutenberg）

「（…）まったく、おいらがのべつ引き合いに出されるのも迷惑な話ですよ。「サンチョがこう言った、サンチョがああした、サンチョがそっちへ行った、サンチョが戻ってきた」っていう調子で、まるでサンチョがそんじょそこらの、ありきたりの男であって、あのサンチョ・パンサ、すでに書物に印刷されて世間を渡り歩いていると、サンソン・カラスコが教えてくれた、あのサンチョ・パンサじゃねえみたいだ。（…）このおいらにとやかく言おうなんてのはお門違《かど》いってもんさ。なにしろおいらは名声を得ているわけだし、（…）おいらにその島の領主の地位をあてがってごらんなさいまし、人が驚くほどの手腕を発揮してごらんにいれますよ。だって立派な従士だった男なら、立派な領主にもなれるはずですからね。」（後篇、第三十三章、二八四頁、傍点およびカギカッコは和訳原文のママ）

このように、サンソンが伝える前篇の評判をもとに、サンチョは自ら進んで読者が期待するサンチョ像を想像し演じようとする。彼はドン・キホーテ化を極めるのみではなく、『ドン・キホーテ』が呈するメタフィクション性をもっとも顕著に体現する人物でもあるのだ。カルロス・フエンテスが言うように、ドン・キホーテ主従は自分が読まれていることを自覚している。そして、『ドン・キホーテ』のように「小説中の人物が、自分が虚構の冒険を生きていると同時に書かれつつある、ということを知っているというのは、文学の歴史において、確かにこれが最初」である。後篇刊行四〇〇周年の二〇一五年にミコーがあらためて宣言したように、『ドン・キホーテ』より前に物語の中で書物がこれほど重要な役割を果したことはなかった。『ドン・キホーテ』後篇は、かつて大流行した騎士道物語のみならず、『ドン・キホーテ』の内部である小説世界と、外部である現実世界の両方で起こったことのパロディで、双方向的自己言及性によって成り立っている。この意味でも、『ドン・キホーテ』は本についての本、テクストについてのテクストなのである。

3——近代的作者へ

ジャン・カナヴァジオは、セルバンテスの生涯に関する研究書の中で『ドン・キホーテ』を「当時のさまざまな文学様式が収斂する（…）交流点」であり「ルネサンスの人びとによって愛されたあらゆる種類のフィクションの総合」であると評した。「フィクション」は「物語」と訂正すべきだろう。フィクションとノンフィクションの峻別はきわめて近代的なパラダイムであり、『ドン・キホーテ』こそが中世・ルネサンスから近代へのパラダイム・シフトの始まりを画す作品だからだ。(2)『ドン・キホーテ』を、マルト・ロベールがもはや中世的叙事詩ではない「新しいオデュッセイア」と呼び、ミシェル・フーコーが『言葉と物』で論じた所以である。そして、セルバンテス自身も、その作品『ドン・キホーテ』と同様に、フィクション作者として近代性を示し始めている。『ドン・キホーテ』の表紙には前後篇とも著者としてセルバンテスの名が印刷されている。しかし、先に述べたように、作中の主要な語り手である「私」は、本当の作者はイスラーム教徒シデ・ハメーテ・ベネンヘーリだと一貫して主張し、『ドン・キホーテ』がパロディの対象とした騎士道物語の作者たちと同様の「擬無名性」をまとっている。騎士道物語では通常、表向きの作者とは異なる本当の作者がおり、表向きの作者は、本当の作者が書いた原典を書き直したり、編纂したり、翻訳したりして読者に差し出しているという体裁を取る。セルバンテスは、原作はアラビア語で、スペイン語の「茄子」(berenjena) を連想させるベネンヘーリなどという名前のイスラーム教徒によって書かれたという洒落を加え、騎士道物語の常套手段を模倣した。

さらにセルバンテスは、騎士道物語以前の中世文芸の本質である、テクストにバリアントが存在し作者も一人に特定できないという特徴を踏まえた仕掛けもこらしている。「私」とシデ・ハメーテに加え、ドン・キホーテには中世の英雄と同じようにその事跡を年代記や文書に書き残した複数の作者がいて、その名声は世間にも知れ渡っていると『ドン・キホーテ』の随所で述べられる(前篇、第一章、第二章ほか)。前篇を締め括る第五十二章では、ドン・キホーテは「風評によって、ラ・マンチャの人びとの記憶のなかに留められ」たり、ある古い礼拝堂の礎石の中から発見された鉛の箱に収められていた羊皮紙には、ラ・マンチャ地方のある村の学士院会員たちの手によってカスティーリャ語韻文でドン・キホーテの事跡と墓碑銘などが記されており、その記録を「この(…)物語の信頼するにたる作者」は部分的に解読する一方、「ドン・キホーテの伝記を世に出すためにラ・マンチャ地方のありとある古文書館を歩きまわり、文献を調べつくす」のに膨大な労力を要したと述べられる。作者に関するこれらの言及をすべて真に受けて『ドン・キホーテ』を読み進めると、この物語の作者は誰で何人いるのか読者には分からなくなる。そして錯雑する作者の群の間に放り出された読者は、作中の「私」がセルバンテスと同一人物である保証もないのだと気づく。

複数の作者のうちで重要なのは、シデ・ハメーテ、シデの原作の翻訳者、そして「私」で、この三者のうちもっとも頻出するのは「私」である。読者に提示されるテクストの編纂者たる「私」は三人称体で語るが、その過程で「シデは…と言っている」という風にしばしば注釈者の口調で介入する。さらに、「ドン・キホーテのことが記されているノートをすべて、省略したり手を加えたりせずに、そっくりそのままスペイン語に直してほしい」(前篇、第九章、八一頁)と「私」から依頼された翻訳者までもが、「この物語の翻訳者は(…)この章が偽作ではないかと述べている。(…)それでも翻訳者としての任務をまっとうするために、この章を訳さないわけにはいかなかったと言って、次のように書き続けている」(後篇、第五章、三九頁)などと注釈をつける。原作者、翻訳者、編纂者、そして注釈者のいずれもが「作者」と見なされる中世的範疇の通りである。

さらに、後篇第二十四章冒頭で「私」は、次のような翻訳者による加筆を引用する。曰く、彼(翻訳者)は、第二十三章でドン・キホーテが語る内容に関してシデ・ハメーテ自身が本文の余白に次のように書き込んでいるのを見た。

「余は、前章に書かれているすべてのことが、そっくりそのまま、勇敢なるドン・キホーテの身に起こったとはとても思えぬし、納得することもできぬ。(…)とはいえ、ドン・キホーテが嘘をついていると考えることなど、余にはとてもできぬ。とはいえ、(…)余はこの冒険が真実であるとも、また偽りであるとも断定することなく書いているのであるから、よしんばこの話が偽作と思われようとも、それは余の責任ではない。それゆえ賢明なる読者よ、諸君は自分で好きなように判断していただきたい。余にはこれ以上どうすることもできないし、そうする義務もないのだから。」

（後篇、第二十四章、一九九頁）

注目すべきなのは、「余」つまりシデ・ハメーテが、自分はドン・キホーテ自身の語りに依拠してアラビア語原典を書いたと言っていることだ。（なお、この設定も実録を装う騎士物語のパロディだ。）私たち読者の眼前にあるテクストの中でドン・キホーテは語り手ではなく語られる対象である。しかし、原作者たるシデ・ハメーテのテクストがドン・キホーテの語りをそのまま記したものであるならば、『ドン・キホーテ』の原初の作者は他ならぬドン・キホーテ自身だ。ここに至って『ドン・キホーテ』の複数の語り手／作者は、メビウスの輪のように捻れた一つの連続体だということになる。ホルヘ・ルイス・ボルヘスは『ドン・キホーテ』を「無限に循環する物語」と評したが、その作者も無限の循環体を成しているのだ。ここで私たちは、フーコーが『言葉と物』で次のように述べたことを想起してよいだろう。「作者名は固有名詞のように言説の内部から言説を産出した外部にいる現実の個人に向うのではなく、いわばテクスト群の境界を走り、テクスト群を輪郭づけて浮きあがらせ、その稜線を辿って、その存在様態を顕示する、あるいはすくなくともその存在様態を性格づける」。捻れつつ連続する『ドン・キホーテ』の作者群が顕示するのは、物語内外の世界をパロディにし尽くそうとするセルバンテスの意志がテクストの自律的動力に転化しているという事態だ。『ドン・キホーテ』の中ではパロディが契機となって物事が生起し物語が展開する。すなわち、テクストを成立させ推進するのはもはやセルバンテスではなく、テクスト自身、つまり言語で創造されたパロディが連鎖して生じる動力なのだ。

自律的で無限に循環する『ドン・キホーテ』の作者およびテクストの群にとって、アベリャネーダは自分たちの秩序を外部の現実世界から撹乱しようと試みる闖入者に他ならない。不意を突かれたセルバンテスは『ドン・キホーテ』後篇で闖入者を拒絶する。表紙には「第一部の作者であるミゲル・デ・セルバンテス・サアベドラ」と自分の名を印刷させ、序文の多くの部分を『贋作』とその作者への批判に捧げる。そして、第五十九章では『贋作』の読者であるヘロニモおよびフアンとドン・キホーテ主従を邂逅させる。二人はドン・キホーテとサンチョを見た途端、目の前の彼らを本物だと認め、ドン・キホーテ主従の方は『贋作』の作者について次のように言う。

「お前様方、どうか信じてくださいよ」と、サンチョが言った、「この本に出てくるサンチョとドン・キホーテは、あのシデ・ハメーテ・ベネンヘーリが書きなさった物語の中で活躍してる本物のわしらとは別物ですからね。(…)」

「わたしもそのとおりだと思います」と、ドン・フアンがひきとった。「ですから、もし可能なら、偉大なドン・キホーテ殿の事績を描写することができるのは原作者のシデ・ハメーテだけであって、ほかの何人《なんびと》たりともそれについてペンを執ってはならじというお布令《ふれ》でも出すべきでしょうな。(…)」

「いや、誰でも拙者を描写したいと思う者に書いてもらってかまわぬ」と、ドン・キホーテが言った、「ただ、誹謗中傷を旨としてもらっては困る。あまり悪口が過ぎると、つい堪忍袋も緒《お》が切れますからな。」

(後篇、第五十九章、四九〇頁、傍線は引用者)

『贋作』を読むようフアンに勧められたドン・キホーテは、「拙者はそれにもう目を通し、実に低劣な書物であることを確認したものとしたい、また、拙者がこの本を手にしたことが万が一にも著者の耳に入り、拙者が読み通したものと考えた著者に大喜びでもされたら心外だ（…）という論理でもって、読み進めることを断」る（後篇、第五十九章、四九〇―四九一頁）。そして、偽のドン・キホーテ主従と同じくサラゴサの馬上槍試合に出場するつもりだった本物たちは、同じ行動を取ることを避けるため目的地をバルセローナに変更し、その地のある印刷所で増刷中の『贋作』の校正作業を目撃する。このように、本物たちは『贋作』を歯牙にも掛けず拒絶すると同時に、『贋作』に言及することでその存在を認知してしまう。セルバンテス自身が『贋作』の読者だったこともわかる。また、『贋作』がドン・キホーテ主従の行動を左右することで逆説的に『贋作』は真正『ドン・キホーテ』の源泉の一つとなってしまう。

図9　『ドン・キホーテ』後篇 第72章 公正証書を作らせるドン・キホーテ（ギュスターヴ・ドレのエッチング）（Project Gutenberg）

さらに、セルバンテスは後篇第七十二章において、ドン・キホーテと『贋作』の登場人物アルバロをある村で出会わせる。ドン・キホーテはアルバロに、真正ドン・キホーテである自分とアルバロは初対面であって真正ドン・キホーテは『贋作』のドン・キホーテとは別人であることを、その場に居合わせた村長に対して宣誓させ、法的効力を持つ公正証書まで作成させる。しかし、このアルバロを創造したのはアベリャネーダだ。セルバンテスは、アベリャネーダを拒絶し排除しようとする試み自体によって、アベリャネーダを自分たち作者群の連続体に引き入れるというパラドックスを生み出してしまう。

さらに最終章では、主人公の死をみとる司祭が公証人に「シデ・ハメーテ・ベネンヘーリ以外の作者が不届きにもドン・キホーテをよみがえらせ、彼の武勇伝を果てしなく描き続ける可能性を排除」するために死亡証明書の作成を依頼する（後篇、第七十四章、六〇八頁）。アルバロの宣誓と同様に、近世社会で顕著になる文書主義を模倣してセルバンテスは贋作者の息の根を止めようとする。そして、『ドン・キホーテ』の最後を締め括る独白においてシデ・ハメーテは次のように宣言する。

> ドン・キホーテはただただわたしのために生まれ、わたしはドン・キホーテのために生まれたのだ。彼が行動し、わたしがそれを記述することによりわたしたち二人だけが一心同体になれるのであって、あのトルデシーリャス生まれの偽りの作者が、（…）おこがましくも私の勇敢な騎士の偉業を書いたり、また書こうとしたりするなど、身のほどをわきまえぬ振舞いである。しょせん、これは彼の肩が担えるような荷物でもなければ、彼のような干からびた才知の扱えるような主題でもないのだから。（後篇、第七十四章、六〇九頁、傍線部は引用者）

このように、物語の最後に至って複数の作者はシデ・ハメーテ一人に収斂し、自分たちの地位を簒奪しようとしたアベリャネーダと対峙する。ここでのシデ・ハメーテはもはや複数性を常数とする中世的作者ではない。『ドン・キホーテ』後篇を読むことは、特定の作者が自分の作品を創造し所有するという近代的事象が始まろうとしている瞬間に立ち会うことなのだ。

とはいえ、『ドン・キホーテ』は中世的作者性の名残もとどめようとする。ドン・キホーテ自身が「誰でも拙者を描写したいと思う者に書いてもらってかまわぬ」と言うように、ドン・キホーテは中世の英雄と同様にさまざまな作者によって分有され得る存在である。そして、『ドン・キホーテ』刊行時の実情もこの観念に応じていた。本章第一節で述べたように、前篇の刊行直後から相次いだ「ドン・キホーテもの」の出現は当時においては反社会的行為ではなく、『ドン・キホーテ』出版のはるか前から多くの作品が翻案や続編などの模倣を生んでいた。創造者の手によるかどうかという基準で真贋が峻別され、法律で保護された原作者の権利を蹂躙する剽窃者は罰せられねばならないというのは、近代になってから出来た通念だ。『贋作』は、スペイン内外で多くの人が後ろめたさや罪の意識を感じることなく好き勝手に書いた「ドン・キホーテもの」の一つにすぎないのだ。（『續明暗』を執筆・刊行した水村美苗は、一九九〇年の日本においてアベリャネーダと同じことをしたのではないか？）このことは、アベリャネーダが、「偽りの作者 (el escritor fingido)」（後篇、第七十四章、六〇九頁）などよりは、むしろ「その新しい物語の作者 (ese historiador moderno)」（後篇、第五十九章、四九二頁）とか「あの新しい作家 (aquel nuevo historiador)」（後篇、第六十章、四九三頁）と呼ばれることが多いことからもうかがえる。真正ドン・キホーテがアルバロに誓わせたのが、自分はアルバロがかつて会ったドン・キホーテではないという反証だったのと同様に、真贋の峻別はむしろ、真正のドン・キホーテ主従やシデ・ハメーテを「本物」や「最初の作者」と呼ぶことでなされる。マルティ・ダ・リケーが指摘するように、「アベリャ

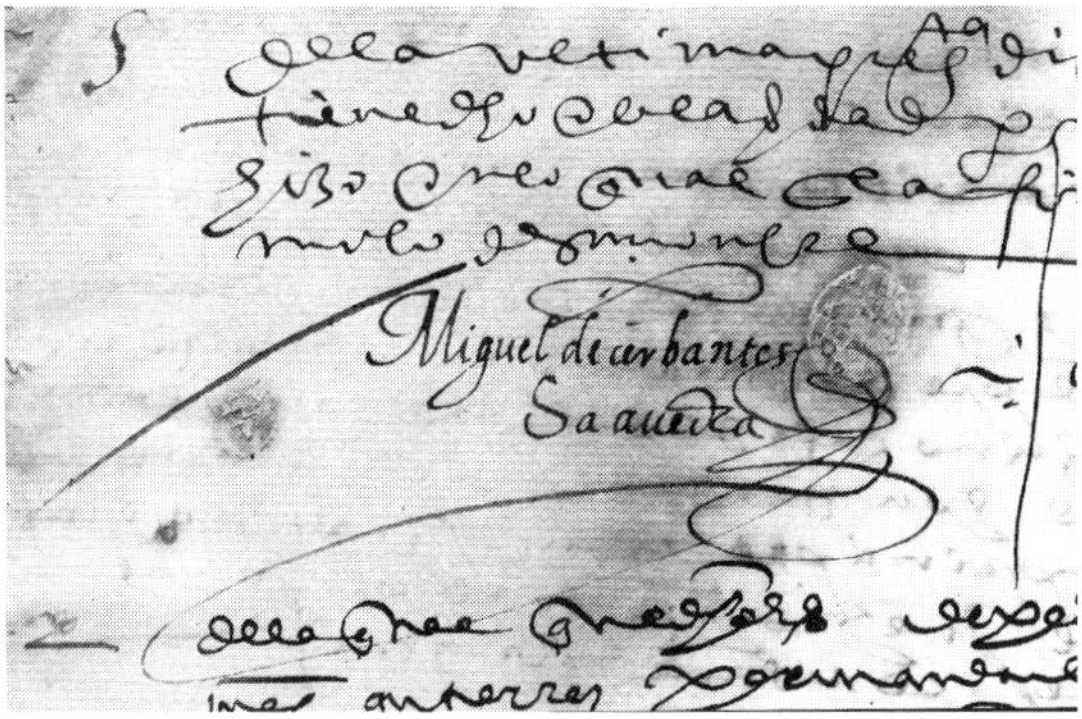

図10　セルバンテス自署（セビーリャ大学蔵）
（Wikimedia Commons）

ネーダにとって、ドン・キホーテはその創造者セルバンテスとは無関係に独自の生命と実体を持っており、ドン・キホーテがあたかも伝説的人物であるかのように、アベリャネーダは、彼をわがものとし彼に新しい冒険をさせる権利が自分にあると、当たり前のこととして信じているのだ」。そしてアベリャネーダの信念は当時の通念だったのだ。

このように、真贋の峻別という点でも中世・ルネサンスから近代への移行が始まったことを示す『ドン・キホーテ』後篇というテクストが成立したのは、学士サンソンが指摘したように印刷術というメディアのおかげで、その代償としてドン・キホーテは世間に流布したイメージ通りの振る舞いを強いられる。この現象を前にして小森陽一は「他者によって決定された〈自分〉の像の真偽に対して、いったいどのような弁明を当の〈自分〉はできるのだろうか」と問う。ドン・キホーテの弁明は、ナボコフが想像する方法で可能だったかもしれない。

セルバンテスは、（…）最後の場面では（…）アベリャネーダ作の偽のドン・キホーテと主人公のドン・キホーテを戦わせることができたのに、絶好の機会を逸したように思われる。われわれは物語を読み進むうちに、偽のドン・キホーテと親しく知り合った人たちに会ってきているので、（…）偽のドン・キホーテ登場をいつでも迎える準備ができている。

セルバンテスは、今日の私たちが明らかにしようとしている謎をたぶん無作為につくり出してしまった。おそらくセルバンテスは、自分が読んだテクストと書いたテクスト、それに眼前で展開する現実をパロディに仕立て、それが「書物に求められるところの最高の目的、つまり（…）教示すると同時に喜ばせるという目的を実現するがごとき、完璧な美を誇る作品」となるよう願い、「叙事詩は韻文ばかりではなく、散文でも同じように書くことができる」（前篇、第四十七章、五二二頁）ことを示したかっただけに違いないのだ。この目的は達せられた。セルバンテスは言語で創り出すフィクションの力を信じ、私たちはその豊穣さを味わい愉悦に浸ることができる。さらに私たちには『ドン・キホーテ』の新しい外伝がこれから生まれる可能性も残されており、そこでは真贋二人のドン・キホーテが今度こそ雌雄を決する戦いを繰り広げるかもしれないのだ。

注

（1）一六〇五年刊行の前篇は『機知に富んだ郷士ドン・キホーテ・デ・ラ・マンチャ』（*El ingenioso hidalgo Don Quixote de la Mancha*）、一六一五年刊行の後篇は『機知に富んだ騎士ドン・キホーテ・デ・ラ・マンチャ』（*El ingenioso cavallero Don Quixote de la Mancha*）が正式な書名。本章では慣例に従って前者を『ドン・キホーテ』前篇」または「前篇」、後者を「『ドン・キホーテ』後篇」または「後篇」とし、引用には牛島信明訳を用いて章と頁を示す。原典はフランシスコ・リコ責任編集による二〇一五年のＲＡＥ版を用いるが、引用箇所の頁は記さない。

（2）中世・ルネサンス的パラダイムの諸点に関しては、本書所収の松田隆美の論考を参照されたい。

参考文献

〈『ドン・キホーテ』その他の原典〉

セルバンテス、ミゲル・デ、牛島信明訳『ドン・キホーテ』前後篇（岩波書店、一九九九年）
Cervantes, Miguel de, *Don Quijote de la Mancha*. Edición del Instituto Cervantes dirigida por Francisco Rico, Madrid, RAE, 2015

Cervantes, Miguel de, *Don Quijote de la Mancha,* edición publicada bajo la dirección de F. Rico, Barcelona, Crítica, 1998 (2a. edición corregida)
フェルナンデス・デ・アベリャネーダ、アロンソ、岩根圀和訳『贋作ドン・キホーテ』上下（ちくま文庫、一九九九年）
Fernández de Avellaneda, Alonso, *El Quijote apócrifo,* edición de Alfredo Rodríguez López Vázquez, Madrid, Cátedra, 2011
Fernández de Avellaneda, Alonso, *El ingenioso hidalgo Don Quijote de la Mancha,* edición de Luis Gómez Canseco, Madrid, Biblioteca Nueva, 2005
ロドリゲス・デ・モンタルボ、ガルシ、岩根圀和訳『アマディス・デ・ガウラ』上巻（彩流社、二〇一九年）
マルトゥレイ、ジュアノット、田澤耕訳『ティラン・ロ・ブラン』（岩波書店、二〇〇七年）
Vargas Llosa, Mario, *Elogio de la lectura y la ficción,* Discurso Nobel, leído el 7 de diciembre de 2010 (https://www.nobelprize.org/prizes/literature/2010/vargas_llosa/25185-mario-vargas-llosa-discurso-nobel/)

〈**研究**〉

Álvarez Roblin, David y Biaggini, Olivier (eds.), *La escritura inacabada. Continuaciones literarias y creación en España. Siglos XIII a XVII*. Madrid, Casa de Velázquez, 2017
Canavaggio, Jean, *Don Quijote, del libro al mito,* traducción de Mauro Armiño, Madrid, Espasa Calpe, 2006
Micó, José María, "El *Quijote,* libro de libros", ponencia leída en el *Encuentro XXI en Veri nes: La herencia del* Quijote *y de Cervantes en la literatura actual,* 2005, publicado en; http://www.culturaydeporte.gob.es/lectura/pdf/264.pdf
Minnis, A. J., Scott, A. B., and Wallace, D. (eds.), *Medieval Literary Theory and Criticism* c. *1100-1375,* Oxford, 1988
Montero Reguera, José, *El Quijote durante cuatro siglos. Lecturas y lectores,* Universidad de Valladolid, 2005
Real Academia Española, *Diccionario de Autoridades,* Reproducción facsímil, 1990, Tomo I (A-C), Madrid, RAE
Riquer, Martín de, *Para leer a Cervantes,* Barcelona, ACANTILADO, 2010 (1a. ed. en 2003)
Vidal, César, *Enciclopedia del Quiojte*, Barcelona, Planeta, 1999

岩根圀和『贋作ドン・キホーテ　ラ・マンチャの男の偽者騒動』（中公新書、一九九七年）
カナヴァジオ、ジャン、円子千代訳『セルバンテス』（法政大学出版局、二〇〇〇年）
小森陽一「まえがき―メディアという力」『岩波講座 文学2　メディアの力』（岩波書店、二〇〇二年）
シャルチエ、ロジェ、長谷川輝夫訳『書物の秩序』（一九九三年）
瀧本佳容子「カスティーリャ語の権威化――15世紀のカスティーリャ文学をめぐる試論」（『日吉紀要 言語・文化・コミュニケーション』第四四号、二〇一二年）一九―三四頁
ナボコフ、ウラジーミル、行方昭夫・河島弘美訳『ナボコフのドン・キホーテ講義』（晶文社、一九九二年）
フーコー、ミシェル、渡辺一民・佐々木明訳「第三章　表象すること」（『言葉と物――人文科学の考古学』第四十二刷、新潮社、二〇〇八年、初版第一刷一九七四年）
フーコー、ミシェル、清水徹・豊崎光一訳『作者とは何か？』（哲学書房、一九九〇年）
フエンテス、カルロス、牛島信明訳『セルバンテスまたは読みの批判』（新装版第一刷、水声社、一九九一年）
ボルヘス、ホルヘ・ルイス「『キホーテ』の部分的魔術」（木村榮一編訳『ボルヘス・エッセイ集』平凡社、二〇一三年）
松田隆美「テクストを見るディヴォーション――BL MS Additional 37049におけるイメージの機能」（『西洋中世研究』第三号、二〇一一年）八六―一〇六頁
ロベール、マルト、城山良彦ほか訳『古きものと新しきもの』（法政大学出版局、一九七三年）

［第4章］公私のせめぎ合いと隠された主題
——ダニエル・デフォー『ペスト』をめぐって

高畑悠介……TAKAHATA Yusuke

1——『ペスト』の作品としての大枠

昨今のコロナ禍においてアルベール・カミュの『ペスト』（一九四七年）と並んで再度注目を浴びている作品に、『ロビンソン・クルーソー』の作者ダニエル・デフォーが、当時フランスのマルセイユを襲ったペストの流行に触発され、半世紀前のロンドンにおけるペストの大流行を題材に書き上げた『ペスト』（一七二二年）がある。一六六五年から一六六六年にかけてのペスト大流行がロンドンにもたらした惨状とそれに立ち向かう人々の姿を、具体的な史実や統計データを詳細に交えながら克明に描き出す本作は、確かに現在我々が置かれている状況を考える際のヒントに満ちている。通りを歩けば病気の苦痛から患者が発する奇声や悲鳴が聞こえるという、致死率がエボラ出血熱並みとも言われるペストの恐怖は、少なくとも現在日本で流行しているコロナウイルスのそれとは比較にならないものであるし、ペスト菌が発見されていなかった当時の人々が感じたであろう、原因や防御手段が分からないことから来る不安や迷信の跋扈も、医療や科学が発達した現在の我々が直面している状況とは大きく異なっているだろう。しかし、当局が感染拡大を防止するために取る施策（コロナ禍における都市封鎖を思わせる家屋閉鎖）の不備に対する人々の不満や怒り、不条理感や、感染への恐怖から来る人々の間の相互不信や敵意、汚染されたロンドンとそれを忌避する周辺都市の間の軋轢、業種による失業頻度の違い、そして自粛疲れから人々が平常時の生活に戻り一旦減少していた感染が再度増加するくだりなどは、昨今のコロナ禍の状況と驚くほどの類似性を示している。未曽有の事態に立ち尽くし、取るべき針路の分からぬまま不安と不和の中を手探りで進みつつある今日の我々にとって、先人が経験した類似の試練の記録を参照することは、実際上の有用性もさることながら、それを超えた、共に苦しむ者の人類レベルの連帯を背景とする、ある種の精神的な支えのようなものをも提供してくれるように思われる。その意味で、デフォーの『ペスト』が目下受けている注目に値するテクストであることは間違いないと言えるだろう。

しかし、昨今のコロナ禍が出現するまで、デフォーの『ペスト』はこれとは全く別の意味で注目を浴びてきたテクストであり、それは本作が歴史とフィクションの狭間の曖昧な場所を漂っているという、ジャンルの不確定性に関することであった。デフォーが本作を発表した当時、『ペスト』は同じ主題を扱った他の純粋な歴史書と同列の扱いで読まれ、その後著者が『ロビンソン・クルーソー』や『モル・フランダース』の作者デフォーであること、及びデフォーが部分的にフィクショナルな要素を本作に持ち込んだことが明らかになっても、『ペスト』を大枠で歴史書とみなす読み方は二十世紀初頭に至るまで残存した。(1)『ペスト』の出版の直前に、同じ題材を扱いつつも文

図1　1665年の大流行当時、遺体の回収
（Wikimedia Commons）

A
JOURNAL
OF THE
Plague Year:
BEING
Obſervations or Memorials,
Of the moſt Remarkable
OCCURRENCES,
As well
PUBLICK *as* PRIVATE,
Which happened in
LONDON
During the laſt
GREAT VISITATION
In 1665.

Written by a CITIZEN who continued all the while in *London*. Never made publick before

LONDON:
Printed for *E. Nutt* at the *Royal-Exchange*; *J. Roberts* in *Warwick-Lane*; *A. Dodd* without *Temple-Bar*; and *J. Graves* in St. *James's-ſtreet*. 1722.

図2　1722年オリジナル版の表紙
（Wikimedia Commons）

学的要素がほとんどないテクスト『ペストに対する身体的及び精神的な備え』をデフォーが出版していたことや、『ペスト』出版当時は歴史とフィクションについての価値観が現代とは異なっており、本質的に歴史の記述に奉仕する限りにおいては部分的なフィクショナルな要素も歴史に包含されるという見方が一般的であったこともこの『ペスト』理解に寄与していたと言える。一方で、二十世紀初頭以降は『ペスト』を基本的にフィクションとみなす読み方が主流派の位置を占めるに

図3　ダニエル・デフォー肖像
（Wikimedia Commons）

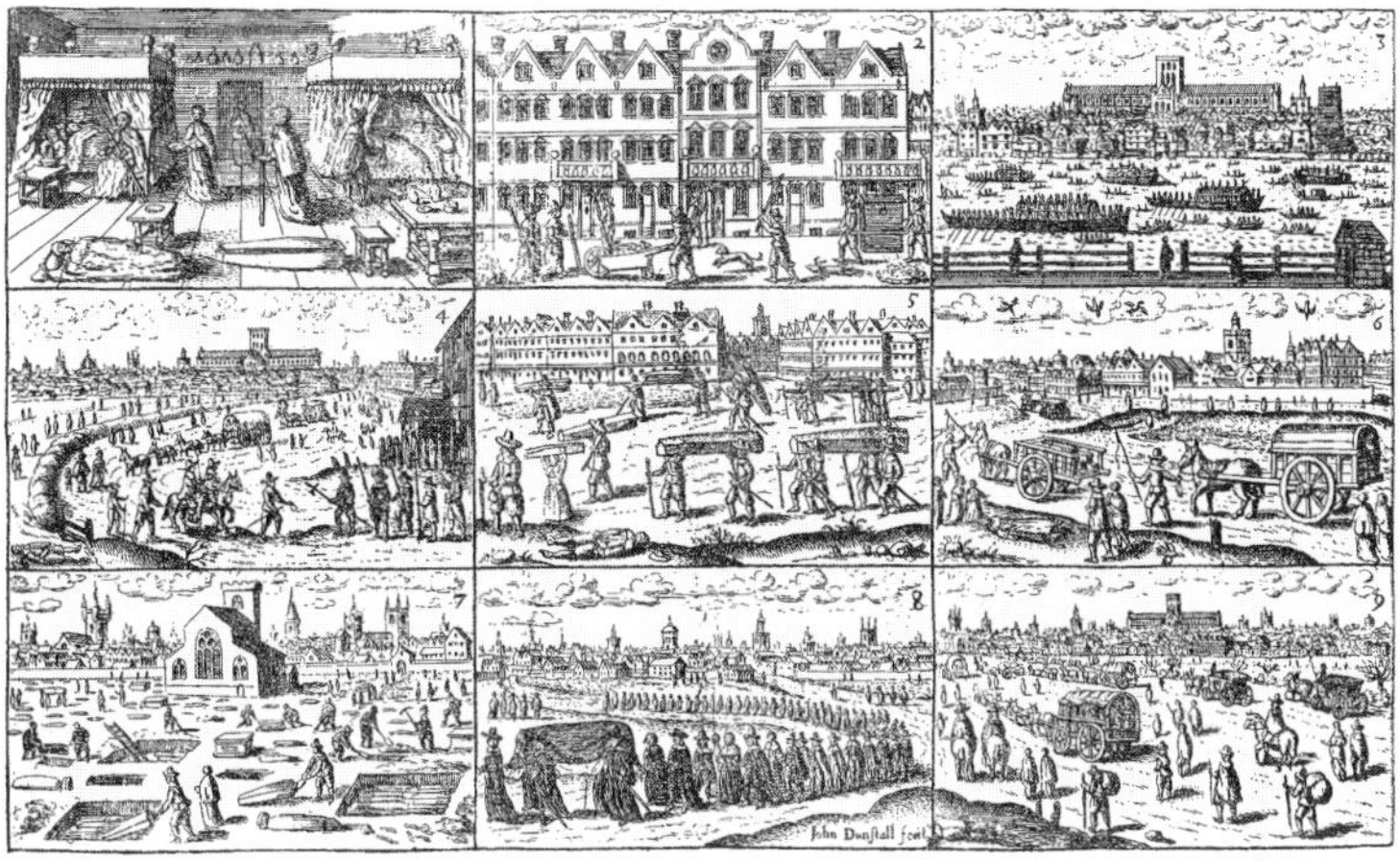

図4　疫病流行期のロンドンの風景（Wellcome Library, London）

至っている。著者が「イギリス小説の父」デフォーであり、テクストの中にフィクショナルな要素が混入しているというだけでなく、通常の歴史書であれば入り込む余地のないであろう、小説特有の個人レベルの要素が明確に織り込まれていることを考えれば、これはある程度は妥当な立場であると言え、本作が大学などの文学研究の範疇で扱われていることもそれを裏書きしている。

一方で、『ペスト』が歴史ともフィクションとも言えない、両者の狭間を漂う、曖昧でハイブリッド的なテクストであること自体を重視する立場もあり、古くはウォルター・スコットがそのような当惑に満ちたコメントを残していることが知られている。「テクストの歴史性と歴史のテクスト性」を標語とし、文学テクストと歴史資料の境界線を無効化する新歴史主義が市民権を得た今日にあっても、歴史とフィクションの間で理論とは別に直感的になされる区分は健在であり、そのような区分の意図を挫く『ペスト』のあり方は異彩を放っている。本作を大枠でフィクションと捉えるにせよ、ジャンルの境界をまたぐ分類不能なテクストという認識は必ずついて回ることになる。

このような紛糾が生じる主な理由としては、デフォーが『ペスト』をH・Fなる人物（デフォーがペストの体験談を伝え聞いた叔父のヘンリー・フォーを強く思わせる）によるルポルタージュとして提示しており、詳細な統計データや史実を丹念に提示する一方で、本作がフィクションないし小説であるという身振りを一切見せていないということが挙げられる。これは『ペスト』に限らず、『ロビンソン・クルーソー』や『モル・フランダース』おいても観察できる事象であり、両作品の前書きにおいてデフォーは、これから読者に提示する内容が架空の物語＝作り話ではなく事実に基づくものだという一種の弁明を行っているが、これは小説というジャンルの地位についての文学史的な観点からの説明が可能である。十八世紀に新たに勃興した中産階級を主な読者層とし、犯罪者一代記やセンセーショナルな体験を語る娯楽本等を含む雑多な書き物を先祖に含みつつ成立し、それまでの上流階級的な洗練や知性を旨とする韻文文学に対し、平易で非装飾的な散文による日常の卑近な題材を扱った虚構の物語として台頭した小説には、文学として下賤なジャンルであるとの認識が当初伴っており、旧来の文学の価値観を体現するアレグザンダー・ポウプが「イギリス小説の父」デフォーに対して向けていたとされる蔑視は、そのようなジャンル間の関係を象徴的に表していると言える。前述の前書きにおけるデフォーの「弁明」は、そのように小説に向けられる蔑視ないし批判をかわすための身振りとして理解することができるのであり、『ペスト』においてデフォーが自らの提示する書き物がフィクションであることを示す気配がなく、小説という枠組みへのこだわりがそもそも見られないのは、このような背景を考えればいたって自然なことともいえる。

そう考えるとき、小説として眺めた場合に『ペスト』が示すある種の構成の弱さ・緩さは、ある意味で必然的に生じる現象と言える。『モル・フランダース』と同様にチャプターや節が一切なく延々と文章が続く『ペスト』のテクストは、形式面でも構成性が希薄であることが容易に見て取れるが、内容から見ても、記述の展開に一貫した流れや構成がなく、同じ趣旨の記述が異なる場所で繰り返される現象も散見され、一般的な小説におけるプロットの有機的展開のごときものが極めて希薄である。統計データや史実、登場人物による具体的な逸話などをつなぐ媒介として、一つ所に安住して留まれないロビンソン・クルーソーの放浪癖を連想させる、ロンドンの惨状に対して語り手が野次馬的に抱く「好奇心」が動員されており、語り手が危険を顧みず己の野次馬根性を恥じることもなく街中を歩き回り様々なことを見聞きしそれを読者に報告することで記述が積み重ねられるという形になっているが、これは裏を返せば、このようなやや不自然とも取れる語り手の好奇心を語りの駆動力として用いねばならないほど『ペスト』の内容が散漫なものであるということの証左でもある。

『ペスト』の構成の弱さを示す具体例としては、作品が四分の三ほど進んだ終盤において、猖獗を極める疫病に人々が打ちのめされてきた後で、語り手にとって意外なことに、彼らが「やたらに勇敢に」「捨て鉢に」なり、それまでと一転して感染を恐れない行動を見せ始めるくだりがある（三一九頁）(2)。全編にわたってペストによるロンドン市民の苦しみや恐怖、不安、悲しみが印象的に描かれてきた後で、このような形での人々の姿勢の劇的な変化が語られれば、通常の小説の論理や感覚ではそれは物語の大詰めが近づいてきたことを意味するだろうが、『ペスト』においては、この後も再び疫病がもたらす惨状が事細かに語られており、その際の語り手の姿勢も以前と変わらず淡々と事実を積み上げるものであって、物語の劇的な大詰めを予期した読者は肩透かしを食う形になっている。筋書きや方向性に満ちた物語という枠組みを活用する意思がデフォーに乏しかったことが窺える事例と言えよう。また、上記の箇所の数ページ後には以下の記述が現れる。

この恐ろしいときに起こったさまざまな災厄の話ならいくらでもできる。毎日のようにわれわれの周囲に生じた事象のこと、病人が狂乱のあまりしでかす途方もない所業など、いくらでも私は話すことができる。(中略)寝台に縛りつけられていたが、ほかに逃れる道がなかったために、不幸にもすぐそばにあった蝋燭で寝台を燃やしてみずからついに焼死したある男の話もすでにした。また、苦痛に我慢できず、何だかわけのわからない無我夢中の格好よろしく、町の真ん中を裸で踊ったり歌ったりした男の話もした。こういう話をしたあとで、今さら何を付け加えたらよいであろうか。この時期の惨事を、もっと生き生きと読者に伝えるためには、いや、複雑な苦悩をさらに徹底的に理解してもらうためには、はたしてどういうことをいったらよいのであろうか。

(三二二―三二三頁)

先述の『ペスト』に散見される繰り返しの一例でもあるこのくだりは、ルポルタージュ的な事実の即物的提示と小説的な物語内容への感情的働きかけの対比を前景化しており、本作のジャンル上の帰属を考える上でも非常に興味深い一節であるが、ここで注目したいのは、このようにある種の「言い尽くし」や言葉の無力が前景化された後の部分でも、それ以前の部分とまったく同じ性質の記述が何ごともなかったかのように再開されるという本作のあり方である。例えば、まったくの健常者に見えた人間が突然発病してあっという間に絶命に至る症例(敗血症型ペストの急激なショック症状を指すと思われる)の詳細で淡々とした描写がこの後の部分で現れるが(三五五―三五七頁)、これは、抜粋部における、本作の疫病の記録としての鋭い自意識の表明が存在しなかったかのような、それまでの部分とまったく同じような書きぶりであり、一貫した流れや構成を重視する見地から見れば、前述の例と並んで、『ペスト』というテクストの構成の弱さを示していると言えるだろう。しかし、デフォーが小説という枠組みにこだわっていなかったという事実を踏まえれば、これを欠点とみなすのはある意味では筋違いなのかもしれない。

2──『ペスト』における「真実」と「虚構」あるいはフェイク

以上を踏まえたうえで改めて『ペスト』というテクストの本質について考えてみるなら、ロンドンにおけるペスト大流行という歴史上の事象について、渉猟した膨大な統計データや史実を総動員しつつ、その歴史上の事件の本質を掴み取ることを主眼とするというのが『ペスト』の本質であるという、一見すると凡庸極まりない理解からスタートすることになるが、ここでポイントとなるのは、ペスト大流行という歴史上の事象について、文字通りの即物的な真実と、事象の本質を捉えるという意味でのいわば本質的真実とでも呼ぶべきものとの間に生じる二項対立である。この対立は、例えば一八一〇年に地誌学者エドワード・ウェドレイク・ブレイリーが残した、『ペスト』で述べられている疫病についてのすべての詳細は「本質的、文字通りの双方の意味で真実である」というコメントで早くも先取りされていたことになるが、「対立」である以上、両者が一致せずに衝突する事態も含意される（メイヤー、五三五頁）。それは端的に言えば、ある事象の本質的真実を示すためであれば、その過程で文字通りの即物的な真実を無視したり作り変えたりしてもよいという姿勢も生じ得るということであり、その場合、素朴な意味では本質的真実の名のもとにフェイクが許容されるということになる。

即物的な統計データや史実で溢れ返る『ペスト』のジャーナリスティックな佇まいからは、本作が前述の二項対立においては文字通りの意味での真実の方に与するテクストであると考えるのが自然であるが、実際には事はそう単純ではなく、その「真実」性には素朴なレベルで疑義がつく余地がある。例えばマクシミリアン・E・ノヴァックは、他の歴史書との比較の上で、デフォーのテクストが描き出すロンドン市民全体の病魔との闘いというビジョンが、下層階級が主な犠牲になった「貧者の疫病」としての実際の史実と齟齬をきたしていることを指摘している（六五―六六頁）。他の歴史書やそれを基にしたノヴァックの議論自体も一つの可謬的見解に過ぎないという単純な事実だけでなく、先述の新歴史主義を経た後の認識として、言語による解釈の対象という意味でのテクスト性を抜きにした歴史の真実なるものが存在するものか疑わしいという理論的な観点から見ても、『ペスト』の描き出す疫病の歴史が素朴な意味でフェイクであると即断することには慎重であるべきだろう。しかし、『ペスト』のテクストの中で、語り手が「本質的真実」の「文字通りの意味での真実」に対する優位を明確に説いている箇所があることは注目に値する。家屋閉鎖の際、当局が派遣する監視人と閉鎖された家の住人との間の駆け引きについていくつかの伝聞による逸話を紹介した後で、語り手は次のように述べている。

> このような面白いといえば面白い、いろいろな話に、私はこの陰鬱な一年のあいだに、じつにおびただしくぶつかった。いや、聞いたのだ。こういった話は一つ一つあげていたらきりがないくらいだが、だいたいほんとうの話、ほとんど真相に近い話であった。つまり、これらの話が一般的にいって真実だという意味なのだ。というのは、こういう非常な事態の時には、一つ一つ詳細な事実をつきとめる余裕はなかったからである。
> （九八頁、傍点筆者）

自らの語る内容が「だいたい」本当であり「ほとんど」真相に近く、「一般的にいって真実」であるというのは、これは今問題にしている、文字通りの意味での即物的真実を本質的な真実に従属させる姿勢の表れ以外の何物でもないだろう。このような語り手の姿勢の表明は、H・Fが素朴なレベルにおいては真実に対立するところのフェイクに手を染めている局面が存在するという読みを誘発するものである。ロンドンの汚染から逃れて郊外を彷徨った三人組の男たちの本格的な逸話を語るに際しての語り手の以下の記述も、同様の観点から注目に値する。

彼ら三人の男の話を本人たちが話したとおりに物語るがいい、具体的な事実を一つ一つ保証したり、過ちの責任を負ったりする必要はない、との読者諸氏のお許しさえあれば、私としては喜んでできるだけくわしく話をしたいと思う。ロンドンにおいて同じような災難が再び降りかからないとは断言できない。もしそういうことになったら、この三人の物語はおそらくは貧乏人にとってはまさに好個の手本たるを失わないだろう、とは私の信ずるところである。（一〇九頁）

ここではこの三人組の逸話の本質を描き出すことが後世への功利的な価値と結びつけられてはいるものの、やはり焦点となっているのは文字通りの即物的な真実を留保することの是非であり、即物的な真実よりも本質的真実を取りたいという語り手の姿勢は明らかであろう。そもそも、伝聞の多用という本作の特徴も、伝聞であれば即物的な真偽について語り手が究極的な責任を取らずに済むという意味で、やはり同様の姿勢の表れと理解することができる。さらに言えば、『ペスト』の語り手は、文字通りの即物的な真実を重視する姿勢を挑発する素振りさえ見せている。例えば、肉親を失った精神的苦痛の激しさから首から上が左右の肩の間にめり込んでいき、最後には頭の脳天が両肩の骨の陰に隠れてほとんど見えなくなったという男の逸話が登場するが、語り手はこの常識的に考えて誇張や捏造としか取りようのない逸話を、その真偽については関心も判断も示さないままに淡々と提示している

（二一三頁）。これは、作中で語られるその他の蓋然性の低くない逸話に対しても、その真偽について同様の疑念を波及させるという意味で、由々しいふるまいであると言えるだろう。『ペスト』の歴史書としてのジャンル上の想定が破れた際、騙されたと感じたあるコメンテーターはデフォーのことを「フェイカー」と呼んでおり、これは本書の問題意識から見て非常に興味深い事実であるが、ここまでで確認してきた語り手の即物的な真実を軽んじるとも取れる姿勢は、確かにある種の「フェイカー」としての性質を帯びている面があると言える（メイヤー、五三九頁）。

『ペスト』は即物的な真実を志向する面も明確に持ち合わせたテクストであり、具体的には、当局が疫病の蔓延に対して取った対応が、一部で信じられているよりもはるかに適切で有効であったことを示し、当局の有能さや誠意について流布している誤った認識を駆逐しようという意思を見せている点が挙げられる。家屋閉鎖については語り手は批判的な立場を取っているが、他の対応策については再三当局を擁護しており、これを踏まえると、『ペスト』が一七二一年の検疫法を擁護するための政治的プロパガンダとして書かれたというジョン・ロバート・ムアの見解もそれなりの妥当性を帯びてくる面がある（デフォーやジョナサン・スウィフト、アフラ・ベーンなど、黎明期の小説家の多くが政治活動にも関わっていたという事実もこの読み方を補強するだろう）（三二〇頁）。しかし、全体として見れば、『ペスト』は疫病の大流行の非即物的な、本質面での真実を掴み取ろうとする試みであり、そこに文学的な意味での本作の魅力が宿っているわけだが、ここで表面化してくる文字通りの即物的な真実と本質的な真実の間の対立は、報道や歴史認識問題等におけるいわゆるフェイク問題に揺れる二十一世紀の我々にとっても示唆深いものがある。本質的に真実である（とその人間が信じる）ことを世の中に広めるためであれば、文字通りの意味でのファクトをないがしろにすることは許されるのだろうか。即物的な事実のみを積み上げても総体として把握可能な「真実」が立ち上がってこないという事態はあるのだろうか。考えるべき問題は数多くあるだろう。

3――『ペスト』の表看板としての公的な物語とそれをフェイクに転じ得る私的な物語

前節では、『ペスト』において、デフォーがロンドンを襲った疫病の本質を掴み取ることを意図したと論じた。それでは、ペスト大流行という歴史上の事象について本作が提示する本質というのは具体的にはどのようなものなのだろうか。それは一言で言えば、キリスト教による意味づけから浮かび上がってくる、神から人々に与えられた試練としての疫病というものである。無人島を舞台とした冒険譚『ロビンソン・クルーソー』が、実際に読んでみると、信仰にまつわる主人公の（現代人としては辛気臭いと形容したくなる）内省を多分に含んでいるという事実は一般にはあまり知られていないが、ダーウィンの進化論も当面出現しない十八世紀の作家であり、制度化・慣習化されたイギリス国教会のレールから外れた非国教徒でもあったデフォーは、作品のテーマとしてもキリスト教信仰を重視した敬虔な作家であった。(3)『ペスト』においても、この疫病が人々へのある種の「天罰」であるとの記述が再三現れており、そもそも他の人々がペストの蔓延し始めたロンドンを脱出し始める中で語り手が敢えて居残った理由からして、馬がたまたま手に入らなかったり従者が裏切って逃走してしまったりという不運が重なったことを神からの啓示と解釈したことが発端となっている。作品終盤の以下の記述などは、『ペスト』が宗教的な動機で書かれたことをこれ以上望み得ないほど明示的に宣言している。

私としては、こういう非常の際こそ、こういった敬虔な心を絶えずいだいておくべきものと心得ている。このような災厄自体、神が一つの市に、国に、国民に対して加えるこらしめということができる。神の復讐の使者ということもできる。心くだかれて悔い改めよ、と国民に、国に、市に向かって呼ばわる声ということもできる。それは、予言者エレミヤが「エレミヤ書」十八章七、八節にいっているとおりである。「われ急に民あるいは国を抜くべし敗るべし滅すべしということあらんに、もし我いいしところの国その悪を離れなばわれ之に災を降さんと思いしことを悔いん」私がこのような記録をくわしく残すのも、こういう非常の時に際して、神に対する畏敬の念をはっきりもつべきことを説きたいからである。それを軽んじるつもりはさらさらないのである。

（三五一頁）

このように、人々の罪を罰し信仰を試し心を新たにさせるために神から与えられた試練としてペストの大流行を捉えるというのが本作の大枠であり、それこそがデフォーがこの疫病の内に見出した本質的な真実であったことは疑いがない。エヴェレット・ズィマーマンは、作中においてペストの流行が最終的に収束に向かったことの理由が不可解なままに留まっていることを指摘し、『ペスト』における災厄が、究極的には理解不能な事象として捉えられ、潜在的にはキリスト教的意味づけを超越するものとして提示されていると論じている。しかし、そのズィマーマンも、H・Fが疫病を唯一無二の黙示録的状況として捉えていることに着目しており、『ペスト』が大枠として、疫病の流行を、神による試練という「雛型的物語」を通じて解釈しようとしていることは認めている（九〇―九四頁）。ペストが猖獗を極める間、かつての確執を忘れて融和していた国教徒と非国教徒が、疫病が峠を越すにつれ再びいがみ合いを始める様子のリアルな描写など、宗教的な意味での不調和への目配りがありつつも、基本的にはキリスト教の意味づけによって一つの調和的な物語としてペストを解釈するのがこの作品の骨子になっている。ジョン・J・リチェッティは、『ペスト』において語り手が行い読者が参加することを促されているのは、ペスト大流行という未曽有の事態への「秩序づけの過程」であると述べているが、その秩序づけは本作においては明確に宗教的な色彩を帯びたものなのであり、それは例えば、疫病の最中貧者への慈善行為を行った篤志家たちの中にペストで死亡した者の話を聞いたことがないという記述をさりげなく差し挟む語り手のふるまいなどからも明らかであろう(4)(二三四、三八一頁)。

このことを踏まえたうえで、ここで公的／私的という観点を導入して、『ペスト』における宗教的な枠組みをさらに深く検討するとともに、本書のフェイクというテーマに引きつけて、『ペスト』という作品について踏み込んだ解釈を提示してみたい。一般に流通している『ペスト』の原題は *A Journal of the Plague Year* =『ペスト流行年についての日誌』であるが、もともとの正式なタイトルは、*A Journal of the Plague Year: Being Observations or Memorials, of the Most Remarkable Occurrences, as Well Publick as Private, Which Happened in London During the Last Great Visitation in 1665* =『ペスト流行年についての日誌——一六六五年の直近の災厄時にロンドンで起こった最も特筆すべき出来事についての、私的であると同時に公的な観察あるいは覚書』である。成立初期に近い小説にはこのような長大なタイトルは珍しくなく、切り詰められたものが流通することは一般的だが、本章の議論の文脈で注目したいのは *as Well Publick as Private* という、中頃に差し挟まれたやや奇妙な一節である(Publickは当時の綴りをそのまま記している)。これは「私的であるのと同じくらい、それに負けないくらい公的な」というニュアンスにもとれる一節だが、趣旨として、「公的な」の方に主眼が置かれ強調されている点が重要である。

疫病の試練を前にして罰を受け信仰を試され心を新たにする人々の集合的な物語を描く『ペスト』において、個人レベルの私的な要素を大部分担っているのは語り手のH・Fである。個別に語られる逸話に登場するキャラクターたちも、通常の成熟したリアリズム小説の水準で考えれば表面的なレベルの扱いに留まっていることもあり、究極的には語り手の個人としての私的な感情や認識に資するために登場している感がある。そのように眺めるとき、このH・Fという語り手がどれだけ明確に個人としての私的な領域を与えられているのかは検討の余地がある。ペストの惨状と人々の苦しみから語り手が受ける感情——十八世紀小説的なsensibility＝「人間らしい感情を感じる能力」を思わせる、ややセンチメンタルな気配もある共感や同情——は、疫病に対峙するロンドン市民の集合的な感情からの分離度合いがやや不透明であり、ペストの伝染を思わせる形で、人々の感情が語り手に伝染した結果に過ぎないようにも感じられる。いずれにせよ、一般的な近代小説の水準で考えるとき、人々の苦しみや困窮に対して語り手が示す感情は、それ自体では彼のキャラクターとしての私的な領域を確保するには不十分であると見ることができる。類似の文脈で、ズィマーマンは『ペスト』において、それぞれの人間の個別の物語の枠が溶解し一つの物語に収斂する様を指摘しているが、これらの現象は、前述のタイトル中の一節が示す通り、『ペスト』が私的な領域よりも公的な領域を重視していることの必然的な結果として了解することができるのである（九四頁）。

ところが、『ペスト』には、語り手が自らの個としての私的な領域——しかも集合的な感情からの分離度合いが曖昧なありきたりの感情を超えるもの——の存在をほのめかすくだりが登場しており、そこでは、例えばH・Fが英文学史上最も非小説的な、キャラクターとしての個人化を周到に避けられた人物であり、類似の状況であれば誰もが示すであろう反応を示しているに過ぎないというボードマンの議論などは見直しを迫られることになる（八七頁）。以下の一節は、作品が三分の一ほど進んだところで、好奇心から街中を歩き回ってしまう自分の癖について語り手が内省する場面からの抜粋である。

絶好の機会ともいうべきこの時期に、私は本を読み、日夜接する種々な出来事のメモを書きとどめていった。

現在、こうして私がこの書物を書くにつけても、その素材になったのも、じつはといえばこのメモなのである。ただし、これは街頭で私が拾ったさまざまな状景に関することのみにすぎないことを断っておかなければならない。私の内奥の省察そのものについて書いた記事は、私としてはただ自分の魂の糧としてそっとしまっておきたいと思う。そしていかなる事情があっても、これを公にすることをかたくお断りしたい。私はまたこの他に、当時心に思いつくままに、神についてのさまざまな瞑想をしるしたが、これは私自身のためにこそなれ、他人の目に触れるべきものではないと考える。だから、この手記についてはこれ以上いわないことにする。

（一四二―一四三頁）

この記述は一体何なのだろうか。趣旨としては、ロンドンを襲った疫病の公的な側面にスポットライトを当てる『ペスト』のテクストの裏側には、語られないH・Fの私的な物語が控えているという内容で容易に理解できるが、不可解なのは、なぜ敢えてこのような記述をデフォーが織り込んだのかということである。この奇異な印象を与える一節に関しては、当然のことながら複数の批評家が言及しており、例えばズィマーマンは、公的な歴史記述の領域にあくまで留まる義務をH・Fが自覚していることの表れとして解釈しているが、単に語り手の個人としての私的な領域には踏み込まないということなのであれば、それをそのまま粛々と実行に移せばいいだけのことであり、このような思わせぶりな宣言を挿入する必要はないはずである（九一頁）。そう考えれば、このいかにも文学的な身振りは、記述の対象から外すという表明によって、逆説的にその語られないH・Fの私的な領域に読者の注意を向けさせるものとして理解するのが最も自然であり、そうであってみれば、作品冒頭に現れる、「だからそういう人たち［後世の人々］は、この話を単なる私の行動の記録ととらないで、むしろ自分たちの行動を律する一つの先蹤と考えてもらいたいと思う。私自身がどうのこうのということは、一文の値打ちもあるはずはないからである」という記述に見られる自己滅却の身振りも、同様の逆説的なメカニズムによって、語られないH・Fの私的な領域に読者の目を向ける仕掛けとして理解することができるように思われる（一九頁）。ベンジャミン・ムアは、同じ題材を扱った他のテクスト（デフォーの手になるものも含む）とは異なり、『ペスト』は語り手のidiosyncraticな＝個人的な特有性に満ちた問題や動機に目が向く作りになっていると述べているが、先の引用部ほどこの観察が当てはまる箇所は存在しないであろう（一三八頁）。

それでは、一つ目の引用部においてほのめかされた、語り手が手記に記していた「内奥の省察」や「神についてのさまざまな瞑想」とは、具体的にどのような内容のものだったのだろうか。小説の黎明期に書かれ、前述のように物語という枠組みへの意識が希薄で、フィクションと歴史書の狭間のジャンル的不確定性を捉えどころなく泳ぎ回る『ペスト』というテクストに対し、小説や詩の作品全体を一つの有機的統一体として捉え、精読によって首尾一貫した作品解釈を打ち建てるという新批評的なアプローチがどれだけ有効に機能するかは大いに疑問が残るが、その無理と限界を押して敢えて答えを探ってみるとするなら、語り手が読者の目から思わせぶりに伏せた省察や瞑想とは、自身の信仰の揺らぎに関するものだったのではないだろうか。無論、通常の小説におけるキャラクターの内面描写や背景となる半生の記述等に相当する、いわば小説的厚みのようなものが極めて希薄な『ペスト』のテクストには、この解釈を学術的に広く受け入れられるものにするような明確な証拠は存在しない。ただ、『ペスト』で展開される、疫病のもたらす苦しみに打ちひしがれる人々の痛ましい描写が、渦中の人間の信仰心を揺さぶったとしてもまったくおかしくないほどの生々しい迫真性に満ちていることは確かであり、例えば以下の記述はその好例である。

毎週の死亡報告の中に、頓死、つまり、驚愕のあまりに絶命した、という項目の中に、二ないし三名くらいの数字のあげてないことはめったになかった。しかし、驚いたあまりに即死した者のほかにも、深刻な衝撃を受けていろいろな不幸な目に合った者も非常に多かった。ある者は正気を失い、ある者は記憶を喪失した。また、なかには痴呆状態に陥るものもあった。……いや、また脱線してしまった。話をもとの家屋閉鎖のことに戻そう。（一〇七頁）

脱線という口実の下に語り手の真の感情や関心の片鱗が覗くというのはすぐれて小説的な現象であるが、この部分もそのようなパターンの一角として捉えることが可能であろう。つまり、このくだりは、人々の苦しみの強烈さ・悲痛さの極みを目の当たりにしての、語り手の狼狽や動揺、不安などの強い感情を暗示的に表現しているということであり、それは、本作において疫病の猛威を前に語り手の信仰心が微妙に揺らいだことがほのめかされているという先述の解釈を後押しする形になる。また、同じ作者の手になる『ロビンソン・クルーソー』において、無人島における天涯孤独の己の不幸な境遇を、神の思し召しとして受け入れ納得し感謝すらしようとするクルーソーが、同時にその姿勢に潜む自己欺瞞やフロイト的合理化の可能性を朧気ながら感知し、己の信仰心の微妙な揺らぎを経験する様が生々しく記述されているという事実も、あくまで状況証拠的な位置づけに過ぎないにはせよ、右記の解釈を支えるもののように思える。ケリー・L・カイトリンは、本章のテーマとの関連を強く思わせる「ダニエル・デフォー『ペスト』における私的な瞑想と公的な歴史」という論文の中で、H・Fが自身の瞑想の記録を伏せることを宣言する先述のくだりにやはり着目した上で、これを、私的な領域と親和性の高い日誌という形式が、歴史の記述と共同体の強化という公的な機能を担い得ることへの作者の強い意識を表すものとして解釈し、それ自体非常に公的な色合いの強い議論を展開しているが、筆者には、『ペスト』という作品は、より私的な、「文学的な」解釈を許容する奥行きを持つテクストであるように思える。ジョンソンは、疫病の大流行という題材の扱い方において、それを説教や信仰上のプロパガンダの契機としか捉えなかった同時代の類似の他のテクストと比べ、『ペスト』がより近代的であると論じているが、その意味合いは、語り手の信仰の揺らぎという私的かつ近代的な主題の可能性を探る本章の議論を念頭に置くとき、より明確になると言える（一七三頁）。アカデミックな学説としての厳密性はともかくとして、本章の解釈によって『ペスト』というテクスト全体と先述の一見奇妙な一節を一本の線に沿う形で理解することができる面があるのは確かであろう。

そして、仮にこの解釈が真相を衝いていたとして、その場合に何が起こるのかと言えば、人々を罰し、その信仰を試し、心を新たにさせるために神が疫病の流行をもたらし、最後は人々がその神からの試練に耐え抜いたという『ペスト』の表向きの調和的な公的物語が、その背後に暗示される語り手の私的な物語――神の存在への疑念がちらつく異端的物語――を覆い隠す一種のフェイクという位置づけに滑り落ちる可能性が生じるということになる。『ペスト』というテクストの大部分を現実に占める公的な物語をフェイクと断じるのは極論にも思えるが、これら二つの物語の性質上の相容れなさを考えれば、十分に妥当な論の運びと言えるだろう。先の引用部の奇妙な記述が挑発的に促しているのは現にこのような読みであり、そもそも、キリスト教によるペスト大流行への調和的な意味づけこそが本作の本質であるとするなら、その意味づけに対する雑音を生じさせかねない語り手の私的な物語を、（あくまで暗示的であるにせよ）なぜわざわざ書き込むのかという根本的な疑問があり、その答えとしては、そのような公的な調和の物語に収まりきらない、語り手の示す私的な不協和音的物語こそが大事なのだという、作品／作者の無意識の本音がそこに介在したとしか考えられないのである。(5)

自らの表向きの看板を潜在的にフェイクの地位に転化するというこのような身振り――本書序文の枠組みで言えば、道徳的に非難される欺きとは微妙に異なるという意味で「フェイント」に近いだろうか――は文学特有のふるまいであり、これを理解する上ではいくつかの異なる見地があり得る。すべての文学テクストは常に既に自らを脱構築しているというポール・ド・マンの名高い命題に表現されるポスト構造主義的な文学観もその一つであり、『ペスト』について本節で述べてきた論点も、ある意味では、本作が自らの表向きの看板を脱構築する様子をたどったものとも言えるかもしれない。しかし、ジャック・デリダのそれを筆頭とするポスト構造主義の理論は、その真偽についてコンセンサスが得られているわけではなく、それを真実として受け入れるかどうかは究極的には各人に一任されている問題なのであって、そのような脱構築的な観点を採用せずに『ペスト』における作者のふるまいを見た場合に何が言えるかということも考える必要がある。そして、その答えとしては、信仰の揺らぎという私的な物語こそが大事であるという本音を水面下に隠す「韜晦」、あるいは精神分析的な意味での本音の「抑圧」という解釈がそれにあたるだろう。意図的・戦略的な韜晦なのか、あるいは無意識的な抑圧なのかというのは、究極的には判定不能な問題であるが、いずれにせよ、これらは文学作品における語り手や作者のふるまいを解釈する際に頻繁に登場するありふれた理解の枠組みであり、むしろ文学研究者の基準では手垢のついたフォーマットとも言える。しかし、このような本音と建前をめぐる微妙な身振りの諸相こそが文学的なるものの本質的構成要素の一つなのであって、その意味で『ペスト』というテクストは、歴史書やルポルタージュの装いを見せつつも、小説としての特徴をいかんなく発揮しているのである。

以上の議論を踏まえてまとめるなら、『ペスト』においては、人々の罪を罰し信仰を試し心を新たにさせるために神から与えられた試練としての疫病を人々が乗り越えるという公的な物語と、それに対するノイズとして作用しかねない、信仰の揺らぎについての語り手の私的な物語のうちのどちらが本物でどちらがフェイクかという問題が、韜晦や抑圧というふるまいを通じて、どちらが作者の本音でどちらが建前なのかという問題に横滑りすることになっていると言える。真実／フェイクという壮大かつ公的な二項対立が、本音／建前という卑小かつ私的な二項対立に包含されてしまい得るのが文学という領域の持つ特性なのであり、小説が「大」説ではなく「小」説であるのは、パブリックな大問題も必ず個人のレベルで小さく扱うという同ジャンルの特性に由来している。デフォーの『ペスト』はそのことを示す一つの好例となっていると言えよう。

注

（1）以下に続く『ペスト』受容史とともに、Robert Mayer, 'The Reception of *A Journal of the Plague Year* and the Nexus of Fiction and History in the Novel' 参照。

（2）以下、『ペスト』からの日本語訳の引用は、引用文献に挙げた平井正穂訳のものを用いる。

（3）クリフォード・ジョンソンは、十八世紀の英国において信仰と合理主義が両立していたことを指摘した上で、デフォー特有の「啓蒙された敬虔さ」を論じている（一六九―一七〇頁）。

（4）マイケル・M・ボードマンは、『ペスト』において提示される人々の苦しみの壮絶な情景こそがこの作品の本質であり、それに対する語り手の意味づけの身振りは従属的なものにとどまると論じているが、先の引用部からも窺えるH．F．の明確に宗教的な語り口を念頭に置けば、これはいささか極論のそしりを免れないだろう（九一頁）。ロンドン市民の苦しみの描写の鬼気迫る迫真性は、間違いなく『ペスト』というテクストの最大の魅力の一つであるが、これは作者が本作において宗教的な意味づけを差し置いて一義的になそうとしたことというよりは、あくまで（優れた）副産物として生まれたものとみなすのが妥当に思われる。

（5）服部典之は、『ペスト』において、公的な歴史の物語としての一般論に話が向かうと、それを具体的なエピソード等を通じて個別性の次元に引き戻そうとする力学が作用していることを指摘し、それを「「個人を超えた語り手」と「私的な語り手」の綱引き状態」と表現しているが、本章において論じてきた公私のせめぎ合い――集合的経験としての災厄への信仰による意味づけとそれに対するプライベートな疑念――は、解釈としてより個別的かつ先鋭的なものになっていると言える（一三〇頁）。

引用文献

Boardman, Michael M. *Defoe and the Uses of Narratives*. New Brunswick, N.J.: Rutgers University Press. 1983.

Caitlin, Kelly L. 'Private Meditations and Public History in Daniel Defoe's A Journal of the Plague Year.' The Explicator 71.1 (2013): 52-55.

Defoe, Daniel. *A Journal of the Plague Year*. New York: Oxford University Press, 2010.

De Man, Paul. *Blindness and Insight: Essays in the Rhetoric of Contemporary Criticism*. 2nd Edition. London : Methuen, 1983.

Johnson, Clifford. 'Defoe's Reaction to Enlightened Secularism: *A Journal of the Plague Year*.' *Enlightenment Essays* 3 (1973): 169-177.

Mayer, Robert. 'The Reception of *A Journal of the Plague Year* and the Nexus of Fiction and History in the Novel.' *ELH* 57 (1990 Autumn): 529-555.

Moore, Benjamin. 'Governing Discourses: Problems of Narrative Authority in *A Journal of the Plague Year*.' *The Eighteenth Century* 33.2 (1992): 133-147.

Moore, John Robert, *Daniel Defoe: Citizen of the Modern World*. Chicago: The University of Chicago Press, 1958.

Novak, Maximilian E. *Realism, Myth, and History in Defoe's Fiction*. Lincoln: University of Nebraska Press, 1983.

Richetti, John. *Defoe's Narratives: Situations and Structures*. Oxford: Clarendon Press, 1975.

Zimmerman, Everett. *The Boundaries of Fiction: History and the Eighteenth-Century British Novel*. Ithaca and London: Cornell

University Press, 1996.
デフォー、ダニエル『ペスト』（平井正穂訳、中央公論新社、二〇〇九年）
服部典之『詐術としてのフィクション――デフォーとスモレット』（英宝社、二〇〇八年）

第2部

編集にまつわるフェイク

序◆テクストという作品をめぐって

納富信留

古くは人前で歌われ語られた文学は、やがて書き物として流布し、その形で伝承されてきた。近現代では印刷された冊子本として、また近年はウェブ上のテクストとして、広く人々に読まれている。書き物には著者以外にも多くの者がそれぞれの役割で関わっており、フェイクにあたる問題が生じる局面も多様である。最初に執筆した原著者に加えて編集者と出版者がテクストを固定化して普及させ、さらに読者がそれを受け取ることで文学が成立するからである。

すでに数例を見たように、執筆者本人による操作がフェイクに見える欺きをもたらすことがある。他人であると装って語り書くことは小説ではごく当たり前であり、フェイクの批判にはあたらない。だが、フィクションという約束事を離れた場面で、例えば書簡や日記や記録という形式であえて内容を偽って真実を装うこともある。それらは著者自身によって作られた偽装であり、一種のフェイクにあたる。

だが、著者が書いたテクストには別の人々が手を入れて、編集されて読者に供されるのが通例である。編集者は同時代の人であったり、著者の協力者の場合もあるが、著者の没後や後世に編集作業が加えられることも多い。そこでは、様々な形でテクストが改変されるが、そこで原著者の意図とは明らかに異なる解釈や意味が加えられることもあり、そこでフェイクとみなしうる現象も生じる。もし書物が原著者に専属してそれから外れるものはすべて不純物だと考えるとしたら、出版物は編集の手が加わっている限りでフェイクだという極論になる。だがこのことは逆に、書き物は必ずしも著者だけが生み出すものではないことを示す。では、フェイクの基準はどこにあるのだろうか。

テクストを書物の形で流布させるのは、近代では総合的な文化の担い手としての出版業者であり、編集者を兼ねることも多い。出版者は、原著者が意図していなかった文書を公開したり、大きく手を加えたテクストを流布させることもある。例えば、初期の草稿を整理しつつ確定版を作ったり、過去に出版した作品を手直しして新たな装丁で出版する場合である。より難しいのは、そもそも完成させていない遺稿や、著者が何度も改訂したテクストを一般読者に提供しようとする編集である。出版者は読者の期待に応えて、売れるために原著者とは離れた介入をするのである(1)。

こう考えると、純粋に著者の権限に属する原著作、つまりオリジナルと、手が加わった編集本とを厳密に区別することは難しい。だが、その程度の差をしだいに広げてみると、他人が恣意的に著作に介入し、原著者の意図や作品とはかけ離れた編集物をオリジナルと称して流布させる場合があり、それはフェイクと呼ばれる。

原著者に加えて編集者や出版者らが書き物に積極的に手を加えるのは、読者の期待に応えるという目的のためである。読者は様々な期待を抱いて作品を手に取るが、そこでは事実の確認や信憑性は気にせず、楽しいもの刺激的なものを読みたい、あるいは騙されたい、権威に従いたい、自分の信念を補強したいといった実に多様な、時に相矛盾する欲求がある。そこで読者が知らず知らずに、あるいは暗黙の了解でフェイクの成立と流布に加担することになる。フェイクは著者と編集者や出版者、そして読者が連携した共同作業の産物なのである。そこでは、明らかに偽りである内容についても、読者が求めてそれを受け入れることで真正のものとして通用していくフェイク成立の場面もある。人々はとりわけ発展した市場経済や情報社会において、消費者である読者の期待を先取りし、欲望を煽ることでそれに合わせたフェイクを加速させる。では、そんな場合の責任はどこにあるのだろうか。

第二部では編集に関わるフェイクの問題を、宗教や学問や政治という営為から考察していく。著者（author）と著作は権威（authority）として神聖化される傾向にある。そこに埋め込まれた欺きは、誰もを巻き込む非意図的なフェイクとなる。私たちは書き物に意味を求め、意味には真実か虚偽かが伴うと信じている。それが編集におけるフェイクを作り出すのである。すべてのテクストが編集である以上、ここで取り扱う問題はあらゆる対象に当てはまる。

（1）　編集とテクストの関係については、明星聖子・納富信留編『テクストとは何か――編集文献学入門』（慶應義塾大学出版会、二〇一五年）参照。

伊藤博明……ITO Hiroaki

［第5章］正典・外典・偽典
――「聖書」をめぐって

1――ノン・フィクションとしての聖書

◉「聖書」という文書

「聖書」と呼ばれている文書群は、実際には、多種多様な文学ジャンルから成り立っている。旧約聖書は、ヘブライ語原典の正典化の時期（前四～後二世紀）には「律法」「預言者」「諸書」のグループに、そのギリシア語訳「七十人訳聖書」（前三～一世紀）では「律法書」「歴史書」「文学書」「預言書」のグループに分けられた。後者の区分に従うならば、「律法書」は『創世記』『出エジプト記』『レビ記』『民数記』『申命記』のモーセ五書、「歴史書」は『ヨシュア記』から『エステル記』までの十二書、「文学書」は『ヨブ記』『詩編』『箴言』『コヘレトの言葉』『雅歌』の五書、「預言書」は『イザヤ書』『エレミヤ書』『哀歌』『エゼキエル書』『ダニエル書』から十二小預言書までの十七書である。

新約聖書の二十七の文書は、イエスの説教と行動、受難、復活について語る、マタイ、マルコ、ルカ、ヨハネによる四つの福音書、使徒たちの働きについて述べる『使徒言行録』、パウロによる十三の書簡（現在は七書簡だけが真筆と考えられている）、八通の公同書簡、そして、使徒ヨハネがパトモス島での幻視を記したとされる『ヨハネの黙示録』である。

◉聖書の成立過程

これらの文書は一括して「聖書」と呼び慣わされているのだが、本章で主として取り上げる新約聖書についてさえ、厳密に言えば、一つの文学ジャンルに括ることには困難を伴う。文書の成立過程について、『ルカによる福音書』（一・一〜四）では、冒頭で次のように語られている。

私たちの間で実現した事柄について、最初から目撃し、御言葉に仕える者となった人々が、私たちに伝えたとおりに物語にまとめようと、多くの人がすでに手を着けてまいりました。敬愛するテオフィロ様、私もすべてのことを初めから調べていますので、順序正しく書いてあなたに献呈するのがよいと思いました。お受けになって教えが確実なものであることを、よく分かっていただきたいのです。(1)

ルカはイエスの十二使徒の一人ではなく、直接的にイエスの言行に触れることはなかった。のちにパウロの同労者で医者のルカ（『コロサイの信徒への手紙』四・一四）と同一視されるが確証はない。ここで著者は、使徒たちが伝えた事柄について、彼以前に執筆した文書があることを前提にして、それをあらたに編纂し直そうとしている。

一方、『ヨハネの黙示録』（一・一〜三）は次のように始められている。

> イエス・キリストの黙示。この黙示は、すぐにも起こるはずのことを、神がその僕《しもべ》たちに示すためにキリストに与え、それをキリストが天使を送って僕《しもべ》ヨハネに知らせたものである。ヨハネは、神の言葉とイエス・キリストの証し、すなわち、自分が見たすべてを証しした。この預言の言葉を朗読する者と、これを聞いて中に記されたことを守る者たちは、幸いだ。時が迫っているからである。

◉ノン・フィクションとしての聖書

十二使徒の一人である（と見なされてきた）ヨハネの場合は、キリストが天使を通して示したのであり、『ヨハネの黙示録』は、ルカの言う「御言葉に仕える者」による書物である。新約聖書の他の文書が『使徒言行録』と書簡集であることを考えるならば、新約聖書の文学ジャンルを、歴史的な事実を基盤としたノン・フィクションと規定することは可能であろう。とはいえ、事実をそのままに記述することは不可能であり、ノン・フィクションであっても、著者（報告者）による事実についての把握と、それについての著者（報告者）による解釈が含まれるのが普通であり、聖書もまたその例外ではない。ただし、この観点は、現在における聖書の歴史的・批判的研究の前提ではあっても、必ずしも一般的な理解を得られているわけではない。

聖書をノン・フィクションと捉えることが可能であるとしても、フェイクとの関連を考えると重大な隘路が待ち受けている。一般にノン・フィクションの場合には、意図的に事実を曲げて書き、読者にその「虚偽」を信じさせる場合にフェイクとなるのであるが、聖書の場合には、それを検証することは不可能である。端的な例を出すならば、イエスの行った数々の奇跡について、そして何よりもイエスの復活について、「聖書」以外の史料を有しないわれわれは(少なくとも私は)、いかにしてその正否を検証することができるのだろうか。

◉聖書の「正典」

本章「聖書とフェイク」で取り上げたいのは、旧約聖書の三十九書と新約聖書の二十七書が、しかもそれらだけが、現在「聖書」とされているのはなぜか、という問題である。聖書の区分上では、これらの文書は「正典」と呼ばれており、そのほかに「外典」と「偽典」と呼ばれる書物群が存在している。もしそれらの書物が、『ルカによる福音書』における「御言葉に仕える者」や、『ヨハネによる黙示録』における神とキリストの介在を標榜しながら、教会によって正典から除外されたのならば、まさに(現代的な意味で)フェイクとして判断されたのであろう。

以下では、正典・外典・偽典という文書群の成立について、また、それらの後代への伝搬について、あくまでも歴史的な観点から瞥見しつつ、「聖書とフェイク」という課題の一側面について考えてみたい。(2)

2——正典・外典・偽典

◉正典

最初に、正典・外典・偽典と区分される文書群について概観しておきたい。旧約聖書の正典化は紀元前四世紀の

『創世記』から始まるモーセ五書の確立からゆっくりと進み、紀元前三世紀中頃までには、『ヨシュア記』や『イザヤ書』などの預言書が確定され、『詩編』『雅歌』『歴代誌』など他の書物とともに、紀元後一世紀のヤムニア会議、あるいはそれ以降にヘブライ語聖書として認められた。それらは「律法」「預言者」「諸書」の三部、全二十五巻(現行の区分では三十九書)から構成され、ユダヤ教徒はその頭文字を採って「タナハ」と呼んだ。

一方、紀元前三世紀から一世紀にかけて、当時はギリシア語圏だったアレクサンドリアのユダヤ人たちが、聖書をヘブライ語からギリシア語に訳していった。七十二名の訳者によって七十二日で訳されたという伝説に基づいて、「七十人訳聖書」(セプトゥアギンタ)と称される。しかし、このギリシア語訳聖書にはヘブライ語聖書にはない、『トビト書』『ユディト書』『シラ書［集会の書］』『知恵の書』など十四書が含まれている。

◉外典と偽典

この選択をヒエロニムスのラテン語訳(「ウルガタ」と称される)はほぼ踏襲しており、十六世紀のトリエント公会議ののち、教会はその中の十書を「第二正典」と呼び、他の書物は「補遺」とした。旧約聖書の外典(apocrypha)とは、一般的にはこれらの書物に対する呼称であり、聖書協会共同訳は、それらに『エズラ記』など三書を加え、旧約聖書続編と呼んでいる。そして、それら以外の前三〜後一世紀の間に書かれた文書が偽典(pseudoepigrapha)と呼び慣わされている。なお、新約聖書において正典以外の書物はすべて外典として一括され、またその他に、使徒教父文書と呼ばれる文書群が存在している(3)。

ここで留意しなければならないのは「外典」という言葉である。本来「アポクリファ」というギリシア語は「隠された(書物)」という意味であり、それは秘儀的な意味を有しているがゆえに、教団内において秘匿されるべきで、教団外の一般信徒からは隠しておくべき書物を示していた。それがのちに、もっぱらキリスト教徒の正統派が、異端的であるがゆえに隠すべきものとして「アポクリファ」に否定的な意味を付与することになる。

◉カノン

一方、正典の原語である「カノン」（kanon）というギリシア語は棹や棒、転じて基準や規範、また表や目録という意味で用いられていた。初期キリスト教会においてはもっぱら後者の意味で受け取られており、たとえば、エウセビオス（二六〇～三四〇）のカルピアノス宛書簡における「福音書のカノン」は、四福音書の間の平行箇所などを挙げた表のことであった。

そののち、三六三年のラオディケイア宗教会議の決議には、カノンの意味の変化が見られる。その第五十九項によれば、「教会において、個人による私的な詩や、カノンとなっていない（akononista）文書を読んではならず、新旧のカノンとなっている（kanonika）文書を読まなくてはならない」とされ、この言葉に規範としての「正典」という意味が付されることになる。

◉正典化の段階

新約聖書の正典と呼ぶことができる文書の結集と確立の歴史は複雑であるが、ここでは四つの段階を略述するにとどめたい。(4) 初期キリスト教会における正典の形成にとって重要な役割を演じたのが、一四〇年頃からローマで活躍した「異端者」マルキオンである。彼は旧約聖書の権威を否定し、イエスがもたらした福音だけを認めた。そして、正典と認められる文書を『ルカによる福音書』と十通のパウロ書簡に限定した。しかも、それらの文書からも、ユダヤ主義的敵対者によって付加された箇所は削除された（イエスの誕生に関わるルカの記述と『ガラテヤの信徒の手紙』四・四など）。

マルキオンに触発されて（あるいは、対抗して）、二世紀後半から三世紀初頭にかけて、西方ではユスティノス、エイレナイオス、テルトゥリアヌスが、東方ではアレクサンドリアのクレメンスとオリゲネスが正典について議論を重ねていった。エイレナイオスは『異教駁論』において、多くの異端的福音書が産みだされている状況下で、正典とすべき福音書を、マタイ、マルコ、ルカ、ヨハネの四書に限定した。彼のリストには、現在の新約聖書に含まれている『フィレモンへの手紙』『ヨハネの手紙二』『ヨハネの手紙三』『ユダの手紙』が含まれず、一方、使徒教父文書の『ヘルマスの牧者』『クレメンスの手紙一』『イグナティオス』が掲載されている。

◉「ムラトリ正典表」

ミラノのアンブロジアーナ図書館に所蔵されている「ムラトリ正典表」（二〇〇年頃）（図1）は、最初期の正典のリストを提供している。最初に四福音書について、「それぞれが異なったはじまり方をしているように見えるけれども、信じる者の信仰にとっては何も異なっていない。根源的な霊によって、すべてのことがすべてにおいて示されている」とそれらが合致していることが説かれている。(5) このリストで興味深い点は、パウロに帰せられているラオディオケイア人宛とアレクサンドリア人宛の手紙が、「マルキオンの異端のために制作された」と、わざわざマルキオンの名前を挙げていることである。また、それには『ソロモンの知恵』が含まれており、『ヘルマスの牧者』については教会で読まれるべきではないとされている。

田川健三は、『ムラトリ正典表』の著者が正典として採用する際に念頭に置いている文書の特色について、使徒

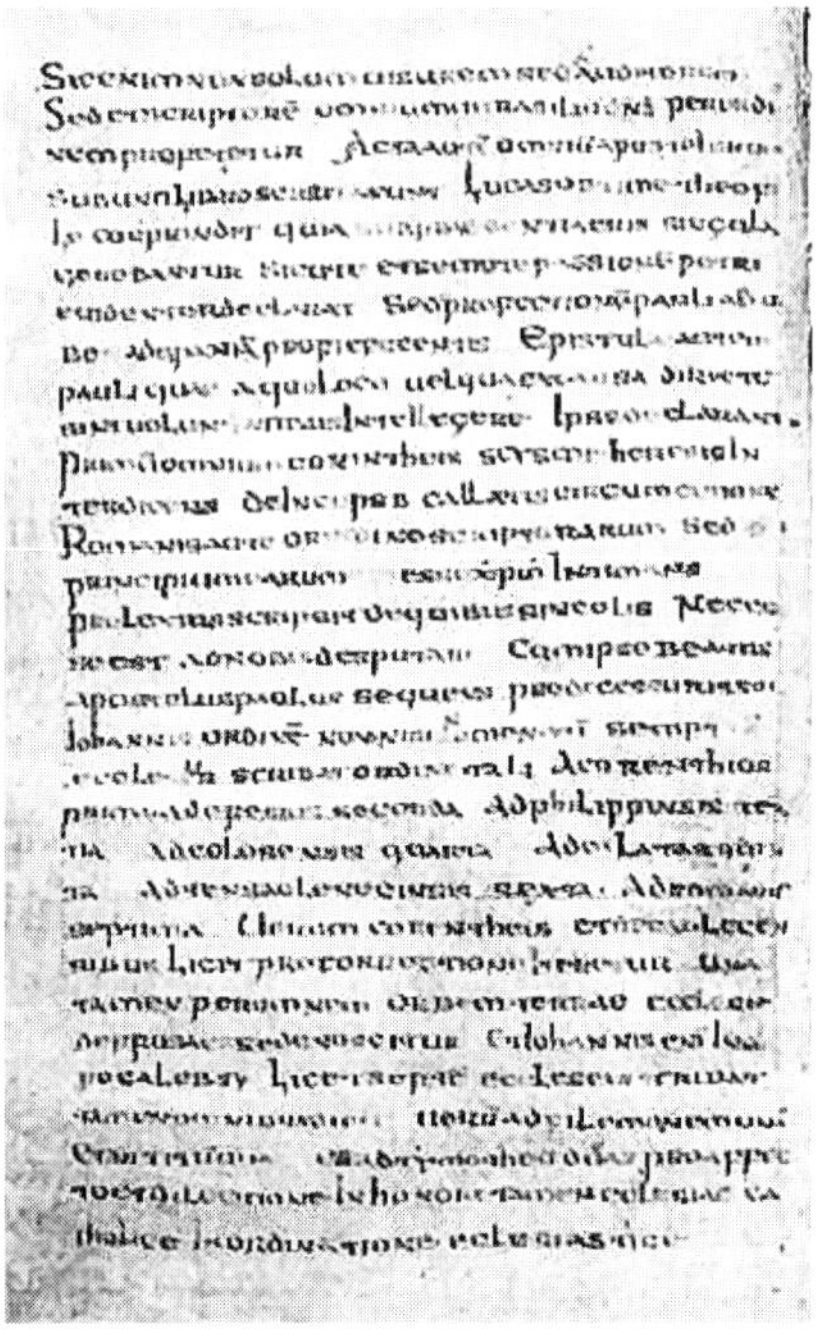

図1　「ムラトリ正典表」32〜62行
（ミラノ、アンブロジアーナ図書館、8世紀）

性、エクレシア・カトリカ（公同の教会）、統一性という三つの要素を挙げている。この正典表において、これら三つが正典の「基準」(canon)として明示的に挙げられているわけでないが、たしかに首肯されるべき見解である。とはいえ、客観的に見るならば、この基準を正典表の文書がすべて満たしているわけではない。たとえば、使徒性の問題について、ルカにしても、パウロの「助手」（『ムラトリ正典表』）にしか過ぎなく、そもそも、パウロの使徒性こそが問われることになるだろう。

◉『第三九復活祭書簡』

正典の概念の成立と文書の確定に決定的な役割を演じたのが、アタナシウスの三六七年にエジプトの諸教会に向けて送った『第三九復活祭書簡』である。彼はその冒頭で、真実の書物と同じ名前であることに騙されて、外典(apocrypha)と呼ばれる文書が読まれることがないように、われわれが知るべき文書を挙げることにする、と述べる[6]。

私たちは神の霊感を受けた(theopneustos)書物については、み言葉のはじめからの目撃者であり、それに仕える者となった人たちが父祖たちに伝えたように確信しているので、私もまた真の兄弟たちに励まされ、はじめから学んできた者であるから、正典化され（kanonizomena）、伝承され、信仰されてきた神的な書物をここに列記したいと思う。

「み言葉のはじめからの目撃者であり、それに仕える者」とは、十二人の使徒のことでであり、彼らの記した書物は神の霊感に満ちたものであり、それが教会によって「正典」として伝承されてきた。正典は旧約が二十四書（現行の三十九書）、新約が二十七書であり、そして、「誰もこれに加えてはならないし、誰もこれから削ってはならない」。

3——『ヤコブ原福音書』——事例研究（一）

◉正典の目録化

アタナシウスの『第三九復活祭書簡』は、「救いの源泉」である旧約・新約の正典のリストを挙げたあとで、父祖たちが読むべきものとして定めた、「正典化されてはいない」書物について触れている。それは、旧約聖書の外典である『ソロモンの知恵』『シラクの知恵』『エステル書』『ユディト書』『トビト記』と、使徒教父文書の『ディダケー』『ヘルマスの牧者』である。これらは「読まれるべきもの」として認容されるが、「外典」（apocrypha）にはあるべき場所が存在しない。こうして、アタナシウスは正典の範囲を明確に規定したのである。

そののち、三九三年のヒッポの宗教会議を経て、三九七年に開催された第三回カルタゴ宗教会議で読まれた「教令」（三九）によって、正典の目録が公布された。それによれば、「正典の書（scriptura canonica）以外のいかなる書も、教会において、神の書（divina scriptura）の名のもとに読まれてはならない」とされ、旧約聖書に続いて新約聖書の二十七の文書名が挙げられている。また、ローマ教皇ガレシウスの名を関した『ガレシウス教令』（六世紀に成立）には、同様な正典目録とともに、三十以上の文書名が「外典」（apocrypha）として記されている。それらは異端、あるいは分派によって作成され、認容されてきたもので、教会から拒絶されなければならない。

◉『ヤコブ原福音書』

それでは、キリスト教会の確立と正典の制定によって、偽典と外典（とされる書物）はすべて放逐されたのであろうか。実は、ローマ教会の拘束力が、すべての地域とすべての信徒に遍く及んでいたのではない（もちろん、東方教会は範囲外である）。そのことを証明する例は『ヤコブ原福音書』に見られる。この書物の著者は自らをヤコブ（主の兄弟）と名乗り、ヘロデ王（大王ヘロデかヘロデ・アグリッパ）の死後、この書物を執筆したと述べているが、諸福音書を前提にして創作された偽書であり、二世紀後半に成立されたと考えられている。このタイトルは十六世紀につけられたもので、ギリシア語の標題は『われわれの主とわれわれの女主人マリアの誕生』、あるいは、上記の『ガレシウス教令』におけるラテン語の標題は『救世主の誕生とマリア、あるいは産婆についての書』であった。

◉受胎告知

この書物の主人公はイエスではなくマリアであり、彼女の誕生と神殿での養育、そしてイエスの懐妊へと話は進む。受胎告知については『ルカによる福音書』（一・二六〜三八）が詳しく語っているが（マタイの記述は短く、マルコとヨハネは触れていない)、図2はローマのサンタ・マリア・マッジョーレ聖堂に五世紀中頃に描かれた、受胎告知の場面である。われわれが、ルネサンス絵画で見慣れている情景とは異なっており、マリアは玉座のような椅子に座って編み物をしており、上方で天使と鳩(聖霊)が彼女を祝福している。この光景は『ヤコブ原福音書』第十一章の次の記述に従っているのである。

図2 《受胎告知》(ローマ、サンタ・マリア・マッジョーレ聖堂、5世紀中頃)

> さてマリアは水がめを持って水くみに行った。するとどうだろう、声がして言った。「今日は、恵まれた方よ、主はあなたと共においでです。あなたは女の中で祝福された方です」。そこでマリアはどこから声がしたのかと思って右や左を見まわした。彼女は恐れを抱いて家へ帰り、水がめを置いて、紫色を取って自分の腰掛けの上に坐り、それを紡いでいた[7]。

本書には多数のギリシア語写本があり、シリア語、アルメニア語、グルジア語、コプト語、アラビア語、エチオピア語、ラテン語の翻訳が残されており、広範囲に流布したことがうかがわれる。図3はアテネに近いダフニ修道院聖堂に一一〇〇年頃に描かれたマリア伝の一つの場面で《聖母の

図3 《聖母の神殿奉献と天使からパンを受け取る聖母》
（ダフニ修道院聖堂、1100年頃）

神殿奉献と天使からパンを受け取る聖母》である。『ヤコブ原福音書』によれば、マリアが三歳になると両親（ヨアキムとアンナ）は彼女を神殿につれていって預けた。そしてマリアは、「主の神殿で鳩のように保護されて、天使の手から食物を受け取っていた」。

◉外典の存続

一方、福音書にはイエスの誕生から十二歳までの動向が語られておらず、その期間を埋め合わせるようにして、外典『トマスによるイエスの幼児物語』が創作された。その中では幼年・少年のイエスが行った数々の超人的な奇蹟と彼の類い稀な知恵が語られている。この著作もラテン語訳のほかに、グルジア語、エチオピア語、古スラヴ語に訳されて広まった。

両作品とも、著者名も含めてフェイク性が際立っており、教会もとうてい正典とは認めがたかった。両作品の邦訳者によれば、初期キリスト教においては、イエス・キリストの宣教のために種々の伝説がつくりだされ、一連の文書が書かれた。「これらの文書は、その性格からいって、史実とはほとんど関係がなく、大衆の好奇心や、物語的興味を満たすための読み物であり、いわば大衆文学とも呼ばれうるものだろう(8)」。

このように述べるとき、大衆文学と対になるのは純文学ではなく、史実の記述であり、歴史書である。「主の兄弟」ヤコブとイエスの弟子トマスという「使徒性」を標榜しながらも、その内容は荒唐無稽なフィクションとして、教会から外典として排除されたのである。しかし、両作品の物語性が、正典が描いている史実性（マリアへの受胎告知とイエスによる数々の奇蹟譚）と接続しているがゆえに、また、神学的にも聖母マリアの無原罪の懐妊やイエス・キリストの神性という教義と無関係ではないがゆえに、中世では読み継がれていったのであり、このこともまた歴史的な事実である。十三世紀にいたっても、トマス・アクィナスは、『ヤコブ原福音書』などの「外典が有する戯言」を非難していた（『神学大全』三・三五・六）。

4――『シビュラの託宣』――事例研究（二）

◉『シビュラの託宣』

聖書における偽典・外典の外形的な前提は、旧約聖書ならば預言者を、新約聖書ならば使徒をその著者とすることであった（例外も存する）。彼らだけが、神の霊感を受けて「聖なる書物」を書き記すことができた。したがって、エズラ、ソロモン、エレミヤ、ダニエル、エノク、あるいはペテロ、アンデレ、トマス、ヤコブの名前が冠された文書が制作されたのである。

その中において、きわめて異例な偽典・外典が存在している。すなわち『シビュラの託宣』と呼ばれる書物である。シビュラとは元来、古代ギリシアにおいてアポロンの神託を告げる巫女の一人であった。シビュラの名声が高まるにつれて、さまざまな土地に結びつけられて複数化され、ローマの文人のウァロ（紀元前一世紀）は十名のシビュラの名を挙げている。ローマではシビュラの託宣が蒐集されて、カピトリウムの丘のユピテル神殿に保管され、戦争や天変地異や疫病の発生などの際に参看された（四〇八年頃に焼却される）[9]。

◉ユダヤ・キリスト教の偽作

すなわち、『シビュラの託宣』の著者は異教徒の巫女とされているのだが、紀元前二世紀中葉から後三世紀にかけて、のちにこのタイトルの下に編纂される、ギリシア語によって記されたユダヤ＝キリスト教的文書群が産みだされた。標準的なゲフケン版には第一〜八巻、第十一〜十四巻、断片一〜七が含まれている[10]。第一巻と第二巻はユダヤ教的なテクストがあり、それにキリスト教的な変容が加えられている。キリスト教な視点が明白なのは第六〜八巻であり、これらは二世紀中葉から三世紀初頭によって作成された。他方、第三〜五巻、及び断片はユダヤ人の手によるもので、紀元前一四〇年頃から紀元後一二〇年代まで別個に書かれた。第十一巻以降はユダヤ教的で、成立は九世紀以降と見られている。

こうして『シビュラの託宣』というテクストは、きわめてハイブリッドな性格をもつ偽書であり、そこにとうてい統一した叙述や思想的な展開を期待することはできない。第三巻は黙示的な預言とともにイスラエルの復興が祈念されており、第四・五巻はネロ帝時代のローマを舞台として、唯一神の信仰と祭儀の遵守が強調され、神殿の破壊が嘆かれる。第一・二巻はイエスの来臨から始まり、異邦人の教会の成立、ユダヤ人の追放、そして、終末と最後の審判が語られる。第七巻は最後の審判の描写で、第八巻はさまざまな文書の合成であるが、受肉から復活と顕現までキリストの生涯を辿り、終末時の様子が描かれる。

◉教父の言及

キリスト教の教父たちでは、アンティオケイアのテオフィロス、アレクサンドリアのクレメンス、ユスティノスなどに『シビュラの託宣』からの引用が見られる。しかし後代への影響という点で最も重要な教父は、ラクタンティウスとアウグスティヌスである。前者は『シビュラの託宣』から『神学教理』などの自著で、五十七箇所において引用し、また自らの議論において積極的に利用している。(11)

アウグスティヌスは『神の国』(一八・二三)において、エリュトライのシビュラが行ったキリストに関する予言について論じている。彼のもとに届けられたラテン語の詩句は、各行の冒頭の文字を繋げると、「イエス・キリスト、神の子、救世主」となるアクロスティックであった。この詩句に対応するギリシア語による託宣は、『シビュラの託宣』(八・二一七〜五〇)に見いだされ、その内容は、最後の審判の際の黙示的な世界の描写である。続いてアウグスティヌスは、ラクタンティウスに言及しながら、『神学教理』で引用されているシビュラの託宣を一つにまとめており、それは全体としてイエスの受難と復活を予言するものだった。(12)

◉中世における偽作

『シビュラの託宣』のテクストはビザンティンで保存されていたようで、西方で託宣全体が参照された痕跡はなく、ラテン語訳も存在しない(古い写本も十五世紀のものである)。しかし、アウグスティヌスの「権威」が、『シビュラの託宣』の一部分を中世の世界に伝えたのである。カルタゴの司教クウォドウルトデウス(四五四年頃没)は、晩年のアウグスティヌスとの書簡で知られる人物であるが、彼の『ユダヤ教、異教徒、アリウス派駁論』第十六章は、ほぼすべて『神の国』の記述に負っている。また彼は『五つの異端反駁』においては、ラクタンティウスに拠って

図4 《シビュラ》
（カプア（南イタリア）近郊、サンタンジェロ・イン・フォルミス聖堂、1072〜1086年）

『シビュラの託宣』から引用している[13]。

そして重要なのは、『ユダヤ教、異教徒、アリウス派駁論』も『五つの異端反駁』も、アウグスティヌスの著作として近代まで信じられていたことである（すなわち、結果的には「偽書」であった）。そして、前者の第十一章から第十六章は独立した作品として、十二世紀以降、クリスマスの時期の朝課に朗読され、「預言者たちの行列」と呼ばれる、教会での典礼劇のテクストに題材を提供した。また、この時期に、最初のシビュラ像がイタリア南部の聖堂内に現われたが、彼女は旧約聖書の預言者や族長と並び立つ存在であった[14]（図4）。『ヤコブ原福音書』を排したトマス・アクィナスも、シビュラについては「キリストについてある事柄」を予言したと認めている（『神学大全』二―二・二・四）。そして、中世においてはシビュラの名を騙った多くの偽書が作成されている[15]。

◉ルネサンスにおけるシビュラ

ルネサンスに入ると、十五世紀初頭にはローマのパラッツォ・オルシーニに、シビュラは使徒の人数と対応するかのように十二人として描かれ、しかも、各々がキリストに関わる託宣を携えていた[16]。この託宣集は写本で流布し、また新たな託宣集の作成と図像化を促し、さらに聖史劇として演じられた。たとえば、バッチョ・バルディーニの

図5　《ピュリギアのシビュラ》
（シエナ大聖堂、1483～1484年）

図6　ミケランジェロ《デルポイのシビュラ》
（ヴァティカン宮、システィーナ礼拝堂、1508年）

銅版画集（一四七〇年代）、フィリッポ・バルビエーリの託宣集（一四八一年）、そしてフェオ・ベルカーリの『受胎告知の聖史劇』（一四七一年）である。[17]

一方、フィレンツェの哲学者で司祭のマルシリオ・フィチーノが、一四七一年に執筆した『キリスト教について』の第二十四章は「シビュラの権威」、また第二十五章は「キリストに関するシビュラの証言」と題されている。フィチーノはこの書において、ラクタンティウスの『神学教理』から「神の子」キリストについてのシビュラの託宣を広範に蒐集してまとめ、そして、この託宣を旧約の預言者の言葉と対比させている。

このような文化的・思想的背景の下に、一四八三年から翌年にかけて、シエナ大聖堂の舗床に十体のシビュラ像がモザイクで描かれた（図5）。各々のシビュラに帰された託宣は、ラクタンティウスを始めとして諸託宣集から採られたものであり、フィチーノの影響も見て取ることができる。[18] そして、シビュラの図像的表現の頂点は、ミケランジェロがユリウス二世の命を受けて、一五〇八年から一二年に描いたヴァティカン宮のシスティーナ礼拝堂天井に見いだされる（図6）。そこでは中央部の『創世記』の九場面のフレスコ画を囲むように、七名の旧約の預言者たちとともに五名のシビュラが配されたのである。(19)

5——宗教改革と対抗宗教改革

◉ルターと聖書

ミケランジェロがシスティーナ礼拝堂の天井画を完成させてから五年後の一五一七年に、マルティン・ルターはヴィッテンベルク教会の扉に「九十五箇条の提題」を掲げ、この行為はのちに宗教改革の端緒と見なされることになる。ルターは一五二二年に、新約聖書のドイツ語訳（いわゆる『九月聖書』）を刊行し、その序文において、「新約聖書の真の、最も高貴な書」として、『ヨハネによる福音書』、パウロによる書簡、とくに『ローマの信徒への手紙』や『ガラテヤの信徒の手紙』を挙げる一方で、『ヘブライ人への手紙』『ヤコブの手紙』『ユダの手紙』『ヨハネの黙示録』の四書について、使徒性が疑わしく、内容についても絶対に正しいと考えることはできない、と述べている。(20)

とりわけ『ヤコブの手紙』について、ルターは「まさに藁の書」と呼び、義を行為に帰す点において、パウロや他のすべての聖なる文書に反している、と続けている。『ヨハネの黙示録』については、自らの見解や判断によって人々は縛ろうとは思わない、と断ったうえで、「私は使徒的でも預言者的とも考えない」と明言している。この書物は、『第四エズラ』書と同様に、「いかにしても聖霊によって産みだされたことを証明することができない」。

◉トリエント公会議

ルターは自らのドイツ語訳新約聖書から、これら四書を除くことは差し控えており、また、旧約外典については、「外典（Apokyphen）、すなわち聖書と同様に扱うべきではないが、読んで有益な書物」という但し書きとともに「付録」としてドイツ語訳に収めている。とはいえ、ルターはそれまでの伝統的に教会で受容されてきた正典観に、明確な疑義を提出した。そして、この疑義に対抗するかのように、カトリック教会が聖書に含まれる文書を確定したのは、すなわち正典を正式に決定したのは、一五四五年から開催されたトリエント公会議中のことであった。

「聖書の受容と伝承について」という題の教令（一五四六年四月八日付）によれば、預言者によって聖書（旧約）の中に約束され、イエス・キリスト自身の口から公言され、使徒たちによって伝えられた福音（真理と規律）は、書かれた書物と書かれていない伝承に含まれている。後者については、使徒たちがキリスト自身の口から、あるいは聖霊の口述によって手渡すようにして、われわれに伝えた。われわれは、旧約と新約の「すべての書物」を受容し崇敬するが、それは、唯一の神が両者の「著者」（auctor）だからである。そして、教令は、旧約と新約の書物の目録を掲げて、これらのラテン語訳（「ウルガタ」）を「聖なる、正典なもの」（sacri et canonices）と定めた。[21]

こうしてトリエント公会議は、初めて正典の文書の範囲を確定することになったのである。この経緯は、かつて、「異端者」マルキオンの正典に対抗するように、初期の正統的教会において正典化が起こったことを想い起させる。

◉プロテスタントにとっての正典

総じて、聖書に自らの信仰の基盤を置くプロテスタント派にとって、正典の重要性は、ある意味で、カトリック教会以上に大きなものであった。英国国教会長老派の「ウェストミンスター信仰告白」（一六四七年）の第一章は

「聖書について」記されており、第二項で「旧約聖書」三十九書と「新約聖書」二十七書の名称が挙げられたのちに、「これらすべては、信仰と生活の規範となるように、神の霊感（inspiration）によって与えられた」と述べられている。第三項では「外典（Apocrypha）と一般に呼ばれる書物」について、それが霊感に拠るものでないので、聖書の正典（Canon）の一部とはならず、したがって、神の教会の権威（authority）に属するものではなく、「人間的な書物」としてだけ是認され、使用されるとして、教会における正典の排他性が強調されている。

◉『シビュラの託宣』の運命

それでは、『シビュラの託宣』の場合にはどのような運命が待っていたのだろうか。『シビュラの託宣』が初めて刊行されたのは一五四五年で、編者はアウクスブルクの人文学者クシトゥス・ベトゥレイウスであった。彼はその序文において、テクストの信憑性を疑う者に対して、それがキリスト教についての預言と一致することを強調しており、その根拠としてラクタンティウスが蒐集した証言を挙げている。[22] 一五五九年に新しい『シビュラの託宣』を刊行したヨハネス・オプソポエウスは序文において、この託宣の記述が示している明瞭さを指摘し、シビュラが神からの霊感を受けて書き記したのではないことを示唆している。[23]

カトリック教会でもプロテスタント諸派でも、正典が決定された時代に、そもそも経典外の書物である『シビュラの託宣』は、再び忘却されるはずであった。しかし、中世以来の伝統はシビュラの存在を完全に消去することはなかった。オランダの版画家クリスピン・デ・パセは、一六〇一年にユトレヒトで『十二人のシビュラ図像集』を刊行する。ここで各々のシビュラはメダイヨンの中に描かれ（図7）、下部にはラテン語による六行詩によって、処女マリアの懐妊とイエスの誕生について予言されている。この図版集は好評を博し、一六〇二〜一五年にパリで異

図7　クリスピン・デ・パセ《エリュトライのシビュラ》
（『十二人のシビュラのきわめて優雅な図像集』、ユトレヒト、1601年）

図8　《十二名のシビュラ像》
（ハエン（スペイン南部）、サン・エウフラシオ教区聖堂、17世紀）

なる三種の翻案が現われ、一六二一年にはスペイン語版が、一六三〇年には英語版が刊行されている。(24)

驚くべきことに、十七世紀になっても（十八世紀まで）、スペイン（および中南米）の聖堂にはシビュラの表象が見いだされる。たとえば、レオン大聖堂のナベダ礼拝堂、シグエンサ大聖堂、アンテケラの洗足カルメル会修道院、コルドバのナザレのイエス聖堂礼拝堂、ブエノスアイレスのサン・テルモ聖堂、メキシコシティのサン・アグゥスティン・デ・アコルマン修道院聖堂などである。(25) ハエン（スペイン南部）のサン・エウフラシオ教区聖堂の内陣には、キリストの十字架像を囲んで十二名のシビュラの肖像が描かれている（図8）。これらは、上記の『十二人のシビュラ図像集』スペイン語版が典拠と考えられている。

6——著者と権威

◉真の正典化

上述したように、アタナシウスの『第三九復活祭書簡』は新約聖書を二十七書に確定するとともに、旧約・新約における、正典・外典・偽典の範囲を限定した。新約聖書においては、正典とアポクリファとに区別され、後者は、本来は偽典的な意味が強いのであるが、一般的には外典と呼ばれている。その後の教会会議でこの正典化は確認されていくが、とくにローマ以外の教会においては、必ずしもこの正典概念が厳格に適用されたわけではなく、そのことは、中世における『ヤコブ原福音書』と『シビュラの託宣』の受容について述べたことからも理解しうるだろう。

すなわち、中世全般を通じて、聖書における外典・偽典をめぐるフェイク性について、厳格には問われなかったと考えるべきであろう。真の意味での正典化は、十六世紀のプロテスタント諸派の信仰告白やカトリック教会のトリエント公会議に拠るところが大きい。上述したように、「ウェストミンスター信仰告白」第三章において正典と外典が峻別されたが、そのうえで第四章では、聖書の権威（authority）について、次のように述べられている。それは「いかなる者やいかなる教会にも依拠するのでもなく、聖書の著者（Author）である神（真理自体である）に完全に依拠している。したがって、それは神の言葉であるがゆえに受け入れなければならない」。

◉聖霊と正典

言葉を換えるならば、「ウェストミンスター信仰告白」は、聖書の正典性の根拠を、神学者や教会ではなく神自身に帰そうとしている。この点について、フランスのカルヴァン派によって起草された「ガリア信仰告白」（一五七一年）の記述が参考となる。その第三項において、旧約・新約の正典の書物が列挙されたのち、第四項では次のように続けられる。

われわれはこれらの書物が、教会の一致と合意によるよりも、むしろ聖霊の証言と内的な照明によって正典（canonique）であり、われわれの信仰のきわめて確実な基準であることを知る。このことによってわれわれは、これらの書物を他の教会の書物——いかに有益であっても、信仰箇条の根拠にはなりえない——から区別することができる。

こうして、正典が正典とされる根拠は、つまるところ、その書物が聖霊の、すなわち神の働きによって成立していることに求められる。この正典観はまた、トリエント公会議とも共通するものであった。こうして、正典の「権威」と「著者」は最も高次の次元で見事に合致するのであり、いわば正典の世界は完全に閉じられ（その外部としての、外典・偽典の世界もまた）、これ以降は、もはや聖書を形成する文書についてのフェイク性について再び問われることはないであろう。

◉第二ヴァティカン公会議

近代の聖書学は新約聖書に対して歴史的・批判的方法によってアプローチし、各福音書が有する構造（諸伝承の類型）を分析することによって、それらを担っている集団、そして編集者の思想的特徴を明らかにした。一方、言語的・思想的分析によって、パウロの記されている書簡の中で、『コロサイの人々への手紙』など六通が偽作と判断された。

このような聖書学の進展があったにせよ、一九六二年から六五年に開催された第二ヴァティカン公会議は、基本的にトリエント公会議の結論を引き継ぎ、ある意味ではより明確化している。「神の啓示に関する教義憲章」(一九六五年十一月十八日公布)第三章「聖書の霊感とその解釈について」によれば、聖書の中に文字として現われている、神から啓示されたものは、聖霊の息吹によって書き記されている。旧約と新約の「全体が、それらの部分すべて」とともに「聖なるもので、正典である(canonici)」のは、それらが聖霊の霊感によって書き記されたからであり、そして、神を「著者」(auctor)としてもち、こうしたものとして教会に伝えられてきたからである。

◉著者としての神

しかし、神は聖書を作成するにあたって、それに適した者たちを選び、彼らは真の「著者」(auctores)として、神が欲することをすべて、書物によって伝えた。

それゆえ、霊感を受けた著者たち、すなわち、聖なる記述者たちが主張していることはすべて、聖霊によって主張されていると見なすべきなのであるから、聖書は、神がわれわれの救いのために聖なる文書として書き記されることを欲した真理を、堅固に忠実に、誤りなく教えるものとして認められなければならない。それゆえ、「書物全体は神から霊感を受けたもので、教え、論じ、糺し、義に導くために有益である。それは、神の人が完成されて、あらゆる善い行いへと整えられるためである」(『テモテへの手紙二』三・一六〜一七)[26]。

『テモテへの手紙二』において言及されている「書物全体」は、明らかに旧約聖書を指している。ところが第二ヴァティカン公会議は、「神から霊感を受けた」(divinitus inspirata) 書物の範囲を、新約聖書まで拡張しつつ、両書の「著者」を神まで遡らせている。ここで新約聖書からの引用は、上述のトリエント公会議において正式に認可されたラテン語訳（「ウルガタ」）に拠るもので、ギリシア語原典からの邦訳においても、「聖書はすべて神の霊感を受けて書かれたもので」と訳されている。

◉「霊感を受けて」

しかし、「神の霊感を受けて」に対応するギリシア語 (theopneustos) は、「神」(theos) と「霊」(pneuma) からなる合成語であり、はたして、ウルガタ聖書や邦訳のような（そして、第二ヴァティカン公会議が主張するような）意味をもつことになるのかは疑問である。土屋博は、当該の箇所を「神の霊によるもので」と訳出し、次のように説明している。「神の霊を通して人間に与えられた啓示が、聖書の書かれる動機になったという意味である」[27]。すなわち、聖書の文言が直接的に神の霊感によって書かれたものとは理解していない。なお、この単語は新約聖書にはこの箇所にしか見いだすことができず、さらに、『テモテへの手紙二』自体が、パウロの「遺訓」という体裁をとった偽書、端的に言えばフェイクなのである（二世紀初頭に成立）。

繰り返すならば、「神の啓示に関する教義憲章」によると、聖なる文書が「正典である」とされるのは、それが聖霊の霊感によって書き記されたからであり、そして、神がその「著者」であった。「聖書は神の言葉を含んでおり、霊感を受けたものであるので、たしかに神の言葉なのである」。もとより、われわれ（少なくとも私）には、聖書が「霊感を受けたもの」かどうかを確証する術はない。

聖書の正典・外典・偽典をめぐるフェイク性について、テクストの内部だけから問うことには限界がある。本章では、正典の選択に関して古代の教父たちの思想に、また『原ヤコブ福音書』の成立をめぐってグノーシス主義に、さらに『シビュラの託宣』の受容をめぐって中世の黙示録的運動に言及することはできなかった。これらは聖書というテクストの外部に関わる、本章の範囲を超える課題だからである。

注

（1）以下、聖書からの引用は聖書協会共同訳（日本聖書協会、二〇一八年）による。ただし、ラテン語訳（ウルガタ）からの引用は私訳による。

（2）聖書のテクストの、フェイク性を帯びた加筆や捏造の問題については、以下の拙稿を参照されたい。伊藤博明「聖なるテクストを編集する――『新約聖書』」（明星聖子・納富信留編『テクストとは何か――編集文献学入門』慶應義塾大学出版会、二〇一五年）四九―七八頁。

（3）外典、偽典、使徒教父文書の邦訳は以下のとおり。日本聖書学研究所編『聖書外典偽典』（全七巻、補遺二巻、教文館、一九六八～一九七一年）。荒井献編『使徒教父文書』（講談社文芸文庫、一九九八年）。概観のためには以下を参照。レオンハルト・ロスト『旧約外典偽典概説』（荒井献・土岐健治訳、教文館、一九八四年）。W・レベル『新約外典・使徒教父文書概説』（教文館、二〇〇一年）。土岐健治「外典・偽典」（『カトリック大事典』第一巻、研究社、一九九六年）一〇二二―一〇二六頁。

（4）詳しくは以下を参照。蛭沼寿雄『新約正典のプロセス』（山本書店、一九七二年）。荒井献編『新約聖書正典の成立』（日本キリスト教団出版局、一九八八年）。田川健三『書物としての新約聖書』（勁草書房、一九九七年）。

（5）訳文は、田川健三前掲書、一九〇―一九五頁による。

（6）訳文は、田川健三前掲書、一九六―一九七頁による。
（7）八木誠一・伊吹雄訳『聖書外典偽典』第六巻（教文館、一九七六年）一〇〇頁。
（8）同書、一一一頁。
（9）Cf. H. W. Park, *Sibyls and Sibylline Prophecy in Classical Antiquity*, London: Routledge, 1988.
（10）*Oracula Sibyllina*, ed. Johannes Geffcken, Leipzig, 1902. 邦訳は、上記の『聖書外典偽典』第三巻に柴田有訳（第三・四・五巻、断片一〜三）が、同第六巻に佐竹明訳（第一・二、七・八巻）が収められている。
（11）以下を参照。伊藤博明「ラクタンティウスと『シビュラの託宣』」（『埼玉大学紀要　教養学部』第四十六巻第二号、二〇一〇年）二一―三七頁。
（12）以下を参照。伊藤博明「シビュラの行方――アウグスティヌスからパラッツォ・オルシーニまで――」（『西洋中世研究』第六号、二〇一四年）八八―一一二頁。
（13）以下を参照。伊藤博明「クウォドウルトデウスと『シビュラの託宣』」（『埼玉大学紀要　教養学部』第五十一巻第一号、二〇一五年）三三―四八頁。
（14）以下を参照。伊藤博明「サンタンジェロ・イン・フォルミス聖堂のシビュラ像について」（『専修人文論集』第一〇二号、二〇一八年三月）一二七―一五九頁。同「セッサ・アウルンカ大聖堂のシビュラ像について」（『専修人文論集』第四八号、二〇一八年三月）二七―六二頁。
（15）Cf. Bernard McGinn, "*Teste Davide cum Sibylla*: The Significance of the Syblline Tradition in the Middle Ages," in *Women of the Medieval World. Essays in Honor of John M. Mundy*, ed. by Julius Kirshner and Suzanne F. Wemple, Oxford: Basil Blackwell, pp.7-35.
（16）以下を参照。伊藤博明「パラッツォ・オルシーニの12人のシビュラについて」（『専修人文論集』第一〇三号、二〇一八年）五一―一〇一頁。
（17）以下を参照。伊藤博明「バッチョ・バルディーニによる12人のシビュラ像について」（『専修人文論集』第一一〇号、二〇二二年三月）一〇三―一四七頁。

(18) 以下を参照。伊藤博明『ヘルメスとシビュラのイコノロジー――シエナ大聖堂舗床に見るルネサンス期イタリアのシンクレティズム研究』(ありな書房、一九九二年)。

(19) 以下を参照。伊藤博明「預言者とシビュラ――キリスト教の普遍性と教会の革新をめぐって」(上村清雄編『フレスコ画の身体学――システィーナ礼拝堂の表象空間』ありな書房、二〇一二年)一八七―二一五頁。

(20) 以下に訳出されている。『ルターとその周辺Ⅱ』(「宗教改革著作集」第四巻、徳善義和訳、教文館、一九八三年)。

(21) *Decretum de Canonicis Scripturis*, in Heinridh Denzinger, *Enchiridion symbolorum. Definitionum et declarationum de rebus fidei et morum.* Editio XLIII emendata, Freiburg: Herder, 2010, n.1501-05. 邦訳は、「啓示の源泉による教令」(ハンス・ユーゲン・マルクス訳『宗教改革著作集』第十三巻「カトリック改革」、教文館、一九九四年)に所収。

(22) Xitus Betuleius (ed.), *Sibyllinorum oraculorum libro octo*, Basel,1574, p.7 (in C. Alexandre [ed.], *Oracula Sibyllina*, vol.1, Paris, 1841, p.vi).

(23) Johannes Opsopoeus (ed.), *Sibyllina oracula*, Praefatio (in Alexandre, p.xxv). 十六世紀の『シビュラの託宣』の運命については以下を参照。アンソニー・グラフトン『テクストの擁護者たち――近代ヨーロッパにおける人文学の誕生』(福西亮輔訳、勁草書房、二〇一五年)第六章「ヘルメスとシビュラの奇妙な死」。

(24) 以下を参照。伊藤博明「クリスピン・デ・パセのシビュラ図像集の流布とメキシコにおける受容」(『専修人文論集』第一〇五号、二〇一九年)一―五〇頁。同「クリスピン・デ・パセのシビュラ図像集の英語版について」(『専修人文論集』第一〇九号、二〇二一年十一月)七九―一三三頁。

(25) Cf. José Miguel Morales Folguera, *Las sibilas en el arte de la edad moderna, Europa mediterránea y nueva españa*, Málaga: Universidad de Málaga, 2007.

(26) 「神の啓示に関する教義憲章」十一(*Enchiridion symbolorum*, no.4216)。邦訳は、『第二バチカン公会議公文書改訂公式訳』(カトリック中央協議会、二〇一三年)。

(27) 土屋博『牧会書簡』(日本基督教団出版局、一九九〇年)一一九頁。以下を参照。『パウロ書簡　その二　疑似パウロ書簡』(田川健三訳、作品社、二〇〇七年)七四五頁。

佐々木孝浩……SASAKI Takahiro

【第6章】虚像としての編集

――「大島本源氏物語」をめぐって

はじめに

現代の国文学研究史において、大きな存在感と影響力を有している古典籍を一つ挙げるとすると、先ず候補となるのは「大島本源氏物語」であろう。公益財団法人古代学協会所蔵のこの本は、日本古典文学作品中最も著名で重要な作品の一つである『源氏物語』の、幾つあるとも知れない現存伝本の中にあって、極めて学術的価値の高い本と認定され、一九五八年には重要文化財にも指定されている。研究・教育から一般的読書まで、広い利用を目的として、第二次世界大戦後に大手出版社から刊行された『源氏物語』の殆どは、この本を中心に用いて、読みやく手入れをした本文を提供するものである。現在の源氏物語研究者が最も多く利用し、論文などでも引用する小学館の

『新日本古典文学全集』本（全六巻、一九九四〜一九九八年）はもとより、二〇一七年から刊行が始まり二〇二一年に完結した最新の岩波文庫本全九巻に至るまで、その影響力は少しも衰えてはいない。戦後の源氏物語研究は「大島本」に依拠して行われてきたと言っても全く過言ではないのである。

このように重要な存在であるので、「大島本」については多方面からの十分な検証がなされていると考えるのは、ごく自然なことであろう。ところがその研究史を探ると、研究初期の判断が権威を有し、その後は十分な検討がなされていないことが判明するのである。そればかりか誤った説に立脚した妄説まで積み重ねられ、真実からますます遠ざかる傾向すら確認できるのである。

さらに嗤うべきは、誤りが訂正された後も、真実と向き合おうとした研究者は僅かで、殆どが無反応であったばかりではなく、誤った認識の延命を図る者まで現れたことである。認識を改めるだけでなく自分の業績を自ら否定しなければならない辛さは想像に難くない。しかし真実から目を背けて正しい研究を行うことは不可能である。源氏物語研究の現況を見ていると、文学研究も科学であると主張する気にはとてもなれないのである。

長い前書きとなってしまったが、「大島本」の研究史を通して、日本の古典研究の学界が孕む構造的な問題を明らかにしてみたい。

1――「大島本」の登場

◉『源氏物語』校本作成の計画

「大島本」の登場は劇的であった。まさに救世主のように忽然と学界に現れたのである。

近代国文学の確立に貢献した芳賀矢一《はがやいち》の、一九二二年の東京帝国大学退官を記念する事業を委嘱された、後に東京帝国大学助教授・東京大学教授となる、少壮気鋭の研究者であった池田亀鑑《いけだきかん》は、紆余曲折の末に『源氏物語』の校本《こうほん》の作成を思い立った。校本とは、正しい本文の追求などを目的として、同じ作品の複数の本を比較して本文の違いを把握できるよう纏めたものである。池田は血の滲むような努力をして精力的に『源氏物語』写本の蒐集や調査を進め、『源氏物語』の伝本は三つに分類できることを明かにした。鎌倉前期の有名な歌人で古典学者であった藤原定家の所持した本の流れを汲む「青表紙本」（現在は「定家本」と呼ばれることも多い）・定家とも関係のあった源光行・親行父子が、二十一部の伝本を校合して整えた「河内本《かわちぼん》」・これらに属さずまたグループを形成することのない伝本の総称である「別本」の三つである。この三分類の主要な伝本を用いて、多くの院生や学生の協力をえながら校本作成が進められたのである。

校本を作る際に大切なのは、比較の基準となる底本《ていほん》（そこほんとも）の選定である。これを誤ると徒に異同の表示が増えるばかりでなく、利用に不便なものになってしまうのである。当初池田は、当時高く評価されていた「河内本」に属する自身の所蔵本を底本として採用した［天理図書館 一九六〇：三五八頁］。しかし、「青表紙本」の方が良質な本文であると考えを改め、一九三一年には「校本源氏物語」の稿本を完成させていたにもかかわらず、底本の変更を考えるようになったのである。そのような時に登場したのが「大島本」であった。

一九三〇年かその翌年頃に佐渡から現れたこの本は、室町時代の書写になる袋綴《ふくろとじ》と呼ばれる装訂のもの（図1）で、この物語の写本としてそれほど古いものでも豪華なものでもない。また惜しくも「浮舟」巻を欠く五十三冊の本であった。南北朝以前の書写で製作時からの五十四巻が完備したものは現存しないのだが、室町時代のほぼ揃った本は特に珍しいものではない。それでも池田はその価値を認め、蔵書家の財界人である大島雅太郎に購入を依

図1　「大島本」「関屋」の表紙
（財団法人古代学協会・古代学研究所編『大島本 源氏物語3』（角川書店、1996年）より）

図2　『校異源氏物語』第1巻表紙
（国立国会図書館蔵）

頼したのである。「大島本」の名はこの旧蔵者に由来するものである。同本は大島の購入後に池田の元に預けられ、新たに作成される校本の主たる底本として利用されたのであった。

こうして約十年の歳月を経た一九四二年十月に、芳賀博士記念会編『校異源氏物語』全五巻が中央公論社より刊行された（図2）。そしてこれに若干の増補を加えて「校異篇」とし、「索引篇」・「研究篇」・「資料篇」・「図録篇」をも付した『源氏物語大成』全八巻が、一九五三年から六年にかけて同じ中央公論社より上梓されたのである。この本が広く用いられていることは、後に十四冊に改編された普及版が刊行されていることにも明らかである。

◉校本底本の選定

池田が新出の「大島本」を、校本の底本とした理由は何であったのか。「研究篇」に詳しく記されることではあるが、「大島本」がありながらあえて底本としていない巻で、どのような本が選定されているのかを確認することから明らかにしてみたい。

問題となるのは、「桐壺」・「花散里」・「初音」・「柏木」・「早蕨」・「夢浮橋」の六巻である。「大島本」が欠く「浮舟」巻は、現在は天理大学図書館に所蔵される池田旧蔵の「池田本」が採用されている（図3）。「池田本」はこの他にも「桐壺」・「初音」・「夢浮橋」の三巻でも底本に選ばれている。

「池田本」は、「花散里」と「柏木」を欠く五十二巻本で、四巻が後に補われたとされるものの、四十五巻は鎌倉末頃の書写と考えられる、袋綴よりも高級な、綴葉装《てつようそう》という装訂の伝本である〔天理図書館 二〇一六～二〇一八〕。「青表紙本」の残存巻数も多い古写本であるのに、書写がかなり遅れる「大島本」が底本の中心になった事実は、「大島本」が「池田本」よりも優良な本文であると池田によって判断されたことを如実に示している。

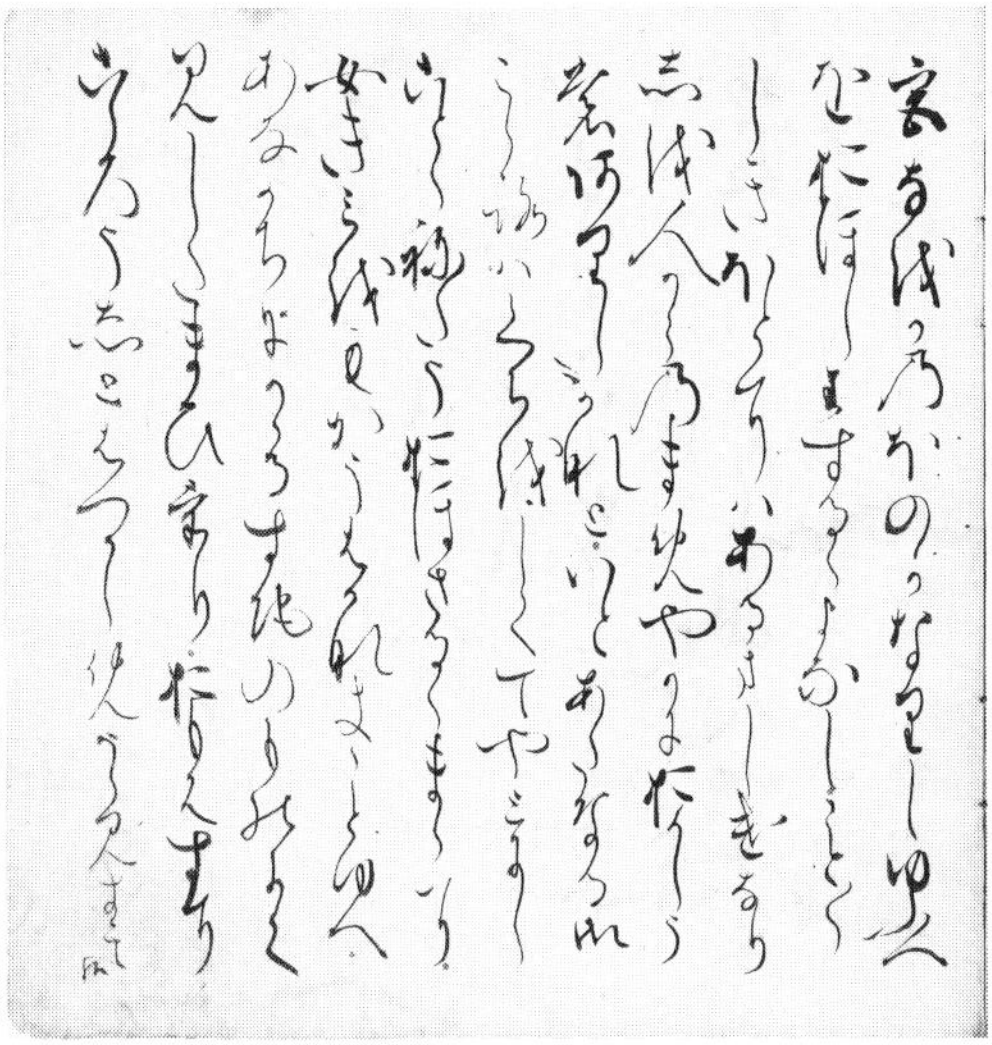
図3 「池田本」「浮舟」帖の1丁表
（天理大学附属天理図書館編『新天理図書館善本叢書22 源氏物語 池田本10』（八木書店、2018年）より）

それでも三巻で「池田本」が選定されたのは、後述のように、「大島本」の「桐壺」「夢浮橋」の首尾両巻が後の補写と考えられていたことと、「初音」巻は「青表紙本」ではないと判断されたからであった。「大島本」尊重の姿勢は基本的に揺らいでいないのである。

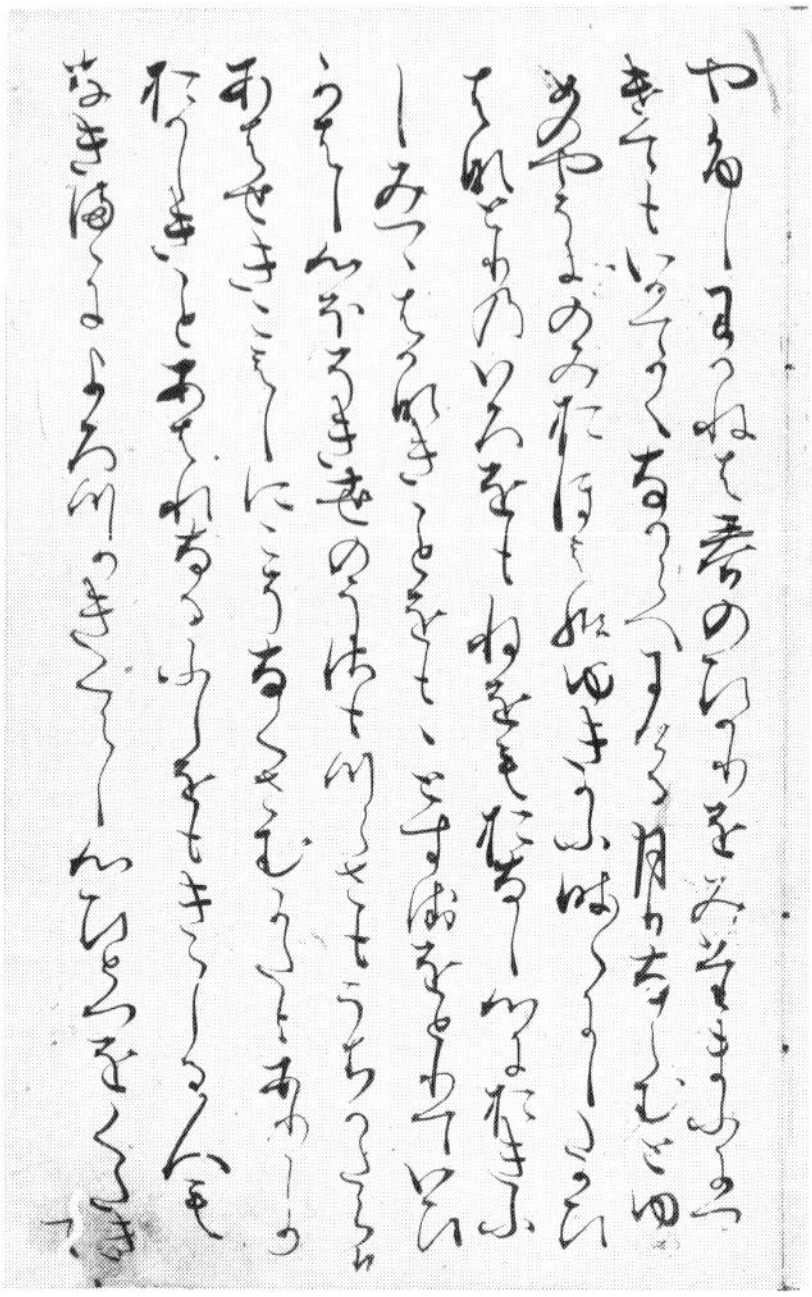

図4　「藤原定家手沢本」「早蕨」帖の1丁表
（藤本孝一編『定家本源氏物語　行幸・早蕨』（八木書店、2018年）より）

残る「花散里」・「柏木」・「早蕨」（図4）の三巻は、「青表紙本」の原本と認定された、「藤原定家手沢本《しゅたくぼん》」が選定されている。「手沢本」とは、身近に置いて書き入れなどを行った本のことである。これらは「定家自筆本」とも呼ばれるが、定家の筆跡は「柏木」の一部と他巻の僅かな書き入れしか確認できないので、適当な呼称とは言い難いのである。ともあれ、たとえ三巻（後に「若紫」・「行幸」が発見された）であっても、定家手沢本が現存していることは僥倖であるのである。

「大島本」が「池田本」より優先されたのは、「定家手沢本」と比較してより近いと判断されたからに他ならない。「定家手沢本」には本文中に引用された和歌である引歌《ひきうた》などを記した貼紙があるのだが、「大島本」にもこれが確認できるのである。「定家手沢本」の残存数の少なさを嘆いていたであろう池田にとって、書写は新しくとも「手沢本」の失われた巻の姿を伝えると考えられる伝本の出現は、嬉しい驚きであったはずである。

2――池田の「大島本」評価の瑕瑾

◉奥書の転移説

池田は「研究篇」第一章第二部第二節「青表紙本規定についての資料」において、「花散里」・「柏木」・「早蕨」と、校本完成後に確認された「行幸」を合わせた四巻の「定家手沢本」を基準として、「青表紙本」の形態的な特色として九条項を掲げた上で、特に重要と考えられるものを三つに絞りこんでいる。簡略に纏めると、本文中の和歌の書き方、注記が小さな貼紙に記されていること、末尾に本文について考証した注記である勘物《かんもつ》があること（本来的にない巻もある）の三点である。

この条件を充たし多巻数を有する伝本を多年にわたり捜査していた池田にとって、「大島本」は書写の新しさを超えて底本に相応しい存在であったのである。

続く第三節「大島本源氏物語の伝来とその学術的価値」の書き出しは以下の通りである。

吉見正頼旧蔵源氏物語は飛鳥井雅康の自筆と称される。そのうち桐壺・夢浮橋の両帖は別筆、浮舟の帖はこれを欠く。他の五十一帖が雅康の真跡であることには何ら疑ひはない。のみならず関屋の巻の帖末に、

文明十三年九月十八日依大内左京兆所望染紫毫者也　権中納言雅康（図5）

と識語があつて、その確実さを立証する。但しこの奥書が関屋の巻に存する理由については明らかでない。

（七〇頁、旧字体は通行のものに改めた）

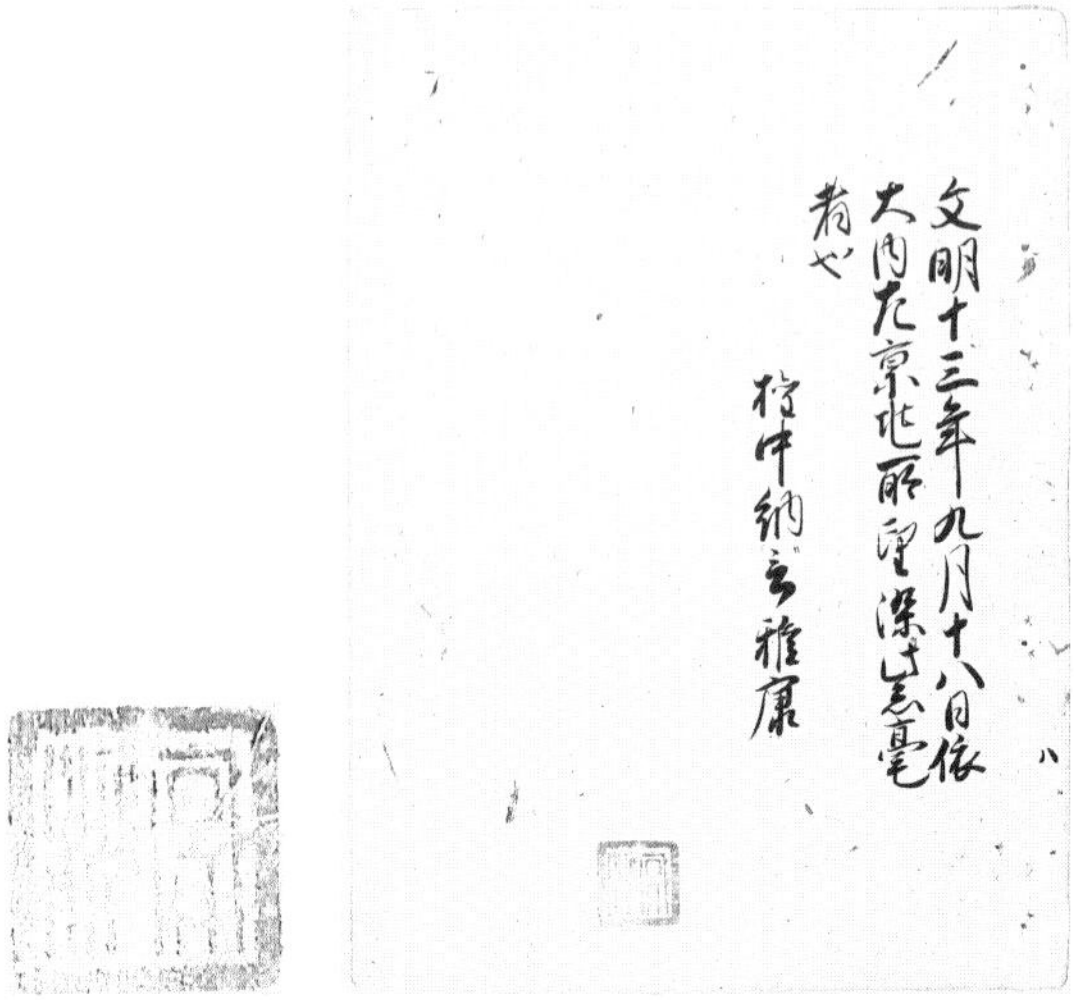

図5　「大島本」「関屋」末尾の識語と「宮河」印
（『大島本 源氏物語3』より）

続けて、雅康の紹介を行った後に、「桐壺」と「夢浮橋」の末尾にある、聖護院道増と道澄という高僧がそれぞれを書写した旨を、旧蔵者の吉見正頼が永禄七年（一五六四）に記した奥書について説明している。注目されるのはその後の一文である。

> なほ関屋の帖末に存する雅康の識語は、本来は夢浮橋の帖末に存し、道澄の書写が成つてそれに替へられるに当つて、その一葉が紙数の少い関屋の帖末に移し綴ぢられたのではないかと思はれる。（七二頁）

この奥書（識語と奥書は同意）転移説を初めて読んだ時私は言葉を失った。権威付けのために「夢浮橋」を差し替えたとしても、何故元の本にあった奥書の一丁（和本では表裏の二ページを丁と呼ぶ）を中途半端な十六巻目の「関屋」末尾に移さなければならないのだろうか。紙数が少ない冊は「花散里」や「篝火」などほかにいくらもあるのである。「関屋」でなければならない理由が説明されてしかるべきであると思われるが、残念ながらそれはないのである。

◉転移説の信憑性

この転移が意図的なものであるならば、それは奥書の役割を改めようとしたと考えられる。一般的に奥書とは、どのような本をどのような目的で何時誰が書写したかを、書写した、あるいは書写を命じた人物が、該当する部分の末尾に記すものである。「夢浮橋」の末尾にある場合、「夢浮橋」限定である文言があれば、その内容は「夢浮橋」のみの情報として理解できる。この雅康の奥書にはそのような説明がないのであるから、通常はこの物語全体を飛鳥井雅康が書写したと理解するのが普通である。

飛鳥井家は和歌と蹴鞠を天皇や将軍に指導する家柄で、雅康は二男ながら出家した兄雅親の後を継ぎ当時当主であった。雅康が書写の依頼を受けた大内左京大夫政弘は、応永文明の乱の西軍の主要な武将で、山口を本拠とする大守護大名である。和歌・連歌を愛好し、自らも編纂に関与して個人の歌集『拾塵和歌集《しゅうじんわかしゅう》』を遺している。

この奥書が「夢浮橋」末尾にあったのであれば、飛鳥井雅康が大内政弘のために、『源氏物語』全巻を一人で書写したことになる。書写がやや新しくても書写者と所蔵者の素性の良さが、「大島本」の本文の信頼度を保証することになるのである。池田はこの奥書が「夢浮橋」にあったと考えて、五十一冊が雅康筆であると判断したのであった。

ではそれが「関屋」末尾に移されたとなるとどういうことになるのであろうか。文章は同じでも役割は大きく変化し、雅康が「関屋」冊だけを書写したことになるのである。権威を高めるために「桐壺」と「夢浮橋」を差し替えたのに、その一方で価値をわざわざ下げるようなことをするものだろうか。両者は明らかに相反する行為なのである。

この乱暴と言わざるをえない説の真偽を明らかにするのに最も確実な方法は、本当に「他の五十一帖が雅康の真跡」かどうかを確認することであろう。

3――「大島本」池田説の桎梏

◉影印・複製刊行の流行

池田の「大島本」認識が具体的な検証を経ずに学界に受け入れられ続けたことには、理由がない訳ではない。検証には全冊の筆跡確認が必要となるが、写真を元にした影印本や形態も模した複製が刊行されなかったためもあり、それが容易ではなかったのである。

五十四巻もある大作の全画像の入手は容易ではない。業者撮影はもとより自己撮影であっても経費は膨大になる。この物語の本文研究を行うことは古い時期ほど茨の道であったのである。池田の「校異篇」の制作はまさに空前の難事業だったのである。

『源氏物語』に限らないこうした研究上の困難を克服すべく、一九六〇年代ころから古典文学作品の主要伝本の影印や複製が陸続と刊行されるようになる。『源氏物語』に限っても、一九六八年~一九七〇年の宮内庁書陵部蔵三条西家本の影印『青表紙本 源氏物語』(新典社)、一九七四年の複製『高松宮御蔵河内本源氏物語』(臨川書店)、一九七七年の影印『尾州家河内本 源氏物語』(貴重本刊行会)などが出版され、「校異篇」で使用された重要伝本の全貌に容易に接することができるようになったのである。

「校異篇」の底本となった「定家手沢本」の内、前田育徳会尊経閣文庫所蔵の二帖は一九七九年に複製『源氏物語 花ちるさと・かしは木 青表紙原本』(雄松堂書店)が刊行されたのだが、「大島本」の全貌が公開されたのは、

『大成』「校異篇」刊行から半世紀以上も経った一九九六年から翌年にかけてのことであった。財団法人古代学協会・古代学研究所編『大島本 源氏物語』全十巻（他に別巻解説）（角川書店）がそれである。カラー口絵を有する白黒版であったが、さらに十年後の二〇〇七年には精細なカラー画像を納めた『大島本源氏物語 DVD—ROM版』（角川学芸出版）も販売されたのである。

◉奥書の二種

平成も二桁になろうとする頃になって、ようやく池田の見解の真偽を自分の目で確認できるようになったのである。この影印の特色は、綴じ糸を切って撮影されていることで、これにより見えづらい書き入れや綴じ穴までも確認できるのである。

綴じ糸を切る提案をした藤本孝一は、「関屋」冊末尾の奥書の一丁を確認して「綴穴は前丁と一致する」と報告し、「雅康奥書は、当初から「関屋」の巻末に綴じられていたのであろうか」〔藤本① 一九九七：七三頁〕と池田の推定をいぶかっている。

問題の奥書の一丁が本当に綴じ直されたものであるならば、なんらかの痕跡が残るはずである。それがないのであるからこの丁は最初から「関屋」末尾にあったのであり、この冊のみが雅康の書写であることを示していることになるのである。

しかし奥書の検証はそれだけでは不十分である。奥書に出会った際には必ず行うべき手続きがある。奥書には、その本を書いた時に加える「書写奥書」と、書写の元になる親本《おやほん》に存している奥書を書き写しただけの「本奥書《ほんおくがき》」（「もとおくがき」とも）の二種がある。それが「書写奥書」であれば、そこに記される情報をその本に当て嵌めて考えてよいが、「本奥書」である場合その書写年と書写者は信じてはいけないのである。このことは書物研究の最も基礎的な常識である。奥書に出会った際にはどちらの奥書なのかを必ず見極める必要があるのである。その確認の第一歩は、奥書と当該部分の本文が奥書に名前が見える人物の真筆かどうかを確認することである。

◉「関屋」冊の筆跡

歌会では和歌は紙に書いて提出するので、歌道家は入木道（書道）の家でもあることが多い。飛鳥井家歴代も書の名手が多く、雅康の兄雅親は書流栄雅流《えいがりゅう》の祖とされ、雅康も二楽軒流《じらくけんりゅう》の創始者に位置づけられているほどである。雅親の書風は温雅で端正だが、雅康は文字が正方形に近く、筆の線に減り張りがあって力強く大変個性的な書風である。

雅康は和歌や蹴鞠の指導のために活発な書写活動を行ったので、真筆資料が数多く遺されている。信頼できる雅康の筆跡資料（図6）と「関屋」冊（図7）を見比べると、雅康の手と似通う点もなくはないものの、奥書も本文も線の痩肥がはっきりしておらず、その筆跡の特徴を明確には認めることができないのである。

「関屋」冊が雅康筆でないということは、この奥書は本奥書であるということである。念のために「関屋」冊以外の冊も、書入れや表紙の題までも含めてすべての「大島本」に存する筆跡を確認してみたが、雅康の筆と認められるものは一文字も見いだせなかった。そればかりではなく、その過程で筆跡に関するもっと不思議な事実が判明したのである。

池田は「関屋」の奥書を書写奥書と考えていただけではなく、「他の五十一帖が雅康の真跡であることには何ら疑ひはない」と断じていた。ところが「関屋」冊と同筆と判断できるのは他に十八冊しかないのである。しかも他の三十二冊は、一冊一手と思われるほどに多人数によって書写されているのである。一人で数冊を担当した可能性もあるものの、「大島本」が三十人程度で書写されていることは疑いのない事実である。

影印の刊行に深く関与した藤本孝一はさすがに一手でないことに気付き、「大島本は、雅康自筆本といっても、各帖の書風を比較すると、雅康を中核として複数の人が書写を行っている。数帖や題簽は雅康が書いたであろうが、右筆達も参加したに違いない」〔藤本① 一九九七：四七―四八頁〕と記している。「関屋」奥書を書写奥書とする池田説から抜け出せないままに十分な確認をせず、雅康を中心とする集団の書写とする新説を提示したのである。この藤本の見解は、定説から自由になることの難しさと、「大島本」五十一冊の一筆説はあまりにも突飛なものであることを教えてくれるのである。

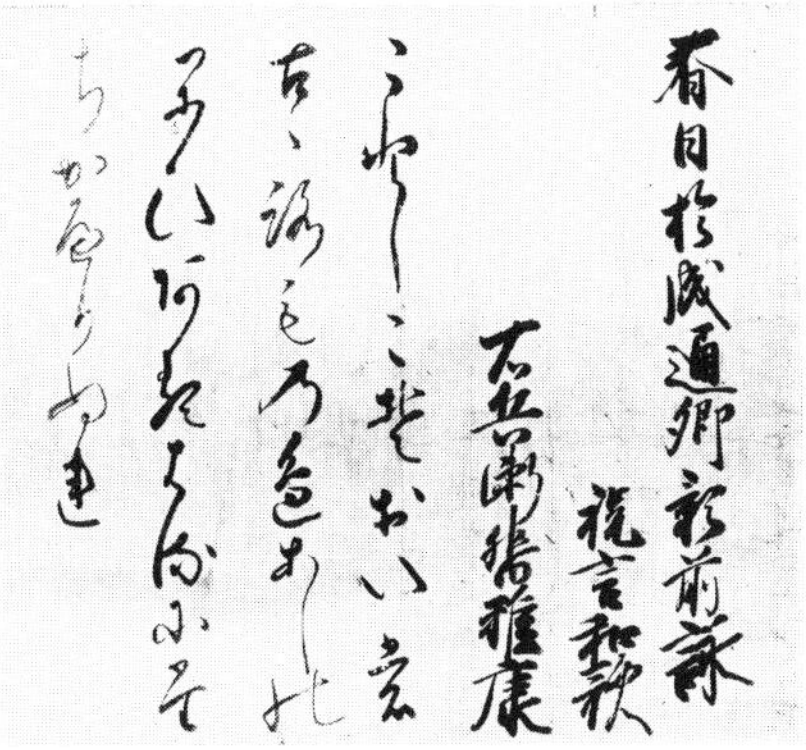

図6　飛鳥井雅康筆和歌懐紙
（慶應義塾（センチュリー赤尾コレクション））

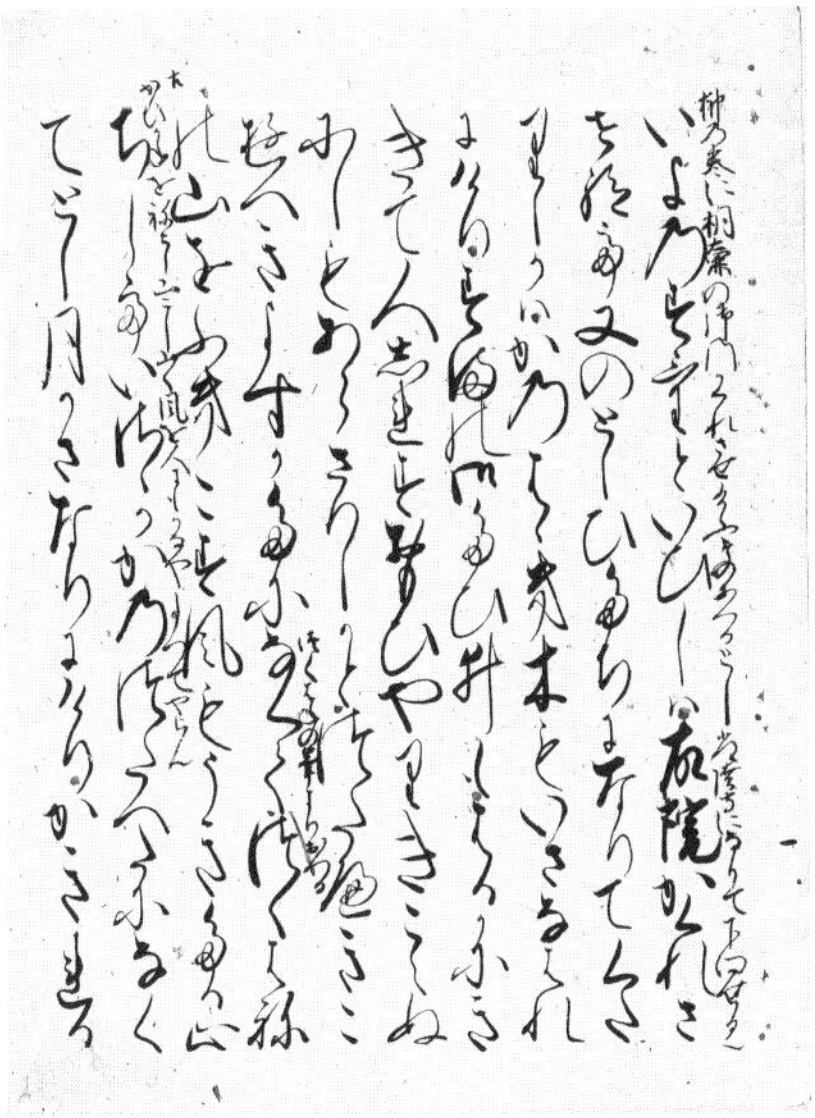

図7　「大島本」「関屋」1丁表
（『大島本 源氏物語3』より）

「大島本」が売り出された当時、「関屋」冊を含む一部を実見した紀州徳川家の私設図書館である南葵文庫の主事であった高木文は、「雅康の自筆ではあるまいと思はれる」といとも簡単に判断を下したことが知られている〔高木一九三五：一二八頁〕。『源氏物語大成』のみでなく、『伊勢物語に就きての研究』（大岡山書店、一九三三年）や、『土佐日記』を対象とした『古典の批判的処置に関する研究』（岩波書店、一九四一年）等の、古典籍を取り扱った評価の高い業績を数多く遺している程の池田が、自説の誤りに全く無自覚であったとはどうしても考え難いものがある。

芳賀矢一の一九二二年の東京帝国大学退官を記念する事業であったのに、『校異源氏物語』が刊行されたのが、芳賀の逝去後十五年も経過した一九四二年になってしまった大きな理由の一つが、校本の底本の変更にあったことは先述した通りである。この刊行を十年遅らせてしまうことになった決断に対する責任、その購入に大島雅太郎の協力を仰いだことに対する気兼ね、『校異源氏物語』の利用が既に広まっていたことなど、勢い込んで底本に選定した「大島本」の価値を下げてしまうような、今更の訂正ができない状況に池田は追い込まれていたのではないだろうか。そうでも考えないと理解できないほどの事実から乖離した謬説を、池田は『大成』「研究篇」で提示したのである。

4――「大島本」の実態

◉「大島本」の成り立ち

『校異源氏物語』と『源氏物語大成』は歓声をもって学界に受け入れられ、「大島本」も池田の記したままに信じられて半世紀以上も研究に利用され続けた。誤った認識の上に積み重ねられた論文の数は幾つあるとも知れないほどなのである。考えれば考えるほど怖ろしい事実ではないだろうか。

奥書転移説、書写奥書との認定、五十一冊同筆説、これらの池田の誤認から自由になった時に見えてくる「大島本」の姿とはどのようなものであろうか。それを考える上でも手掛かりになるのはやはり筆跡である。一人だけが全体の約三分の一にもあたる冊を担当し、他はほぼ一人一冊を分担しているという事実は、どうみても不自然な様相であると言える。しかも同筆の十九冊は分布には全く法則性が感じられないのである。

「大島本」を丁寧に観察すると、様々な特徴からその筆跡の分布が意味することが理解できる。既に発表したことである［佐々木③ 二〇〇七］ので簡単に説明しておきたい。

「大島本」には、使用者未詳の「宮河」印が捺されている（図5参照）のだが、これがある冊とない冊があるのである。その分布は極めて不規則で法則性は感じられない。印があるのは十九冊で、その数が示すように同筆の十九冊に捺されているのである。また池田の「大島本」評価の理由になった「定家手沢本」由来の貼紙も、この十九冊の中だけに確認できるのである。

この様に「大島本」の五十三冊は、物理的な特徴により十九冊と残りの三十四冊の二グループに分けることができる。そうなっている理由を教えてくれるのが綴じ穴の情況である。表紙を付す前に紙を綴じていた穴は全冊二つである。ところが表紙を取り付ける際に開けた穴の数に違いがあるのである。三十四冊には袋綴では一般的な四つの穴がある。ところが十九冊では綴じ穴が近い位置で二重になっており八つが確認できる（図4参照）。ここから判明するのは、十九冊は表紙を付け替えているという事実である。

以上の状況を無理なく説明できる説は一つだけであろう。「関屋」冊に雅康の奥書を有する本を、ある人物が一人で全冊書写した本があり、時期は不明ながら各冊に「宮河」印が捺された。それがなんらかの理由で十九冊のみの残欠本となってしまった。これを惜しんだ人物が再び揃い本にするために、基本的に一人に一冊を担当させる形で、欠けた冊を補った。表紙が異なっていると一体感に欠けてしまうので、古い十九冊の元の表紙を取り去り、新たに書写したものと揃いの表紙を付けたと考えるのである。失われている「浮舟」冊がどちらに属していたかは残念ながら不明である。

古い十九冊の書写時期は、「関屋」本奥書の文明十三年（一四八一）以降で、三十四冊グループの「桐壺」・「夢浮橋」の奥書に見える永禄七年（一五六四）までの間となる。三十四冊中で奥書のない三十二冊は、「桐壺」・「夢浮橋」と造本的な違いはないので永禄七年頃と考えてよいであろう。十九冊が約八十年間のどこに位置するのかの判断は難しいが、三十四冊と大きな差は感じられないので永禄七年寄りの時期なのではないだろうか。

◉「大島本」の書写者

「桐壺」・「夢浮橋」の両冊は、吉見正頼奥書の通りに道増と道澄の書写になることは、それぞれの信頼できる筆跡資料と比較しても明らかである。十九冊分の書写者と三十二冊の大勢の書写者については、その素性は不明と言わざるを得ないが、具体的な人名を明らかにはできなくともその人物像を絞り込むことはできそうである。手掛かりとなるのは、吉見正頼旧蔵であるという事実とその筆跡と本文の情況である。

「大島本」の本文は池田によって高く評価されてきたのだが、伊井春樹は、「大島本の書写の態度は、詳細に調べていくとそれほど厳密ではなく、大量の誤写や誤脱があり、底本のかな文字を読み誤って意味の異なる漢字に置き換えるなど、写本としては一級品とは思われない」と、重要な問題提起をしている［伊井 二〇〇二：五〇八頁］。このような情況になったのは意味を理解せずに写したためであり、その書写者の学識の低さを示していると考えられるのである。

また十九冊の書写者も三十二冊を分担した人々も、書の名手とは言いがたい筆跡である。これは単なる印象ではなく、時の上手と認定されている雅親・雅康兄弟の筆跡などと比較すれば明らかである。書も学問も時間を掛けた鍛錬が必要なのであり、筆跡と学識は比例する時代なのである。この本の筆跡と本文の信頼度は見事に相応しているのである。

吉見家は源頼朝の弟範頼を祖とする石見国津和野の名族で、大内氏に臣従していたものの同氏と姻戚関係を結ぶほどの家柄であった。正頼は大内氏滅亡後に毛利元就の臣となったが、相応に厚遇されたものと思われる。そのような人物が奥書を記した際に、道増・道澄の名前しか記さなかったという事実は、その他の書写者は正頼より身分が低い人物であることを示すと考えられる。正頼周辺にいた文芸に心得がある武将達が有力候補となろうか。文芸が盛んであった大内氏には、武将歌人が多く確認でき［佐々木① 二〇一六］、後に吉見家や毛利家に仕えた者も少なからずいたものと考えられる。この時代の武将歌人達の筆跡と「大島本」のそれは共通性が高いのである［佐々木⑦ 二〇二二］。

書写者に関しては推測の域を出ないものの、池田が「五十一帖が雅康の真跡である」と断言した「大島本」を追求して明らかになるのはこのような実態である。一つの奥書の判断で、もたらされる結論にはこれほどまでの違いが生じてしまうのである。

おわりに

稿者が「大島本」認識の誤りを訂正する論文を発表してから、既に十六年が経過したが、誤った定説を拭い去ることをできたとは、とても言えない情況である。二〇一九年の「定家手沢本」「若紫」発見の報道や、その影印本の解説でも、「大島本」はほぼ池田説のままで紹介されているのである〔藤本② 二〇二〇：二八頁〕。

稿者は「大島本」を貶めたいのではない。ありのままの姿で研究に利用されることを望んでいるだけである。また誤りは誰にでもあることである。問題なのは、池田によって恐らく意図的に広められた「大島本」の虚像が、半世紀以上も生き長らえたことと、正しい姿が明らかにされてからも、それを認めようとせず、徒に虚像の延命を図る動きがあることである。その根本原因が、日本の学界における書物研究と筆跡研究の未成熟さにあると考えるのは、稿者だけの謬見なのであろうか。日本古典文学の研究が科学たらんとする際には、絶対に無視できない分野であり、書物のデジタル化が急速に進む今日にあって、より重要性が増している分野でもあるのである。

参考文献

伊井春樹［二〇〇二］「大島本『源氏物語』本文の意義と校訂方法」（『源氏物語論とその研究世界』風間書房、初出は一九九九年）

佐々木孝浩①［二〇一六］「守護大名大内氏関連和歌短冊集成（稿）」（『斯道文庫論集』五〇）

――②［二〇一六］「室町・戦国期写本としての「大島本源氏物語」」（『中古文学』九七）
――③［二〇一六］「大島本源氏物語」に関する書誌学的考察」（『日本古典書誌学論』笠間書院、初出は二〇〇七年）
――④［二〇一六］「大島本源氏物語」続考――「関屋」冊奥書をめぐって」（『日本古典書誌学論』笠間書院、初出は二〇一五年）
――⑤［二〇二〇］「『源氏物語』本文研究の蹉跌――「若紫」帖発見報道をめぐって」（『日本文学』六九―七）
――⑥［二〇二一］「「大島本源氏物語」の再検討――新発見の定家監督書写本「若紫」帖との比較を中心に」（『斯道文庫論集』五五）
――⑦［二〇二二］「「大島本源氏物語」の「若紫」末尾四行の筆者について――「大島本」書写環境の再検討」（『斯道文庫論集』五六）
高木文［一九三五］「賜架書屋随筆」（『書物展望』五〇）一二六―一二九頁
天理図書館編［一九六〇］『天理図書館叢書 天理図書館稀書目録 和漢書之部 第三』（天理大学出版部）
天理大学附属天理図書館編［二〇一六～二〇一八］『新天理図書館善本叢書 源氏物語 池田本』全十巻（八木書店）
藤本孝一①［一九九七］「大島本源氏物語の書誌的研究」（『大島本 源氏物語 別巻』角川書店）
――②［二〇二〇］「定家本源氏物語『若紫』解題」（『定家本 源氏物語 若紫』八木書店）二一―三一頁

下田和宣……SHIMODA Kazunobu

[第7章]「体系哲学者」という虚像のあとで——ヘーゲル講義録をめぐって

1——講義録というテクスト

大学講義の記録としての「講義録」というのはテクストとしては特殊であるかもしれないが、だからこそテクスト形成という事柄についての一端を照らしてくれるように思われる。そこにはまず、作者からテクストまでの独特の距離がある。自筆原稿が残っている場合や添削が行われる場合は別として、講ずる者は直接的な書き手ではなく、資料の作成は聴講者に委ねられる。場合によって筆記者は複数人いることがある。そうしたとき、ノートの記述が完全に一致することも稀である。それから筆記録を編纂する者が介在する。記録の真偽、重要性を選定し、記述を取捨選択する人である。講義の記録が講ずる者や聴講者の死後、遺稿として発見されるという場合には、諸記述間の照合はもっぱら編纂者に委ねられる。そして大抵の場合、わざわざ講義録の編纂を行おうという人は講ずる者に対して並々ならぬ執着的な関心を持って断片的な記録情報の統合に向かう。このように、講義録は読解可能なテクストとなるまでに幾重にも媒介を積み重ねるのである。それだけにノイズが入りこむ余地も多く生じてくるに違いない。

講義録はまたほとんどの場合「大学」での講義の記録であるという性格を持つ。講ずる者としてのプロフェッサーは大学という制度的権威によってすでに、その発言が記録するに値する者と見なされる可能性を備えている。それに加えて、実際に記録される教授の講義はまた特別である。彼／彼女は駆け出しの研究者ではもはやない。すでにアカデミック・キャリアや著作物によって名をあげ、講義の記録が公にされるべきだと評価されている。それが記録者ないし編集者に「期待」を抱かせ、その期待が講義録の作成という行為を促している。

講義録への「期待」はおそらく主に、既刊・未刊の著作に対する理解を補い充実させるものへと向けられることだろう。その期待が大きければ大きいほど、それは中立的であるべき編纂作業を曇らせるフィルターとなる。自己擁護を狙って誤魔化し人を騙すためにではなく、ここではむしろ思想への過度な期待が「フェイク」の可能性を胚胎しているのである。いずれにしても、きわめて教条的なテクストとして講義録が産出されることは、歴史的に確認できる事実だろう。

2——哲学者のイメージ

ここでは十九世紀ドイツの哲学者であるヘーゲルの講義録を取りまく諸事情について取り上げてみたい。私たちはヘーゲルが西洋哲学史を代表する(いわゆる)「大哲学者」であることを多かれ少なかれ(少なくとも名前くらいは教養として)知っている(べきであるとされている)。事実として、書店や図書館に行けば必ずその著作(の日本語訳)を手に取ることができる。これらの成果はもちろんこれまでに積み重ねられてきた受容・研究・解釈の賜物である。しかし、その歴史的発端に近いところで、ある種の「過剰な理想」[山内 二〇一九]があったとすれば、どうだろうか。いずれにしても、初期に形成された肥大なイメージが後の哲学史と、続いてその「フェイク」に抵抗する現代の批判的文献学を導いてきたわけである。それについて、いまどのように考え直すことができるだろうか。

哲学者にまつわるフェイクについて考える場合、私たちはまずニーチェと彼の妹のケースについて思い出すことができる(本書ペーカー論文、[ペーカー 二〇一五])。『権力への意志』という存在しない著作の編集は、妹エリーザベトの創設したニーチェ・アーカイブの抱く期待によって推進された。彼女の期待は後にナチズムと結びつく保守的民族主義に駆り立てられていた。権利者である妹のみが文献へのアクセス権を保持していたニーチェの遺稿の場合とは対照的に、ヘーゲルのケースでは作業は密室で行われたのではない。むしろ、哲学的理想を求める時代精神の後押しのもとで、講義録編纂は公然と要求されたのである。ヘーゲル遺稿の問題は、(ニーチェの場合のように)表立って問題化した政治思想に関連するのではなく、まさに「真理への意志」とでも呼べるものにかかわっている。だとすれば、そのぶんわたしたちはそのテクストをほんとうにフェイクと見なしてよいか、躊躇することになる。ここにはテクスト編集が抱える、編集者個人に帰責できない問題の位相がある。

以下では、ヘーゲル講義録をめぐる経緯の変転について確認する。それによっていくつかのことがはっきりとするだろう。先取りすれば、私たちがヘーゲルを読むことができるということ、手を伸ばせば読むことができるようにカノンとして用意されていることは、そのテクストが内在的に持つ哲学的な「深み」などには還元できないのである。そうした暴露はテクストを解体する批判的・歴史学的な文献学によってなされる。過度の哲学的関心を諌める文献学のトゥルースは、私たちにとってあまりにも説得的なものであろう。だとすれば、私たちはかつて受容者たちが哲学テクストに寄せていた期待をもはや断念すべきなのだろうか。あるいはフェイクだとわかっていても、まさしくそのフェイクに、哲学的（すなわちトゥルースへの）関心の満足を期待すればよいのだろうか。一見してパラドクスでしかないようなこの事態は、「哲学的関心」なるものに対する関わり方について根底的な反省をも求めているように思われるが、そのことについて最後にすこし考えてみたい。

3——イメージの出どころ

ゲオルク・ヴィルヘルム・フリードリヒ・ヘーゲルは一七七〇年にドイツ南部のシュトゥットガルトで生まれ、一八三一年にベルリンにて没した。カント以後のいわゆる「ドイツ観念論」ないし「ドイツ古典哲学」の世代に属し、それ以後の学問思想のあり方を決定した代表的な哲学者のひとりであるといまでは見なされている。ヘーゲルの影響は、キルケゴール、マルクス、ランケなどの批判者を通じて、さらには二十世紀においても新ヘーゲル主義やフランス現代思想を刺激することで、現代にまで至る。

ハイデガーなどによって「西洋哲学の完成」とさえ評価され、ありとあらゆる事象について考え尽くしたような印象すら与えるヘーゲルであるが、意外にも生前にみずから出版した書物は五冊のみとそれほど多くはない（『フィヒテとシェリングの哲学体系の差異』（一八〇一年）、『精神現象学』（一八〇七年）、三巻からなる『論理学』（一八一二、一八一三、一八一六年）、『哲学的諸学のエンチュクロペディー』（初版一八一七年、第二版一八二七年、第三版一八三〇年）、『法哲学綱要』

図1　ヘーゲル（Wikimedia Commons）

図2　ヘーゲルのトルソー

（一八二一年））。では実際に流布している大哲学者のイメージの出どころがどこにあるかと言えば、彼がベルリン大学で行っていた諸々の講義なのである。その全体像は哲学の「百科事典（エンサイクロペディア）」をタイトルに持つ『哲学的諸学のエンチュクロペディー』（以下『エンチュクロペディー』）という書物に簡潔に示されている。「論理学」「自然哲学」「精神哲学」の三部からなるこの概説書を眺めてみてわかるように、ヘーゲルはここでは自身の哲学を「体系」として記述しようとしていた。すなわちそれぞれの問題領域の内在的な論理的筋道を追跡し考察することで、有機的な相互連関の全体を概念的に把握する。そうした「体系としての哲学」の姿が、ここではっきりと提示されているのである。

　とはいえ『エンチュクロペディー』はもともと大学での講義のための手引きとして用意されたものである。そのためそこでの記述は原理に関する断片的なものにとどまっており、十分な理解のためには、講義における口頭での補足を要求するものであった。要するに、ヘーゲル哲学体系を完全に理解するためには、彼の講義を聴講しなければならないというわけなのである。こうして大勢の聴講者がヘーゲルの講義に詰めかけた。

4——ベルリン大学での講義

一八一八年にベルリン大学に着任し、一八三一年にコレラによって六十歳で急逝するまで、ヘーゲルは大学で精力的に講義を行った。教科書(『エンチュクロペディー』をはじめ、例えば一八二一年に出版された『法哲学綱要』もそうである)を使用した伝統的な大学講義のスタイルで、ヘーゲルはその哲学体系を網羅するかのように、論理学・形而上学、自然哲学、主観的精神(人間学・現象学・心理学)、法哲学、自然法と国家学、世界史の哲学、美学、宗教哲学、神存在証明、哲学史を縦横無尽に講じた。この活動によってヘーゲルは多くの聴講者や弟子たちを獲得し、自身の学派の基礎を形成したのであった。

当時の様子を直接知るローゼンクランツが伝えているところでは、ヘーゲルはいつの間にかベルリンはおろかプロイセン中で大きな勢力を獲得し、彼の講義を聴くことはいまや「流行」になっていた。あらゆる身分のひとびとが彼の講義に出席し、その哲学は感銘と熱狂を与えた。

図3　講義をするヘーゲル(Wikimedia Commons)

しかし同時に、純粋な学問への熱情だけがヘーゲルの講義へと人々を惹きつけたのでもなかったという。内閣顧問や大臣に気に入られ出世の道を進むためにも、「ヘーゲル流」(Hegelianisierung)を心得ておくことは当時役に立つものであった〔ローゼンクランツ 一九八三:三二五頁〕。

オットー・ペゲラーの調査によれば、各講義の筆記録は、聴講者によって自由に作成された。それらは講義の忠実な再現の場合もあったが、記録者自身の組み立てや補足も含まれていた。法哲学講義のある筆記録などは、記録者が家に持ち帰り、ヘーゲルの既刊の書物(『法哲学綱要』)と照らし合わせて清書されてもいた(〔ペゲラー 二〇一五:七頁〕参照)。金持ちの愛好家が学生に筆記録を取るように依頼することもあった。このように、ヘーゲル自身が知らないところでノートが生産され、書き写され、流布していたのである。このような事態にヘーゲルは驚いていたのではないか、とペゲラーはそこから推測している(〔ペゲラー 二〇一五:四五—四六頁〕参照)。事実ある手紙の中で、自分自身では講義ノートが出回ることについて何もできないこと、ノートの内容についても自身では責任を取ることがまったくできないことをヘーゲルは吐露している(一八二四年一月十九日付バーダー宛書簡)。さらに、ヘーゲル自身が聴講者の筆記録を借りて書き写し、別の講義に利用していたこともあったという。

5——ヘーゲルの突然の死と、弟子たちによる『ヘーゲル著作集』計画

いずれにしても、ヘーゲルの生前では講義筆記録の利用はごく私的なものに限定されていた。状況を変化させたのは一八三一年十一月にヘーゲルがコレラによって急逝したこと、それに伴って浮上したヘーゲル著作集の計画である。ヘーゲルの弟子たちは「故人の友人たちの会」を結成し、いまはすでに亡き師の空白を埋めるために活動を

開始した。すでに触れたように、ヘーゲルは自身の哲学体系の壮大さをカバーできるほど多作であったわけではない。そのため、『エンチュクロペディー』で示唆されていたヘーゲルの哲学体系の「あるべき姿」を復元する試みにおいて、死の直前まで精力的に行われていた諸々の講義に大きな注目が集まるようになる。

図4　ヘーゲルの墓

ヘーゲル自身、かつて『精神現象学』（一八〇七年）「序文」で、哲学はもはや「知を愛する」という段階から、確固とした「学問」として昇華されるべきである、と熱く語っていた。彼の弟子たちがそれから十数年後のベルリン大学でのヘーゲルの講義において目撃した（と確信した）のも、まさにストア派以来の伝統的な哲学体系が、独自の弁証法論理によって実際に完成する様子なのであった。生前のヘーゲルがこれを成し遂げていたわけだから、それを再現することは十分に可能だし、師の遺志を継ぐという意味でもなされなければならない――このような信念のもと、弟子たちは講義の筆記録をはじめとする多くの資料を収集し、編纂する作業を進めていくことになる。

　その結果、「故人の友人たちの会」版『ヘーゲル著作集』が、全十八巻と書簡集というかたちで、ヘーゲルの死後の比較的短期間に誕生する（一八三二～一八四五年）。実際に公刊されていた著作物に加え、第九巻から第十五巻がベルリン大学での講義録となっていた（第九巻ガンス編『歴史哲学講義』、第十巻ホトー編『美学講義』、第十一~十二巻マールハイネケ編『宗教哲学講義』、第十三~十五巻ミシュレ編『哲学史講義』)。

先にも述べたように、この一大事業は弟子たちにとって、「偉大なる師」の急死という空白を埋め合わせる作業であった。それは彼らにとって歴史学的な中立さを保ちながら資料を後代のために整備するという性格をすでに持っていたというわけではない。むしろ「ヘーゲル哲学体系」を復元することがそこでは目指されていたのである。そこからおのずと講義録作成の方針にも影響が如実に出てくる。ヘーゲル自身の手による自筆原稿と、さまざまな聴講者たちによる筆記録が、テクスト作成に混ぜ込まれた。講義年代が区別されず、各回の講義のあいだの差異や考え直しなども塗りつぶされた。すべてが編集者の頭の中でいちど溶かされ、練り直されるかたちで、講義はまさに「一冊の本」という体裁を与えられたのである。

そこから、ヘーゲル自身の責のない極度の思弁的性格や難解さ、文脈的な不整合も当然の如く生じてくる。「故人の友人たちの会」版『ヘーゲル著作集』の抱えている難点は当初から指摘されていたが、後に詳細に見るように、それが「フェイク」として完全に退けられるまでにかなりの時間を要したことは私たちのテーマにとって興味深い。それどころか、現在最も手に取りやすいズーアカンプ版全集、日本語版の旧全集(岩波書店)、読みやすさで定評のある長谷川宏訳を介して、まさにここで形成された「ヘーゲル哲学体系」のイメージはいまもなお流布され続けているのである。

6――一冊の「本」としてのホトー版『美学講義』

最初期の著作集計画における弟子たちによる介入がどのようなものであったのか、ここではそれが最も顕著に表れていると言われてきた、ハインリヒ・グスタフ・ホトー（一八〇二〜一八七三）編集による『美学講義』を例に見ていくことにしたい。ホトーはいわゆる「ヘーゲル右派」に分類されるヘーゲル学派の代表的人物のひとりであり、ヘーゲルの死後、ベルリン大学での美学講義を引き継いだが、彼自身美学美術史家であり、ヘーゲル『美学講義』出版と同年の一八三五年に『生と芸術の予備研究』という書物を公刊している。ホトーはヘーゲルよりも音楽が得意であり、『美学講義』を編集する際には当該分野に対するヘーゲルの理解の不足を補うために大幅に加筆したという［片山 二〇一六：一六八頁］。そこからすでにホトー版の信憑性の疑わしさを窺い知ることはできるが、より本質的な点にホトー版の（文献学的に見た場合の）「問題点」は存在する。

ヘーゲルは「美学講義」ないし「美学・芸術哲学講義」と題した講義を一八二〇／二一年冬学期、一八二三年夏学期、一八二六年夏学期、一八二八／二九年冬学期に開講した。ホトー自身、一八二三年講義を筆記しており、その自前のノートを軸として『美学講義』を編集した。編集に際して、ホトーはヘーゲルの自筆原稿を使用していたらしいが、それは今日では散逸している。他にもいくつかの年度の講義録が用いられたが、それぞれの違いが判別できないレベルにまでまとめられている。要するにホトーはベルリン期ヘーゲルの美学講義ないし芸術哲学講義のさまざまな記述を体系的に整除し、『美学講義』という「書物」として仕立て上げたのである。文献学的に考えれば今日ではもはや理解に困難なことであるが、これまでホトー版はその体系性を高く評価されてきた。

瀧本有香によれば、『美学講義』と一八二三年講義筆記録は、ともにホトーの手によるものだが、出版された講義録には筆記録に見ることのできない独自の付け加えがあるという。例えば『美学講義』では「理念の規定」、「美の理念」、「自然美」という順番で論じられているのに対し、一八二三年筆記録には「美の理念」という美と真理の関係についての考察が欠けているのである［瀧本 二〇一六：一五二頁］。たしかに論理的に考えれば、理念そのものから自然美の話に移るのはやや唐突な飛躍に思われる。そこであえてホトーは一八二三年講義でヘーゲルが語っていなかった「美の理念」についての考察を、ヘーゲル自身の自筆原稿か別の講義筆記録から引っ張り出してきて、その穴を埋めるという作業を行ったのである。その結果、ヘーゲル自身の思考理路をそのものとして追跡することはもはやできなくなってしまった。

7――芸術は終焉する？ ホトーの思弁的編集

ホトー版『美学講義』とヘーゲル自身の美学論を大きく隔てるものとして最近の研究でしばしば指摘されるのは、「芸術終焉論」の理解に関わるものである。ヘーゲルの語る「終焉」については、例えばフランシス・フクヤマが冷戦終結に際して公刊した『歴史の終わり』において参照された議論として有名になった。美学の領域においても、ヘーゲルは「喜劇」をもって「芸術の終わり」を語っている。喜劇は理念を直観的に表現する芸術の最高の形式であるが、具体的な直観的形態化の限界もそこでは示される。そこで直観性を越えたかたちでの理念把握の必要性が明確化することにより、真理を追究する思考は宗教的表象と哲学的概念という別の形式に拠り所を求めるのである。それによって芸術はもはや哲学的な役割を終えた、とするのがいわゆるヘーゲルの「芸術終焉論」の概要である。

問題はこの話のどこに強調点を置くか、という点にある。ホトー版『美学講義』では、このようなヘーゲルの「哲学体系」に沿った理解に忠実であり、それを極力再現しようとする。体系的完成を実現させるには、とにかく芸術を終わらせなければならない。

ただそれだけに、実際の講義において明らかに語られていた側面が体系志向の編集方針からは削り取られてしまうこととなる。瀧本によれば、晩年の一八二八／二九年講義では、ネーデルラント絵画がこれからの芸術として高く評価されていた。すなわち芸術が哲学的な役割を果たし終えた後でも、美術史の発展は続いていくし、そこに独自の意義があるはずだとヘーゲル自身は考えていたのである［瀧本 二〇一六：一六三頁］。片山善博もまた、この筆記録を頼りにヘーゲル哲学における芸術存続の可能性について論じている。ヘーゲルが哲学体系の中で考察する「芸術の終わり」とは、芸術という形式の消滅を意味するのではなく、むしろ絶対的な理念を表現するという使命からの解放でもある。したがってここで示唆されているのは「近代における芸術の新たな役割を創出するということ」［片山 二〇一六：一七九頁］であるという。

「哲学体系」の理想は、『エンチュクロペディー』の末尾（第三版五七五〜五七七節）に提示されたいわゆる「三重の推論」によく表現されている。『エンチュクロペディー』の叙述は論理学、自然哲学、精神哲学という順序で諸原理の演繹が叙述されるが、実際にはそれらの三つの領域は相互に媒介しあっており、その円環を把握することが哲学の最終的な課題だというのがそれである。そのためにはまずそれぞれの領域が固有なものとして認定され、原理が確保されなければならない。そのうえで、そこで画定された限界から超え出る「移行」として、他領域との連関が証明されるべきなのである。このような哲学体系構築という作業に対して「終焉」は不可欠なものとして要求される。「歴史の終わり」は（フクヤマとは違いヘーゲルの場合には）、客観的精神としての世界史を超える領域としての、絶対的精神の存在と意義を証明するものであり、「芸術の終わり」は宗教と哲学の始まりを兆すものであった。

この理解を推し進め、テクストとして結実させたのが、ヘーゲル自身ではなくホトーをはじめとした講義録編集者たちであったことは強調してもしすぎることはないだろう。「哲学体系」はたしかにヘーゲル自身の理想でもあっただろう。それでも実際の講義において、ヘーゲルはもう少し柔軟に語っていた。「終わり」はその意義のすべてが消えてしまうことを意味するのではなく、あくまで哲学的課題を果たし終えるだけである。「体系哲学者ヘーゲル」のイメージと期待のもと、このわずかなニュアンスを塗り固め覆い隠すことで、「故人の友人たちの会」版『ヘーゲル著作集』は成立したのである。

8――「体系哲学者ヘーゲル」の誕生と展開

片山が指摘するように、ホトーによる編集の問題点は「体系への異常なまでのこだわり」［片山 二〇一六：一六七頁］に集約される。ゲートマン゠ジーフェルトによればホトーがそのように切迫されていたことの背景には、ヘーゲルの死後急速に影響力を増しつつあったシェリングやゾルガーらの体系的美学への対抗が、学派として急務であったことが動機として存在したとされる［Gethmann-Siefert 2003 : XXIII］。

他の講義録についても、ヘーゲルをカノン化しようとする意志については、程度の差はあれ一致している。問題はまさにそのように「故人の友人たちの会」によって作成された『ヘーゲル著作集』の並々ならぬ影響力である。とくに甚大な影響を後の哲学史に及ぼしたのは、マールハイネケによって編集され（一八三二年）、ブルーノ・バウアーによって改訂された（一八四〇年）『宗教哲学講義』であった。ヘーゲルは計四回（一八二一年夏学期、一八二四年夏学期、一八二七年夏学期、一八三一年夏学期）にわたり宗教哲学に関する講義を、それぞれ個性的なかたちで行った。各年度の講義の差異は、例によってこの版では見えなくなっている。キリスト教だけではなく、当時隆盛しつつあった東洋学や古典文献学の知見を積極的に摂取し、それまでの理解や講義構成に固執することなく改訂を加えていったヘーゲルの実際の姿は見えず、やはり「体系哲学者」にふさわしい整然さがそこでは手際よく再現されている。とりわけベルリン大学の同僚であったシュライアマハーとの関係の変遷もこの時期のヘーゲルにとって決定的であったが、その格闘の痕跡は講義録からはすでに消去されている（［山﨑 一九九五］の第二章「恐怖政治と宗教反動の時代を生きて――ベルリンにおけるヘーゲルとシュライアーマッハー」を参照）。

『宗教哲学講義』が重要なのは、この分野における議論がヘーゲル学派の左右分裂の機縁となったからである。ヘーゲル左派からフォイエルバッハが出現し、それがマルクスへと展開する。実存主義の先駆とされるキルケゴールもまた宗教哲学へのこだわりを持ちながら、「体系」としての哲学に抗った人である。次世代に属する彼らが見たのはまさに、ヘーゲルその人の姿ではなく、弟子たちによって用意された「体系哲学者」であった。

「体系の完成者」は「西洋哲学の完成者」となる。カント、フィヒテ、シェリングの系譜を継ぎ、「ドイツ観念論」を完成させたというヘーゲル・イメージは、一方でヘーゲル自身によって描かれていたものであるが、他方で弟子たちによって、そしてそれ以上に批判者たちによって確定されていった。リヒャルト・クローナー（『カントからヘーゲルへ』）やシュネーデルバッハを挙げるまでもなく、ヘーゲルをひとつのターニング・ポイントとする哲学史記述は少なくない。後者は一八三一年の「ヘーゲルの死」をもってドイツ哲学史の十九世紀が始まったのだとする［Schnädelbach 2008］。すなわち思弁哲学から実証科学への傾斜をこの「体系哲学者」の退場に見るわけだが、そうした記述の根底にはやはり『ヘーゲル著作集』によって形成されたヘーゲル像が横たわっている。シュネーデルバッハは「ヘーゲルの死」ではなく「故人の友人たちの会」版『ヘーゲル著作集』の誕生の意味こそ、解明すべきであったように思われる。

9――発展史研究――「体系哲学者ヘーゲル」の補強

肥大化したイメージは二十世紀においてなお、あるいはますます存在感を発揮することになる。ディルタイ（一八三三～一九一一）は「体系哲学者としてのヘーゲル」ではなく生の問題に拘泥した「若きヘーゲル」の研究へと向かったが、それでもなお「故人の友人たちの会」版『ヘーゲル著作集』が持っていた哲学的精神を称賛していたという［ペゲラー 二〇一五：一七頁］。

「新ヘーゲル主義」が盛り上がる二十世紀前半に、それに見合った新しいヘーゲル全集の計画がいくつか実現された。しかしそれでもヘーゲルの「哲学体系」の精神を復元させようというかつての理想自体が、ラッソン、ホフマイスター、グロックナーといった新しい編集者たちから疑われることはなかった。結局彼らも基本的に「故人の友人たちの会」版『ヘーゲル著作集』に依拠していたのである。

二十世紀後半になると、ベルリン時代の「体系哲学」以前の、それを可能にした思想のダイナミズムをヘーゲルの思想形成を掘り起こすことで明らかにしようとする専門研究の流れが生じた。いわゆる「発展史」（Entwicklungsgeschichte）研究は、イェーナ期、ニュルンベルク期といったベルリン期以前の形成と展開に焦点を絞る。通時的・形成的視点から諸著作を解明し、これまでとは別の可能性をヘーゲル哲学のポテンシャルとして模索したのである。こうした研究潮流のもとで研究者の関心はベルリン期の講義録からは離れた。しかしそれは「故人の友人たちの会」版『ヘーゲル著作集』が提示した「体系哲学者」としてのヘーゲルというイメージを根底から覆すことを意図したものではなかった。むしろ研究の多くは、ベルリン期ヘーゲル＝「体系哲学者」というオリジナルイメージを保持したまま、初期やイェーナ期にそれとは別の「非体系的」ヘーゲルを追い求めたのである。その意味で、この種類の研究もいまだヘーゲルの死直後のインパクトから十分に距離を取ることができていなかったと見るべきであろう。

10——新全集による新たな出発

イメージの解体は別の方面から促されることになった。「故人の友人たちの会」版『ヘーゲル著作集』に代わる基礎資料の整備として、批判的歴史学的文献学に基づいた新しい講義録の作成が一九六〇年代後半から進められるようになったのである。新全集の画期的な点は、講義録編集の際に年度別の自筆草稿と筆記録とを資料ごとに厳密に区別して分類するというところにある。各年度の講義の形成と展開を追うことによって、ようやくベルリン期内部での発展史を知ることができる。それによって、ヘーゲルの死で終わるこの時期もまた、弟子たちが発見したと信じたある特定の「完成」とは程遠いものであったことが明るみに出たのである。

ヘーゲル新全集（Gesammelte Werke, 通称ＧＷ）の編纂は旧西ドイツのボッフム大学に設置された「ヘーゲル・アルヒーフ（文庫）」において、ドイツ研究振興協会（Deutsche Forschungsgemeinschaft, ＤＦＧ）、ノルトライン＝ヴェストファーレン科学芸術アカデミー（二〇一四年まで）、ゲルダ・ヘンケル財団（二〇一八年以降）による資金協力のもと、一九六八年から組織的に遂行されているプロジェクトである。[1] 第一部「著作集」第一～二十二巻（講義に関する自筆原稿を含む）、第二部「講義筆記録」第二十三～三十巻＋ヘーゲルの個人蔵書のカタログ第三十一巻（二分冊）から計画された。第一部は全二十五分冊で、二〇一四年に完結した。さらに書簡集の編集が予定されているとのことである。

二〇二一年三月現在、第二部「講義筆記録」に関しては、第二十三巻「論理学講義」（二分冊＋二次伝承資料）、第二十四巻「自然哲学講義」（二分冊＋二次伝承資料）、第二十五巻「主観的精神の哲学講義」（二分冊＋補遺）、第二十六

図5　ボッフム大学の校舎

図6　ヘーゲル・アルヒーフ

巻「法哲学講義」（三分冊＋補遺）、第二十七巻「世界史の哲学講義」（四分冊）、第二十八巻「芸術哲学講義」（三分冊）、第二十九巻「宗教哲学講義と神の存在証明講義」（一冊）、第三十巻「哲学史講義」（二分冊）が公刊されている。また、全集に先立ち、選集というかたちで重要な講義筆記録のセレクションが全十七巻で発表されている（一九八三～二〇一四年）(2)。これらの新編集によって、講義筆記録は年代別に厳密に区分されたかたちで利用可能となったのである。

11――ヘーゲル・アルヒーフの設立とその使命

オットー・ペゲラー（一九二八～二〇一四）はこの「新たな始まり」［ペゲラー 二〇一五：二六頁］を指導した第一人者であるが、一九九一年に発表されたその自己解説を頼りに、講義録の根底的な見直しによって何が狙われたのか、何がこの研究上の流れを促したのかについて以下に見ていくことにしよう。「アルヒーフ」という機関が持つ使命について、ペゲラーは「伝統」と「古典」をキーワードにしながら以下のように語っている。

哲学は伝統から切り離されながらも、しかしその切断において伝統によって導かれ、伝統をさらに担っていくことになる。このようにして哲学は生き続けていくのである。限られた個々の分野ではなく全体を見るとき、哲学することにはいかなる完結も要求されない。決定的な問いは開かれていなければならないし、問いの場では、どのような場合であっても、さらに問い続けていけるのでなければならない。だからこそ、哲学を安定させる「古典」が必要なのである。古典は模範となって、すぐれたものや不変のものを示す。明確な問いには可能な回答をいつも見つけてくれ、重要な問いを生き生きと保ち続けてくれる。古典は私たちに教え諭すように、問いを立ててくれる。たしかに哲学にとっては、古典は現在とは違う当時の状況にとどまるが、しかしいろいろな視点を持つことは哲学にとっては必要不可欠なのである。

［ペゲラー 二〇一五：二八頁］

ここに「哲学」とは別の、しかし同時にそれに対して本質的な意義を持つ「伝統」と「古典」の意義が語られている。ペゲラー曰く、哲学は伝統や古典と異なるが、それらと密接に関わりながら展開される思考のダイナミズムである。このような彼の理解は、哲学であると同時に伝統や古典であることを欲した「故人の友人たちの会」版『ヘーゲル著作集』に深く根づいていた精神との決別としても読める。ペゲラーによれば伝統の最大の課題はテクストの保護である［ペゲラー 二〇一五：二九頁］。哲学ではなく伝統や古典を明確に志向することが、新全集の方針となる。外部の視点からヘーゲルの「哲学体系」を復元しようと試みるのではなく、歴史学的・文献学的批判によってヘーゲルが書き残したもの、ヘーゲルの言葉が聴き取られたものを全体的に整理するのである。

このような文献学的な態度は、ペゲラーによれば伝統の破滅を経験し、荒廃したドイツに芽生えた時代精神であった。一九五〇年代はまさに「全集の時代」（同上）と呼ばれる。連邦政府と州が共同でさまざまなプロジェクトを推進し、ドイツ研究協会の支援のもとで、人文科学の「資料を解明するための長期的計画」が立てられた。それによって、各大学に全集、事典、辞書などの整備・出版の任務が課せられたのである。

人文科学にドイツ精神全体の再検討・再出発という課題が期待されるなかで、ヘーゲル・アルヒーフはノルトライン＝ヴェストファーレン州の公的機関として一九五八年にまずボン大学に設立され、後の一九六八／六九年にボッフム大学へと移管された。一九七〇年に発布された「大学政策規約案文」第二節第一項には次のようにアルヒーフの使命が明示されている。

a 校訂版『G・W・F・ヘーゲル全集』のためにあらゆる条件を整えること

b ヘーゲルのすべての著作、ヘーゲルの草稿の写真、ヘーゲルの講義録の写真、場合によっては自筆原稿も、さらにはヘーゲルによって使用された文献と、ヘーゲルについての文献を集めて整理すること

c ヘーゲル研究をみずから支えていくこと

d ヘーゲル研究の協同の可能性を示すこと

e ヘーゲル文庫に課せられた任務を果たすための有能な後継者を育てること

［ペゲラー 二〇一五：三二頁］

12——フェイクとしての「体系哲学者ヘーゲル」

ひとつの精神史的事業として、ヘーゲル・アルヒーフはヘーゲルの新全集編纂を開始した。この作業はまず各地に分散していた原稿・遺稿・筆記録の網羅的な収集を歴史的にはじめて中心的な課題として含むものであった。「哲学体系」を復元するための取捨選択ではなく、資料の全体的な収集が優先されたのである。今回の場合のヘーゲルの「古典化」は、哲学的思弁の水準でではなく、誰もがアクセスすることのできるように整備された文献資料として編纂されることを求めた。まさにここでようやく、弟子たちの思想から「ヘーゲル」を厳密に区別するという必要が生じたのである。それによって、これまで編集された講義録のすべてが文献学的真理を覆い隠す「フェイク」としての色彩を帯びてくる。

あわててアクチュアリティーを求めたりしないのが、学問に携わる者の倫理であろう。歴史学的・文献学的な努力は著者の味方でなければならず、場合によっては、アクチュアリティーを求めることに、「古典」としての重要さを対立させなければならない場合もある。［ペゲラー 二〇一五：六〇―六一頁］

文献資料へと忠実であることが、「真のヘーゲル」を見誤らせる「フェイク」から自分の身を守る術となる。ヘーゲルを真に理解するためには、彼の哲学を追考するのではなく、むしろそれとは厳密に区別された「文献学的理性」が新たに必要であるとペゲラーは強調する。新しい講義録はその結果でなければならない。

ヘーゲルの講義の全体を再構築するという地味で困難な課題を解決するために、私たちはますます理性を必要とし、落ち着いてじっくりと考えなければならないのである。［ペゲラー 二〇一五：六二頁］

13――「真のヘーゲル」の文献学的断念

こう熱く語る一九九一年のペゲラーは、文献学的作業がヘーゲル哲学の真の核心を照らし出してくれるはずだという確信をまだ固く抱いていたと言えよう。例えば筆記者の意図や作業の仕方をはじめ、その「人物」を解明することの複雑さなど［ペゲラー 二〇一五：四六頁］、講義録編纂にはさまざまな困難が伴うことは彼も承知の上である。とはいえ個々の学期においてヘーゲルが何を講じたのかを明らかにすることで、これまでの不必要な検討や旧著作集に備わった混乱を一掃できると信じていたのである。全集出版の進捗が遅延していることについても、ペゲラーは資料の値上がりや編集作業に携わる研究者の経験不足を挙げているが〔ペゲラー 二〇一五：三五頁〕、その課題がより原理的な困難を抱えた深刻なものであるとは考えていなかった。

しかしヴァルター・イェシュケ（一九四五〜二〇一二）を代表とする次の世代になると、講義録編纂の作業をめぐるその空気に微妙な変化が生じてくる。現在のヘーゲル・アルヒーフの編集方針は、もはやペゲラーに残存していた楽観主義をすべて放棄したと言えよう。自筆原稿をはじめとする決定的な資料の多くがすでに失われており、発見される見込みが薄いことに加えて、資料間の整合性の問題も完全にクリアな状態にすることはできない。ベルリン時代のヘーゲルですらも、完成された「哲学体系」を手にしてはいなかった。つねに断片的に留まる講義筆記録が示しているのは、ヘーゲルが完成の手前で飽きることなく苦闘し続けていた痕跡なのである。

だとすれば、ただ年代別の自筆草稿と筆記録をできるかぎりそのまま提示することだけがヘーゲル文献学に残された道である。テクスト・クリティークと解釈とが厳密に分けられた結果、「故人の友人たちの会」版『ヘーゲル著作集』に対する評価はますます辛辣なものとなる。イェシュケにとって、とりわけホトー版『美学講義』は「まったくいかがわしい文献」である。きわめて多様でしばしば矛盾している資料でも、できるだけ完全に仕上げられた全体へと融合するというのは、当時の編集者の一般的な感覚であったが、彼がそのプログラムを首尾よく遂行しているだけに、現在の視点からすれば疑わしさも余計つのるのである。イェシュケはこう述べる。

ホトーの編集は、ヘーゲルの講義から一冊の「本」をうまく作り出した。それはあたかも〔ヘーゲルの実際の著作である〕『論理の学』(*Wissenschaft der Logik*) に類する『美学の学』(*Wissenschaft der Ästhetik*) であった。これをうまくやり遂げたものだから、『美学講義』は弟子たちの間では評判になったのである。しかしながらもっともな理由から、まさにこのプログラムこそが、真正さを欠くものではないかという疑いを今日では呼び起こしている。
[Jaeschke 2010 : 419]

ホトーはヘーゲル美学を整理し伝承した功労者ではなく、いまや改竄者と見なされる。事実としてヘーゲル研究者のほとんどは、亡失資料の痕跡を求めて旧版を精査することはあるかもしれないが、哲学的テクストとしてのその意義としては、ただ後世に対する影響といった受容史的な観点から評価することしかできなくなっている。歴史的な生産性は認められるが、それはもはや「ヘーゲル」ではない。「体系哲学者としてのヘーゲル」という弟子たちの拵えたイメージはもう誰も信奉することのできない虚像であり、訂正されるべき過去の遺物にすぎないのである。このような理解はたしかに一般読者に対して十分に浸透しているとは言い難く、過去に作られたヘーゲル・イメージが相変わらず闊歩してはいる。しかし少なくとも日本における翻訳状況は、ヘーゲル・アルヒーフの方針に沿うように変化しつつある。

14――「未完成」のトポス

イェシュケの主導する現在のヘーゲル・アルヒーフの方針からすれば、整えられた体系性というかつての編集を導いていた理想自体が、もはや疑念の対象となり、「フェイク」の指標となる。とはいえもちろん、ペグラーがかつて求めた新たなる「カノン」の作成がすべて断念されたわけでもない。例えば加藤尚武（一九三七～）は日本で早期に「体系哲学者ヘーゲル」のイメージに疑義を呈し、「経験の哲学者」としてのヘーゲルをそれに対置することで〔加藤 一九八〇：一七頁〕、続く研究者たちに大きな影響を与えた（〔加藤 一九九九〕、〔山﨑 一九九九〕参照）。加藤が開いた議論空間は、「自己自身による改訂」、「試行錯誤」、「実験的」という言葉が研究のオリエンテーションとなるような、いわば「未完成」のトポスによって基礎づけられている。彼は端的に次のように語る。

> 彼がつねに「体系の完成」を求めていたということは、彼が体系を完成しなかったということなのだ。ヘーゲルにすら完成はなかった。〔加藤 一九八〇：一六頁〕

「ヘーゲルにすら」という言い方にはこれまでの「完成」イメージに対する抵抗が込められていると見るべきだろう。あるいはその書を次のように締めくくっている。

> その〔ヘーゲル哲学の形成の〕跡をひとまず辿り終えた今、われわれの前には、ヘーゲルにおける実践の挫折が、そのまま理論の破綻を招来して行った傷跡が大きく開かれたままになっている…〔中略〕…巧妙な図式的に完結した説明像を求めた読者は失望するかもしれない。しかし、今、筆者は「永久の未完成、これ完成である」という詩人の言葉をもって本書を終えなければならない。〔加藤 一九八〇：三二九頁〕

ここで明確に提示されたパースペクティブは新時代のヘーゲル解釈を方向づけるものであるが、それを受け入れるために私たちはある種の「諦め」を受け入れなければならない。それは弟子たちにとって、あるいは二十世紀前半の読者にとってなお、困難であった。先に見たように、それが容易なものとなるためには、かつてのトゥルースをフェイクとして暴露する文献学的理性の働きが必要だったのである。「未完成」のトポスに則った解釈もまた、その大きな流れと密接に連動するものである。

おわりに――文献学的理性からも離れて

「体系哲学者」ではないヘーゲルというイメージはフレッシュで魅力的ではあった。しかし「未完成」のトポスもまた繰り返されることで、次第に教条的なものとなってくる。そもそも未完成であるようなものに時間と労力をかけて取り組む価値などあるのだろうか――文献学的理性からの距離が出てくるのはまさにそのような新たな疑念が萌す時である。それと同時に、次のような反省もまた生まれるかもしれない。いま私たちがヘーゲルを読むことができるのは、たとえ(現代の文献学からすれば)フェイクであったとしても、ほかならぬ弟子たちのプロデュースが功を奏したからではなかったか。文献学的好奇心は、そうして積み上げられたイメージを最終的に崩すことにはなった。とはいえ彼らが肥大化させたイメージと期待なしに、新しい全集の編纂という大規模な事業は成り立ちえたと言えるだろうか。むしろフェイクこそ彼らを実際に動かしたものだったのであり、あるいは私たちをなお動かしているものなのではないか。

結局のところこの反省には、フェイクを克服するための最終解決の手段ではなく、むしろそれと別様に付き合うための第三の道筋が指し示されていると言えるかもしれない(3)。例えば弟子たちの「体系への意志」をフェイクとして切り捨てることに終わるのではなく、彼らを駆り立てたものを改めて明確化する。言い換えれば、弟子たちとヘーゲルとを結びつけていた「体系への意志」が何であったのかを、ヘーゲル哲学の権威とも文献学的理性とも違った側面から解明する。このことはたしかに文献学の課題にはならない。だとしても、もしそれが私たちを惹きつけるものであるとすれば、私たちはすでに文献学的理性とは離れたところに立っていると言えるだろう。私たちもまた何かを期待している。起源から受容・変容の相へと視線を移しながらこの「期待の地平」について改めて考えることは、人文知を積極的・肯定的に受け取り直す契機となるように思われる。

注

（1）G.W.F. Hegel, *Gesammelte Werke*. In Verbindung mit der Deutschen Forschungsgemeinschaft. Hrsg. von der Nordrhein-Westfälischen Akademie der Wissenschaften und Gerda Henkel Stiftung. Hamburg: Felix-Meiner, 1968 ff.

（2）G.W.F. Hegel, *Vorlesungen. Ausgewählte Nachschriften und Manuskripte*, Hamburg: Felix-Meiner, 1983-2014.

（3）無批判的で恣意的な編集でもなく、解釈を除外して客観性を標榜する批判的文献学でもないテクストとのかかわり方の可能性として、［明星 二〇二一］が掲げるいわゆる「第三世代」の文献学（編集文献学）を参照。既存の編集枠組みの有限性を自覚し、それが設定する境界を意識的に突破しつつ、各人の解釈行為の意義を改めて確保することが、いまや求められよう。

参考文献

片山善博［二〇一六］「第九章　美学・芸術哲学講義」（寄川条路編『ヘーゲル講義録入門』法政大学出版局）

加藤尚武［一九八〇］『ヘーゲル哲学の形成と原理』（未来社）

加藤尚武編［一九九九］『ヘーゲル哲学への新視角』（創文社）

Walter Jaeschke [2010], *Hegel Handbuch: Leben - Werk - Schule*, 2. Auflage, Heidelberg: J.B.Metzler

トーマス・ペーカー［二〇一五］「第9章　遺稿編集の問題――ニーチェ『権力への意志』」（矢羽々崇訳、明星聖子・納富信留編『テクストとは何か――編集文献学入門』慶応義塾大学出版会）二〇三―二二〇頁

オットー・ペゲラー［二〇一五］「序章　ヘーゲル研究」（オットー・ペゲラー編・寄川条路監訳『ヘーゲル講義録研究』法政大学出版局）

明星聖子［二〇二二］「「第3世代」としての編集――カフカ『審判／訴訟』の編集・翻訳プロジェクト」（『埼玉大学紀要（教養学部）』第五六巻第二号）一五一―一六四頁

カール・ローゼンクランツ［一九八三］『ヘーゲル伝』（中埜肇訳、みすず書房）

Herbert Schnädelbach [2008], *Philosophie in Deutschland 1831-1933*, Frankfurt am Main: Suhrkamp.

Annemarie Gethmann-Siefert [2003], Einleitung: Hegels Ästhetik oder Philosophie der Kunst, in: G.W.F. Hegel, *Vorlesungen über die Philosophie der Kunst*, hrsg. von Annemarie Gethmann-Siefert, Hamburg: Felix-Meiner, 2003

瀧本有香［二〇一六］「第八章　美学講義」（寄川条路編『ヘーゲル講義録入門』法政大学出版局）

山内廣隆［二〇一九］『過剰な理想――国民を戦争に駆り立てるもの』（晃洋書房）

山﨑純［一九九五］『神と国家――ヘーゲル宗教哲学』（創文社）

山﨑純［一九九九］「〈偉大な体系家ヘーゲル〉像の終焉」（『創文』第四一一号）

トーマス・ペーカー……Thomas Pekar
［翻訳：矢羽々崇］

［第8章］フェイクの悲劇的な帰結
――フリードリヒ・ニーチェの『権力への意志』をめぐって

1――『権力への意志』編集史とニーチェ・アーカイブ

ニーチェの影響史は、少なくとも二十世紀前半においては、ほとんど彼の妹エリーザベト・フェルスター＝ニーチェによってコントロールされていた。彼女は、一八九三年以降、兄であるフリードリヒ・ニーチェの作品と書簡、未公刊の手稿を管理していた。彼は一八八九年に、ほぼ確実なのだが、梅毒に起因する精神の病に倒れたためである。妹は一八九四年にニーチェが母の手で看病されていたナウムブルクにニーチェ・アーカイブを作った。一八九七年には、エリーザベトは病気の兄とその原稿とともにヴァイマルに移り、ニーチェとその作品に、ゲーテと

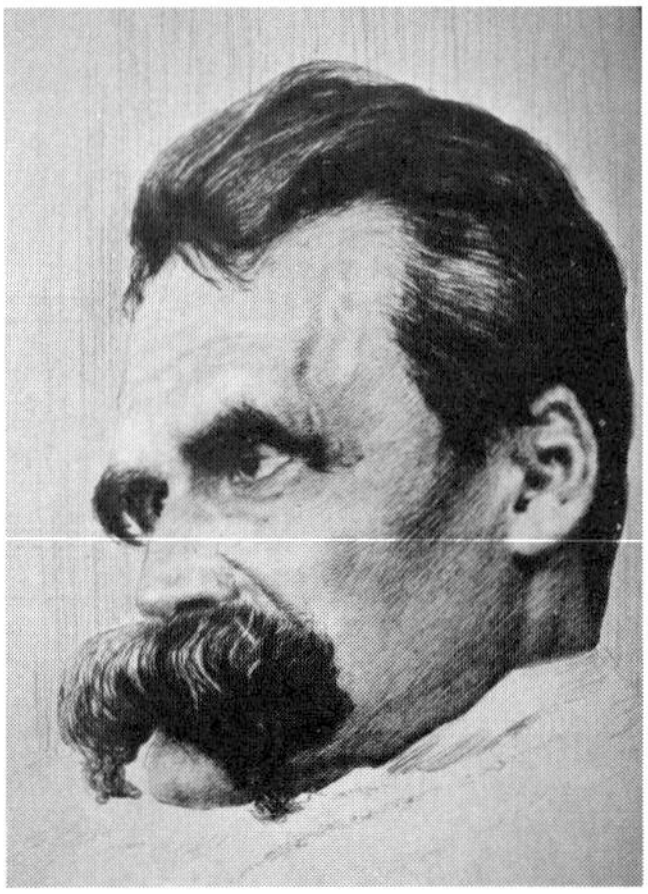

図1（右）　ニーチェの妹 エリーザベト・ニーチェ＝フェルスター
Elisabeth Nietzsche Förster（1846-1935）
1894年前後（Quelle: Public Domain）
図2（左）　ニーチェ
Friedrich Nietzsche（1844-1900）小さなニューチェの頭
写真シリーズ「病気のニーチェ」によるハンス・オルデのエッチング
（1898年）（Quelle: Public Domain）

シラーのアーカイブのすぐ近くに置くことで古典作家のオーラをまとわせようとした。彼女はさまざまな編者や、ニーチェの友人で協力者であった作曲家のペーター・ガスト（本名ハインリヒ・ケーゼリッツ）の助けを借りつつ、一八九五年から一八九七年、はじめてのニーチェ全集を編纂させた。続いて一八九九年から一九一三年には、大オクタボ版全集が出され、一九一一年にここではじめて『権力への意志』と呼ばれる、ニーチェの遺稿の悪名高いテクストの混交も登場した。このテクスト混交を創り出すために、短縮、無関係な箇所同士の結合、小見出しの挿入など、編者によって大きく手が入れられたのだった。とりわけ問題なのは、ニーチェによるさまざまな場所に書かれた手記が、（似而非）体系的な枠組みで秩序立てられ、あたかもニーチェがこうした哲学的体系を実際にうち立てたかのような印象を与えることが目指された点である。

このテクスト混交は、一九三〇年代に二巻本として、人気のあったクレーナー出版の文庫版へと引き継がれたが、今日のニーチェ研究はこれらを明確にフェイクとみなしている［Montinari 1982: 11］。重要なニーチェ研究家で

図3　『権力への意志』旧版

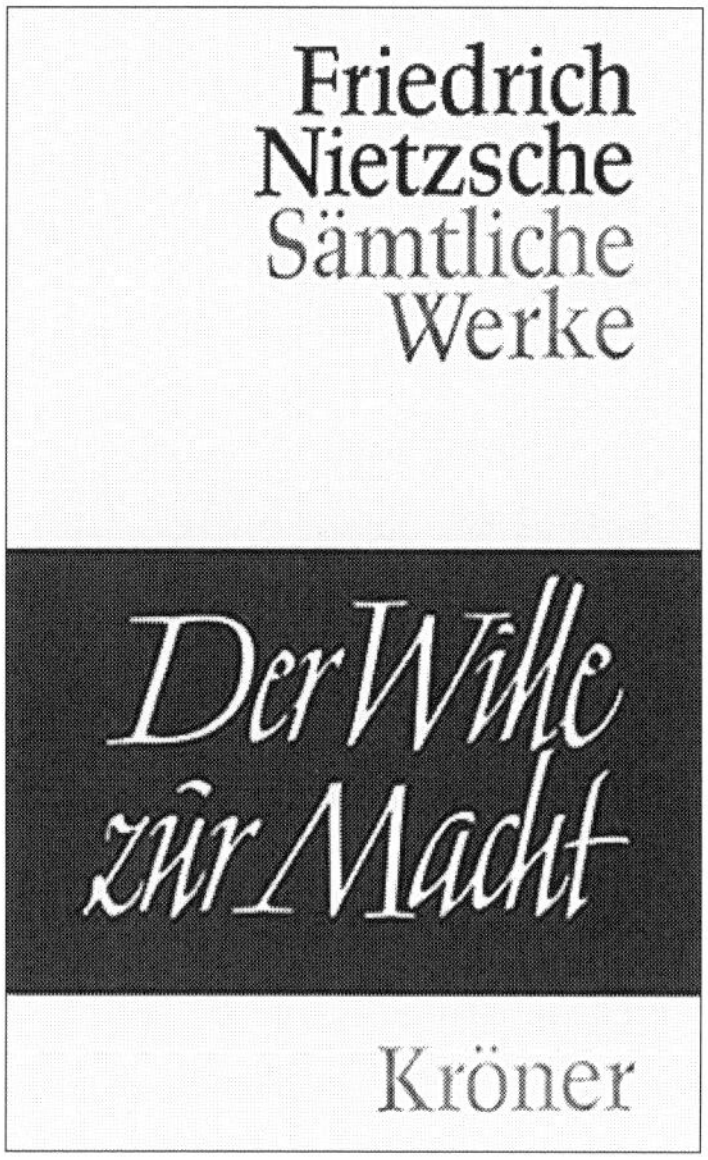

図4　『権力への意志』新版

あり、著作集編者であるマッツィーノ・モンティナーリ［1982: 14f.］は、明確にこう判断している。

テクストの選択、すなわち、ニーチェ研究にとって数十年にわたって重大な結果を及ぼした『権力への意志』なるニーチェ体系の構築は、ハインリヒ・ケーゼリッツ（別名ペーター・ガスト）とエリーザベト・フェルスター＝ニーチェの哲学的（かつ文献学的）に無意味な行為にのみ責任がある。

ニーチェ・アーカイブによる遺稿出版の本質的な問題とは、まさに『権力への意志』なる「未公開」でニーチェ「本来の」作品が存在したというフィクションを生み出した点にある［Zittel 2011: 139］。

　この出版や、たとえば朗読会やレセプション、記念祭などの文化政策的な諸活動を通して、このニーチェ・アーカイブは、徹底的なニーチェ崇拝を喚起し、それは右翼的、保守的、民族主義的右派で、最終的

図5　ニーチェ記念堂
Die Nietzsche-Gedächtnishalle 模型の前面撮影
（Quelle: GSA 72/2610, Foto: Klassik Stiftung Weimar）

にはファシズム的もしくは国民社会主義（以下「ナチ」と略記）的なニーチェ受容へと繋がっていった。それはすでに第一次世界大戦時（彼の『ツァラトゥストラ』が兵士たちの背嚢に収められていた）に始まり、戦後の極右的なニーチェ理解へと続き、遂にはナチの「ニーチェ濫用」［Aschheim 1996: 252］へと繋がったのである。

その際、アーカイブの仕事を支えた人々は、しばしば保守的かつ民族主義的な思想を持ち、後にはナチ思想を抱くに至っている。一例を挙げれば、ニーチェの母方の親族で従兄弟に当たるエーラー兄弟がいる。彼らはナチのために全身全霊で尽力した。マクス・エーラーは将校で、文書係であり、一九三一年からはナチ党員となり、一九三五年からはニーチェ・アーカイブの責任者となった。リヒャルト・エーラーは文献学者であり、図書館司書として働いていた。一九三三年にナチ党に入党し、後にニーチェ哲学とナチの世界観との一致を宣伝するニーチェ本を書くことになる。エーラーはヒトラーを、ニーチェが待ち望んでいたとされることを完成した者に祭り上げた。

アーカイブでニーチェ作品集を準備していた哲学者にして教育学者であるアルフレート・ボイムラーも、最初に国民革命的な立場を取った後に、筋金入りのナチとなった。ナチの筆頭イデオローグであったアルフレート・ローゼンベルクが責任者だった文化および監視政策局、いわゆるローゼンベルク局において、ボイムラーは一九三四年以降、諸大学との仲介者などとして活動した。

一九三〇～一九三一年、ボイムラー編集によるニーチェ著作集が、クレーナー出版から出された。後に彼はニーチェの遺稿を、『生成の無垢』および、エリーザベト・フェルスター＝ニーチェに従いつつ『権力への意志』（[Nietzsche 1930], [Nietzsche 1931] を参照）というタイトルを付して、既述のように同じクレーナー出版から刊行した。ニーチェ哲学が民族主義と近いことを再三強調する著作によって、ボイムラーは、ナチ的なニーチェ受容における影響力ある解釈者および先駆者とみなされた。彼はニーチェを時代と戦う孤独で英雄的な戦士に祭り上げ、ニーチェ哲学を権力への意志なる観点から体系化し、統一した。ニーチェ自身が、例えば「体系、ましてや私自身の体系を作るほど、私は偏狭ではない」[KSA 12: 538][1] と書き、体系概念を明確に拒否したにもかかわらずである。この体系は、すぐに当時の政治的な戦いのスローガン「英雄的リアリズム」[Riedel 2000: 91] と結びつけられ、兵士の基本姿勢を幅広くプロパガンダするために用いられた。

2――ナチ期におけるニーチェ

ナチによるニーチェ受容は、これまでに非常に幅広く研究されてきた（オンラインで閲覧可能なヴァイマル・ニーチェ書誌は、「国民社会主義」のキーワードだけで四四五本の論文がヒットする（https://opac.lbs.weimar.gbv.de/DB=4.4 最終閲覧日：二〇二二年十月二十四日）。総じてその特徴としてあげられるのは、ニーチェ哲学をナチのイデオロギーの枠内に押し込めようとすることであり、その哲学の本質を単純化したり、読み換えや読み違えすることなしにはなし得ないことである。トーマス・マンは、「杜撰な方法で台なしにする」という言葉で事態を表現していた [Rath 2001: 69]。

エーラー兄弟とボイムラーと並ぶ、他のナチ的なニーチェ解釈者としては、例えばナチの教育学者エルンスト・クリークがいる。彼の場合には、ニーチェを時とともに批判的に評価するようになり、その結果としてナチ信奉者の間で「公式のニーチェ像をめぐる争い」［Riedel 2000: 131］が起きることとなった。さらには、ボイムラーの後継者としてローゼンベルク局の精神科学部門の責任者となったハインリヒ・ヘルトレは、ニーチェについての本を出版しており、その中で彼は、ボイムラー同様にヒトラーをニーチェの完成者に祭り上げている。とはいえ、ヘルトレは、ニーチェ哲学が、例えばニーチェの反ユダヤ主義に対する評価に関しては、部分的に国民社会主義の思想の対極にあることも指摘している。実際のところ、ニーチェ自身はこう書いている。「反ユダヤ主義者は、ユダヤ人が『精神』を持つことを、そして金を持つことが許せない。反ユダヤ主義、それは『失敗者たち』の名である」［KSA 13: 365］(1)。このようなニーチェ本人の思想は、政党路線から明確に逸脱している。それを、時代の制約による誤った判断だとして相対化しようと試みたのだった。

党のイデオローグであったアルフレート・ローゼンベルクにしても、ヒトラー自身にしても、ナチ幹部がニーチェの思想と深く向き合った形跡は見られない。『二十世紀の神話』（一九三〇年）というナチ思想の土台となった書において、ローゼンベルクはニーチェに数回言及しているが、そこで論じられているのは基本的にその生涯であって、その哲学ではない。ローゼンベルクは、ニーチェを、時代と戦い、絶望して遂には狂気に捕らわれた人間、つまりは挫折者と見ており、さらには間違った人々（つまりマルクス主義者）に支持されたと言うのである。

ヒトラー自身は、明らかにニーチェと根本的に向き合う精神的な能力を持ち合わせておらず、彼の書『わが闘争』においてニーチェに言及することはなかった。それにもかかわらず、この書全体が曖昧な意志哲学によって覆われており、民族の意志と同様に個人の意志の中に、何か非常に根本的なものが認識できると信じている。この観点を、ニーチェのものとされた権力の意志なる中心概念とプロパガンダ的に結びつけるのは容易であろう。

プロパガンダという視点からすれば、ヒトラーはニーチェを明らかに崇拝しており、それはとりわけ数回にわたるニーチェ・アーカイブ訪問にも表れている。彼はエリーザベト・フェルスター＝ニーチェから熱い歓迎を受け、プレゼントとして彼女からニーチェが使った散歩用の杖を贈られている。彼女は、ニーチェをナチの「先駆的思想家として祭り上げる」〔Figal 1999: 16〕ために、ありとあらゆる機会を利用した。かくして、ヴァイマルのアーカイブは、バイロイトのリヒャルト・ヴァーグナー祝祭劇場を補完するかたちで、「『第三帝国』の礼拝所」〔Riedel 2000: 37〕へと発展したのだった。

この重大な帰結を招いたニーチェ受容の終結点とも言えるのが、一九四四年十月、ヴァイマルでのニーチェの生誕一〇〇年を記念したアルフレート・ローゼンベルクの演説だった。その中でローゼンベルクは、ニーチェ濫用に特有のあらゆる言葉を今一度持ち出し、ニーチェの英雄的な生き方をほめたたえ、彼をナチと同一化したのだった。「真に歴史的な意味において、今日の国民社会主義運動の総体は、かつてニーチェが単独者として時代の諸力の前に聳え立っていたように、他の世界の前に屹立する。」〔Rosenberg 1944: 22〕

この演説の数ヵ月後の一九四五年四月、アメリカ軍はヴァイマルを占領する。その直前、アメリカ軍はヴァイマル近郊にあったブーヘンヴァルト強制収容所を解放しており、ナチの錯乱と犯罪の全体像を白日の下にさらしたのだった。

ナチによるニーチェ受容を総括するとき、アメリカの歴史学者クレーン・ブリントンが、すでに一九四一年に出していた判断に賛同できる〔Brinton 1948: 210 f.〕。

ニーチェは、ナチの神殿に入れられ、彼の著作はナチ教育の一部を成すに至った。［略］ニーチェによってナチは、名声とはいわなくとも、最低限威厳を身にまとうことができた。ニーチェはナチのものとなった。

(Nietzsche belongs)

このナチによって宣伝された「ニーチェはナチのもの」、つまり自分たちのもので、ヒトラーの直接の先駆者だという観点は、残念なことに西欧の著者たちのいくつかの論考によっても拡大強化され、ヒトラーに至るドイツ的非合理主義の殿堂にニーチェを入れることになった。例えば、一九四二年にはイギリスの歴史家F・J・C・ハーンショーは、ドイツ人について、彼らは「無数の似而非預言者たちの犠牲」になったと述べ、その似而非預言者の例として、「ニーチェ［略］とヒトラー」を挙げている［Hearnshaw 1942: 272］。

ナチ独裁期において、ニーチェと最も集中的に、そして圧倒的な繊細精密さをもって哲学的に取り組んだのは、マルティン・ハイデガーだった。彼がナチ的な立場に立っていたか、少なくとも近い立場にあったのかは、今にいたるまで議論が続いている。ハイデガーは、ニーチェ全集出版を準備することを目的とした「学問委員会」の委員として、一九三三年から一九四二年までヴァイマルのニーチェ・アーカイブとつながっていた（［Riedel 2000: 109］を参照）。彼は権力への意志を自らの広範なニーチェ解釈の中心に置いたが、これらのニーチェ解釈は一九三〇年代に成立し、後に出版されたのだった（［Heidegger 2008, I/II］参照）。彼は「権力への意志」という表現をニーチェによって「計画され、準備されたが、実現しなかった哲学の主著」のタイトルとみなしていた［Heidegger 2008, I: 2］。これによりハイデガーは、「主著」という言葉を用いているように、「遺稿の優位性というテーゼ」［Zittel 2011: 139］を擁護し、この一点、しかしながら決定的な点において、彼はボイムラーのような国民社会主義的なニーチェ解釈者と同様に、ニーチェの遺稿を主要作品とみなす立場に従ったのだった。ハイデガーは、ボイムラーのニーチェ理解が基本的には表面的すぎるとしてこの版を拒否していたにもかかわらず、「推薦に値する」とも考えていた。ボイムラーとハイデガーの共通性については、過去のニーチェ研究においても明確に指摘されている（例えば［Müller-Lauter 1995］を参照）し、今日のニーチェ研究は、ボイムラーなどとはまったく対極的な立場に立っており、「ニーチェはこのタイトル［『権力への意志』筆者注］をつけていかなる作品も書かなかったし、最終的に書こうとも思っていなかった」［Montinari 1982: 15］とみなしている。しかし、ハイデガーは違った。権力への意志を中心に据えて、彼はニーチェを、世界の基礎を特定の原理から、可能であれば唯一の原理から「体系的に」説明しようとする古典的な哲学的な形而上学者の一群に数える。ハイデガーの解釈において、ニーチェの形而上学的定立となるのは、「あらゆる存在者は根本において権力への意志である」［2008, I: 2］である。

ハイデガーのニーチェ受容は、いい加減なナチの濫用の試みよりも、遥かに哲学的な密度において勝っている。そうだとしても、ハイデガーは、彼の言葉で言えば、ニーチェは「本来の哲学」もしくは彼の「主著」［2008, I: 6 u. 10］を生み出すことができず、主張は遺稿としてのみ残されたとする基本的な考えを、ナチと、とりわけボイムラーと、共有していた。かくしてハイデガーはボイムラーによるテクスト混交『権力への意志』をニーチェ思想の根幹へと格上げして、それをニーチェ哲学と「全体的に同一視」し［Figal 1999: 37］、この脆弱な土台の上に彼のニーチェ理解全体という建築物をうち立てたのだった。

ハイデガーによって幅広く展開されたニーチェ理解が、ただこの「権力」理解一点にのみかかっていたこと、それがおそらくは、『権力への意志』というテクスト改竄のもたらした最悪の帰結のひとつだと言えるだろう。

3――ニーチェ復権の試み

ナチによるニーチェ濫用に対しても、西欧の著者たちによる十把一絡げのニーチェ批判に対しても、すでに戦時期から、特にドイツからの亡命者たちや、国外のニーチェの作品に精通した人々からも反論が出されていた。

卓越したニーチェ擁護者たちの何人かは、フランスにいた。フランスの作家・哲学者・シュールレアリストのジョルジュ・バタイユは、すでに一九三七年にある新聞記事の中で、ナチのためにニーチェ哲学を悪用することに抗議していた。彼は「ニーチェの思想は奴隷化され得ない」と力を込めて宣言し、ニーチェの妹を「エリーザベト・ユダ=フェルスター」と呼んだ［Bataille 1937: 4 u. 1］。

マルクス派の哲学者にして社会学者であり、戦争中フランス・レジスタンス運動に参加していたアンリ・ルフェーブルも、一九三九年に出版されたニーチェに関する本のなかで、ニーチェをファシストたちから救おうと試みている。

他の例としては、アメリカの歴史家ピーター・ヴィエレックは、一九四一年出版の本『メタポリティクス』において、国民社会主義の起源のひとつをリヒャルト・ヴァーグナーの反ユダヤ主義にみているが、ニーチェはまさにヴァーグナーの反ユダヤ主義と戦ったのだった。同様にすでに言及したハーバード大学の歴史家ブリントンも、ナチによる濫用からニーチェを守ろうと試みており、ニーチェが幾度か用いた表現「我々よきヨーロッパ人」（［KSA 5: 13］などを参照）をすくい上げつつ、ニーチェはむしろナチの対極にあると見ていた。『我々よきヨーロッパ人』について書いたニーチェならば、もし現代のドイツで生きていれば、強制収容所で過ごす危険があろうことは疑い

の余地はない。」〔Brinton 1948: 222〕

ドイツからの亡命者たちの多くも、単純化されていないニーチェ像を守り、「ニーチェと『ニーチェ・アーカイブの哲学』とを区別することを知っていた。それは例えばエルンスト・ブロッホであり、トーマス・マンとハインリヒ・マン兄弟である。

ハインリヒ・マンは、一九三九年、ニーチェ思想アンソロジーのフランス語版を編集し、続けて英語版も出した。彼はナチの「統一的」解釈の対極にある、矛盾し、複雑なニーチェを示したのである。アンソロジーのまえがきで、彼はこう記している。

ニーチェは無限に新しい洞察と展望を提示した。天才的であり、矛盾に満ち、常に真実を愛していた。彼の直観のすべては、しまいにはその対極、アンチテーゼによって補完される。〔Mann, H. 1939: 28〕

彼の弟トーマス・マンは、ナチ独裁のあいだ常にニーチェ論の構想を抱いていた。一九三六年にすでに「ニーチェ濫用を論じるべき必然性」について語っている〔Mann, T 2009: 208〕。一九四七年、長きにわたって構想されてきた論考を、『我々の経験から見たニーチェ哲学』と題して出版し、ニーチェを先駆的な思想家として描き、ニーチェは、

自らの権力哲学の要素をもとに、非常に繊細な表現器具と記録器具を用いつつ、隆盛しつつある帝国主義を予感し、地震計のように西欧のファシズムの時代を予告した〔Mann, T 2009: 215〕

と論じる。ニーチェの文化概念について、マンは「社会主義の色彩の強い、いずれにせよもはや市民的とはいえないニュアンスがある」とまで言う［Mann, T. 2009: 217］。

新マルクス主義哲学の思想家エルンスト・ブロッホは、青年期にニーチェと取り組み、非常に早い段階でその哲学の根本的な非体系性と未完結性を指摘している。彼のもっとも重要な作品のなかで、ブロッホは繰り返しニーチェを参照し、ニーチェは「希望のエッセイ空間」を可能にしたと言う［Bloch 1971: 269］。かくしてニーチェは、アメリカ亡命期に執筆され、後の一九五〇年代に出版されたブロッホの主著『希望の原理』のキーワードとなった。メーリングやルカーチといった視野の狭いマルクス主義的な立場の批評家に対して、ブロッホはニーチェを鋭く擁護した。一九四九年から一九六一年まで東ドイツはライプツィヒ大学の哲学教授だったブロッホは、評価の高かった講義やゼミナールにおいてニーチェも論じている。ブロッホはしかし、ベルリンの壁構築後に東ドイツを去った。

ナチ期のドイツにとどまったものの、ハイデルベルク大学の哲学教授としての活動を禁じられていたカール・ヤスパースは――ナチにとっては独立独歩の思想家である彼はうさんくさかった――、一九三六年出版のニーチェ論で、「自分たちの哲学者だと宣言したナチに対して本来の思想世界を取り戻そう」［Jaspers 1950: 6］とした。もっともこう記したのは同書の戦後に出されたとある版でのことであるが。批評家たちはヤスパースが、政治的な現実世界から完全に抽象された、完全に「中身を抜きさられた」ニーチェ像を提示したと批判した。例えばカール・レーヴィットはこう記している［Löwith 1937: 407］。

ニーチェ哲学という爆弾は、ヤスパースにおいては中身を抜きさられ、無味無色な概念の巧妙な網のなかで、歴史的な真実と効力を奪われたように見える。［略］ニーチェの全著作の墓の前でのモノローグではあるが、創造的な対峙とは言えない［略］。

新マルクス主義的な社会哲学者マックス・ホルクハイマーも同じく、ヤスパースがニーチェをもはやアクチュアルさを失った、微温的で「小市民的な」思想家にしたと、批判している。

彼［ヤスパース］は、躓くことなくニーチェを描くという技を見せた。［略］彼の慇懃ていねいな言語が自由主義的なイデオロギーに由来していることは、そのなかであらゆる対立項が消えてしまうことからもわかる。

［Horkheimer 1937: 408］

哲学者のカール・レーヴィットは、ユダヤ系ゆえにナチからの迫害を受け、一九三四年にドイツを去り、一九三六年から一九四一年まで仙台の東北帝国大学で哲学を教えた。それ以前には、ニーチェ論で博士号を取得し、一九二八年にハイデガーのもとで教授資格審査に合格している。一九三一年から一九三四年までマールブルク大学で私講師として教え、離任講義の際にはニーチェ哲学をテーマに選んでいるが、それは彼がニーチェ哲学のなかに「現代の試金石」を見ていたからだった。続けて彼は書いている。

学生を前に明らかにしたかったことは、ニーチェがドイツの今という時代への道を切り拓いた存在であり、同時に彼は、それが「ナチ」であれ、「文化ボルシェヴィキ」であれ、どんな言い方であれ、今という時代の最も鋭い否定でもあるということだ。

［Löwith 2007: 80］

すでに亡命していたレーヴィットは、一九三四年、民主主義的なヨーロッパを宣言し、ドイツの国民社会主義に反対するプラハでの国際哲学会議に参加し、そこでニーチェに関する講演を行っている。彼はファシスト的な解釈者たち、特にボイムラーに対してニーチェを擁護しようとしたのだった（［Löwith 1987］参照）。

4――左派的なニーチェ批判

マックス・ホルクハイマーによって一九三〇年代のはじめにフランクフルト・アム・マインの社会研究所で、マルクス主義的で非ドグマ的な社会理論として生み出され、後にテオドール・A・アドルノとともに亡命先のアメリカでさらに展開された批判理論（彼らふたりの哲学者の共著『啓蒙の弁証法』は、その主著とみなし得る）において、ニーチェはあらゆる「奴隷化するイデオロギーの諸力」［Horkheimer 1937: 414］から自由であり得た、仮借なき時代診断者としての役割を担っている。さらにニーチェは、「啓蒙を徹底的に完成させた者」［Horkheimer und Adorno 1969: 6］と評価される。とはいえこの完成は、――これは啓蒙の「弁証法」の思考パターンそのものなのだが――、その反対、すなわち破壊とファシズムへと転倒する。

ドイツのファシズムは力への信仰を世界史的なドクトリンにすることによって、同時にそれを不条理／滑稽さへと導く。［略］大権力として、国家宗教として、君主道徳は［略］ルサンチマンやかつて対立したすべてのものに身を委ねる。ニーチェは、その思想の帰結によって反駁される［略］。［Horkheimer und Adorno 1969: 108］

つまり、ニーチェが道徳的な根本形態として、奴隷道徳と区別し、「自己賛美であり〔略〕溢れ出ようとする権力の充実」〔KSA 5: 2090〕と呼んだ君主道徳は、権力を得たファシズムと同一視されるが、ファシズムの実現は同時に、ニーチェの理念の否定を意味することになる。

ホルクハイマーとアドルノが、ニーチェに少なくとも肯定的な要素としてその診断的な真理を認めているとするなら、第二次世界大戦後の多くの社会批判的な思想家はニーチェを、その哲学がナチによって取り込まれたがゆえに最初から拒否している。

マルクス主義的な哲学者ゲオルク・ルカーチになると、ニーチェは非合理主義とその帰結であるファシズム成立に最も責任を負う者にまでされる。彼はニーチェを「帝国主義時代の非合理主義の創設者」〔Lukács 1974: 7〕と呼び、このテーゼの根拠として、ニーチェ・アーカイブによるニーチェ歪曲とそれに基づくナチ的なニーチェ解釈を根拠として挙げる。「対極的な立場との奇妙な同盟によって、ルカーチは、ナチ的世界観のドクトリンの創作者たちを、ニーチェの真正な解釈者（たち）にしている。」〔Riedel 2000: 235〕

一九四五年の夏、占領軍の変更があり、アメリカ軍がテューリンゲンとヴァイマルを去って、ソ連軍が駐留することになって、ニーチェ・アーカイブはソ連軍政部によって閉鎖された。その責任者マックス・エーラーと研究員のギュンツァー・ルッツは、一九四六年に逮捕され、時を置かずして処刑された。

アーカイブはその後短期間だけ再開したが、一九五六年に解散し、ニーチェの手稿は、同じヴァイマルにあるゲーテ・シラー・アーカイブに移管された。これら手稿を研究者が利用することは可能だったが、東ドイツではニーチェが事実上禁止された作家だったこともあり、利用者は主に西側の人間だった。東ドイツにおけるニーチェ理解は、原則的にフランツ・メーリングやゲオルク・ルカーチといったマルクス主義的な理論家によって敷かれた思考の路線に基づいており、ニーチェは戦争とファシズムというドイツの「悲運」に対して、中心的な責任を負う者だとされていた。一九四九年の東ドイツ建国にともない、ニーチェは国家の敵だと宣言され、「ナチ的なニーチェ・プロパガンダの決まり文句をそのまま使う」［Riedel 2000: 211］ことにもためらいはなかった。このイデオロギー的な断罪の後、ニーチェについては基本的に論じられることがなくなった。

東ドイツで、「公式に」否定的な評価を下すかたちではあれ、ニーチェについて公の場で論じられるようになったのは、その末期になってからだった。一九八六年、ハレ＝ヴィッテンベルク大学でニーチェ・シンポジウムが開催されたが、「西側におけるニーチェ・ルネサンスが東ドイツ若年層へ悪影響を及ぼすことを階級闘争的に防ぐ」ことを目的としていた［Riedel 2000: 251］。

ベルリンの壁崩壊の一年前にして東ドイツという国家終焉の二年前となる一九八八年、当時の東ドイツの国家哲学者ハンス＝マルティン・ゲルラハ――東西統一の後に、あろうことかニーチェ協会の創設メンバーの一人となる――は、ニーチェとファシズムについてなおも、「ニーチェをこの歴史的な悲劇を抜きにして理解しようとしては決してならない［略］」と記している。ニーチェは引き続き「後期帝国主義的市民階級の社会発展の肉の中の肉であり、精神の中の精神」［Gerlach 1988: 781］だと理解されている。こうしたニーチェに対する断罪は、彼のテクストがフェイクされて出版されたことの最後の帰結だとみなすことができる。

5――現在の状況

第二次世界大戦後の批判版ニーチェ著作集は、一九五〇年代の半ばに出たカール・シュレヒタによる版を嚆矢として、特にふたりのイタリア人哲学者ジョルジオ・コリとマッツィーノ・モンティナーリの批判版など、権力への意志なる改竄されたテクストの連関を解消して、イデオロギー的なテクスト改竄者によってこれまで歪められてきたニーチェを新たに理解する道を拓いた。

一九六一年、イタリアの哲学者たちはヴァイマルへ行き、そこでニーチェの史的批判版を作る計画を立てた。この『批判的全集（KGW）』は、一九六七年から出版が始まり、一九八〇年からはこの全集を土台として、『批判的学習版（KSA）』が出版された。これにより、十九世紀末にヴァイマル・ニーチェ・アーカイブに端を発し、歪曲と改変に満ちたニーチェ解釈の土台となった、テクスト改竄の不幸な伝統が終わった。この『批判的全集』は、ニーチェの著作と遺稿、書簡の無料で利用可能なデジタル版と、デジタル版の写真版全集も含まれている（http://www.nietzschesource.org 最終閲覧日：二〇二二年十月二十四日）。

図6　Nietzsche Werke（『批判版全集』）

ニーチェのテクスト宇宙に直接かつすぐにアクセスし、一元化することで間違った方向に導くような中心思想にもはや頼らない可能性。それは、ニーチェ思想の矛盾性と多読可能性と真摯に向き合うニーチェ理解を促進させる。こうしたニーチェ理解は、とりわけフランスの哲学者ジャック・デリダによって展開された［Derrida 1983: 37］。彼は『グラマトロジー』の冒頭で、ニーチェを「ハイデガー的な読みから守る」ことで、ニーチェを哲学的・形而上学的な固定化から救い出すことを明確に意図していた。ニーチェは、むしろ「シニフィアンを、ロゴスや［略］真実の概念、あるいはありきたりに理解された第一のシニフィエへの依存関係から決定的に開放することに貢献した」［Derrida 1983: 36］。ニーチェとともに、文字自体の、テクストの領域へ、そして何よりも完結することのない読みの領域へと入ったと言うのである。哲学者ギュンター・フィガル［1999: 42］は、デリダと異なって、ニーチェにおいて「確かに哲学的体系はないが、驚くべきとは言わないにしても、大いなる一貫性がある」と見ている。どのように評価するにしても確かなのは、『批判的全集』によってはじめて「ニーチェの作品を、文献学的かつ歴史学的に根拠づけて読むことが可能になったのであり、そうした読みがあらゆる哲学的解釈の前提」である［Montinari 1982: 4］、もしくはまさに脱構築の前提でもあると考えなければならないということである。

注

（1）以下、ニーチェからの引用は、次の全十五巻の『批判的学習版（KSA）』に依る（巻数と頁数を併記）。なお、ニーチェの『権力への意志』の改竄や編集の編集文献学的な問題については、次の論考を参照されたい。トーマス・ペーカー「遺稿編集の問題——ニーチェ『権力への意志』」（矢羽々崇訳、明星聖子・納富信留編『テクストとは何か——編集文献学入門』慶應義塾大学出版会、二〇一五年）

文献リスト

KSA = Nietzsche, Friedrich［1999］: *Sämtliche Werke.* Kritische Studienausgabe in 15 Bänden. Giorgio Colli und Mazzino Giorgio (Hrsg.), München/New York: dtv Taschenbücher.

Aschheim, Steven E. [1996]: *Nietzsche und die Deutschen. Karriere eines Kults*, Stuttgart u.a.: Metzler.
Bataille, Georges [1937]: Nietzsche et les Fascistes, in: *Acéphale* v. 21.1., S. 3-13.
Bloch, Ernst [1971]: Geist der Utopie. 1. Fassung von 1918, in: Ders.: *Gesamtausgabe*. Bd. 16, Frankfurt am Main: Suhrkamp.
Brinton, Crane [1948]: *Nietzsche*, 2. Auflage, Cambridge, Mass.: Harvard University Press.
Derrida, Jacques [1983]: *Grammatologie*, Frankfurt am Main: Suhrkamp.
Figal, Günter [1999]: *Nietzsche. Eine philosophische Einführung*, Stuttgart: Reclam.
Gerlach, Hans-Martin [1988]: Friedrich Nietzsche – ein Philosoph für alle und keinen?, in: *Deutsche Zeitschrift für Philosophie* 36, H. 9, S. 777-786.
Hearnshaw, Fossey J. C. [1942]: *Germany the aggressor throughout the ages*, New York: Dutton.
Heidegger, Martin [2008]: *Nietzsche*. Zwei Bde., 7. Auflage, Stuttgart: Klett-Cotta.
Horkheimer, Max [1937]: Bemerkungen zu Jaspers' „Nietzsche", in: *Zeitschrift für Sozialforschung* 6, S. 407-414.
Horkheimer, Max und Theodor W. Adorno [1969]: *Dialektik der Aufklärung. Philosophische Fragmente*, Frankfurt am Main: Fischer.
Jaspers, Karl [1950]: *Nietzsche. Einführung in das Verständnis seines Philosophierens*, 3. Auflage, Berlin: de Gruyter.
Löwith, Karl [1937]: Besprechungen. Philosophie, in: *Zeitschrift für Sozialforschung* 6, S. 405-407.
Löwith, Karl [1987]: Nietzsche, der Philosoph unserer Zeit, in: Ders.: *Nietzsche*, Stuttgart: Metzler, S. 385-395.
Löwith, Karl [2007]: *Mein Leben in Deutschland vor und nach 1933. Ein Bericht*. Neu hrsg. von Frank-Rutger Hausmann, Stuttgart/Weimar: Metzler.
Lukács, Georg [1974]: *Die Zerstörung der Vernunft*. Bd. 2. Irrationalismus und Imperialismus, Darmstadt/Neuwied: Luchterhand.
Mann, Heinrich (Hrsg.) [1939]: The living thoughts of Nietzsche. Presented by Heinrich Mann, New York/Toronto:

Longmans, Green and Co.

Mann, Thomas [2009]: *Essays VI 1945-1950*. Kommentar von Herbert Lehnert, Frankfurt am Main: Fischer.

Montinari, Mazzino [1982]: *Nietzsche lesen*, Berlin/New York: de Gruyter.

Müller-Lauter, Wolfgang [1995]: Der Wille zur Macht als Buch der ‚Krisis' philosophischer Nietzsche-Interpretation, in: *Nietzsche-Studien* 24, S. 223-260.

Nietzsche, Friedrich [1930]: *Der Wille zur Macht. Versuch einer Umwertung aller Werte*. Mit einem Nachwort von Alfred Baeumler, Leipzig: Kröner.

Nietzsche, Friedrich [1931]. *Die Unschuld des Werdens. Der Nachlass*. Ausgewählt und geordnet von Alfred Baeumler. Zwei Bde., Leipzig: Kröner.

Rath, Norbert [2001]: „Lebte er, - er wäre heute in Amerika". Thomas Manns Nietzsche-Bild 1933 bis 1947, in: Rüdiger Schmidt-Grépály und Steffen Dietzsch (Hrsg.): *Nietzsche im Exil. Übergänge in gegenwärtiges Denken*, Weimar: Böhlau, S. 64-83.

Riedel, Manfred [2000]: *Nietzsche in Weimar. Ein deutsches Drama*, Leipzig: Reclam.

Rosenberg, Alfred [1944]: *Friedrich Nietzsche*, München: Zentralverlag der NSDAP.

Volz, Pia [2011]: Nietzsches Krankheit, in: Henning Ottmann (Hg.): *Nietzsche-Handbuch. Leben – Werk – Wirkung*. Sonderausgabe, Stuttgart/Weimar: Metzler, S. 57-58.

Zittel, Claus [2011]: Nachlaß 1880-1885, in: Henning Ottmann (Hg.): *Nietzsche-Handbuch. Leben – Werk – Wirkung*. Sonderausgabe, Stuttgart/Weimar: Metzler, S. 138-142.

第3部

現代に生きるフェイク

序◆ポストモダン後の世界を生きる文学

納富信留

ジャンル意識が異なっていた近代以前とは異なり、現代において「フェイク」はより明確な概念となり、また、より複雑な状況を招いている。

文学において「フィクション」という概念が確立し、それが「ノンフィクション」から一旦明確に区別されると、架空の世界を扱うフィクションでは真偽が問題とならず、ノンフィクションでは事実との照合が問題となると考えられるようになった。そのため、文学というジャンルが、過去の事実を扱う歴史学や、普遍的な真実を論じる哲学から区別される特別な領域となった。だが、これらの区別がつけられたことで、区別を逸脱する部分が問題となり、二分法そのものの強引さや破綻が顕著となった。それが二十世紀後半にポストモダンと呼ばれた状況を生んだ。

絶対的な真理は追求されるのか。これをまず問題にしたのはニーチェだったが、その問いは哲学の内部でのみ論じられたのではなく、文学や芸術においてむしろ実質的に展開された。先駆者となったニーチェ自身も、従来の学問世界から外れる場で、箴言や物語など、定型の哲学論文ではないスタイルで思索を展開していた。その問題提起をうけた二十世紀の哲学は、さらに文学、芸術、建築などの領野において根源的な異議申し立てを行なってきた。

では、私たちは「真実」という理念や目標を捨てることができたのか。二十一世紀に入ると、それまでの態度から転じて、「真理、普遍、実在」を改めて哲学の課題に据えようという動向が生まれ、行き過ぎたとも思われた哲学批判に修正を強いている。だが、それは一昔前の考え方をそのまま復活させるのではなく、ポストモダンの問題提起を受け取った上で、改めて「真実」を問題にする哲学や文学の挑戦のはずである。

「真実」はそれぞれで異なるとする過剰な相対主義はいくつかの無責任な結果を生んだ。例えば、異なる文明の間では共通の価値追求が不可能であり「衝突」しかないとする悲観論、さらに過去の「事実」すら創作された物語であり、すべての歴史（ヒストリー）は結局は特定の視点からの物語（ストーリー）に過ぎないという歴史相対主義である。後者がイデオロギー性を帯びた歴史修正主義では、「ホロコーストは存在しなかった」とか「南京大虐殺は起こらなかった」といった偏向した言説が声高に語られる。悪き相対主義や懐疑主義は、私たちの社会の成立基盤である歴史自体を崩壊させる危険を生んできたのである。

だが、その中で私たちに文学を必要とさせるのは、二つの相反する契機に向き合う人間の根源的欲求であろう。

私たちが生きる現実は、その都度手元に見える断片的な事実であり、それらは本質的に無意味である。個人の直接的な体験もすべてが部分に過ぎず、特定のパースペクティヴに限定されている。外から手にする事実やデータも信用に値せず、人生の意味を満たしてくれるとは到底思われない。そんな不安定で敵対的な世界を生きる中で、拠り所となる一つの大きな物語を得たい、その物語を生きるという仕方で人生と存在の意味を確認したい、そういった願望が私たちの奥底に強力に存在する。

私の人生を全体として一つの筋で捉えたいという願望は、強い物語を作り出す。そこでのみ人生と私の存在に確固とした意味が認められると感じるからである。他人から承認されたいという欲求と、多くの仲間と物語を共有しているという安心感は、自己の物語を国家や民族の歴史に回収させる。ナショナリズムの基盤となる自国史や個人における自分史といった語りはアイデンティティの基盤と見做され、すべての要素が一つの流れにおいて意味づけられていく。

断片的な事実や情報をつなぎ合わせて一つの筋にする試みは大きな困難を伴うが、それ以上に、断片性と全体性は相容れない緊張の関係にあり、強引に作られる物語は歪みやでっちあげを含まざるを得ない。そうして自分のフィクションをフェイクにする根源的な欲求は、現代において文学という場でせめぎ合いを展開する。

ポストモダンとそれを経た世界で言語と語りの可能性を極限まで推し進めるのが文学であり、その中であらためて「真実」に関わるのが文学である。ポストモダンの洗礼をうけ、それを越えようとしている二十一世紀の現代に、私たちはフェイクという問題をどう捉えていくか、そこでは新たな文学への視野が必要となることだろう。

明星聖子……MYOJO Kiyoko

【第9章】フェイクな恋のフェイクな手紙

――フランツ・カフカの『判決』と『変身』をめぐって

1――最初の手紙

「私はきちんとまめに手紙が書ける人間ではないのです」。一九一二年九月二十日、二十九歳のカフカは、約一ヶ月前に出会ったばかりの女性フェリス・バウアー（図1）に、こう手紙を書いた。「タイプライターがなかったら、もっとひどいことになっていたでしょう」。自分は手紙がうまく書けない、だから、「そのかわり、けっして私は手紙がきちんとやってくることも期待していません」(1)。

後世に生きる私たちは知っている。カフカほど筆まめな人間はいない。現存しているだけでも、約一五〇〇通の手紙がのこされている。そして、それらのほとんどは、タイプライターではなく手で書かれている。

図1　フェリス・バウアーとカフカ
（Wagenbach, Klaus: *Franz Kafka. Bilder aus seinem Leben.* Berlin 2008より引用）

なぜ、カフカは、こんな手紙を書いたのか。見方によれば、明らかにそれは信用ならない手紙である。その信用のならなさは、彼女からの返信がくるや、たちまち前言を翻しているところからもうかがわれる。二通めの手紙で、カフカは、すぐにまた返事をくれるよう、しかも日常の細々したことを書いて送ってくれるよう要求している（「すぐにまたお便りください。［…］小さな日記を私のために書いてください」[2]）。最初の手紙で、返事は期待しないといっておきながら。

嘘をついたのだといってしまっていいのかもしれない。カフカ自身は、当然わかっていたはずである。自分は、誰にも負けないくらい筆まめであること、ふだんはタイプライターではなくペンで書いていること、返事を強く希望していることを。彼は彼女を騙そうとしたのだろうか。

フェリスも遅くとも二通めの手紙をもらった段階で、彼の〈嘘〉に気づいたはずである。にもかかわらず、そんな嘘つきかもしれない男と、彼女は大量の言葉を交わし続けた。

カフカはフェリスに一目惚れしたのだといわれている。たった一度、友人宅で短い時間を一緒に過ごしただけの彼女に、彼はたくさんの手紙を送り続けた。出会いから七日後、彼は、彼女についての第一印象を、こう書き留めている。「フェリス・バウアー嬢。八月十三日にブロートのところに行ったとき、彼女がテーブルに着席していたが、僕には女中のように見えた」。この日の日記には、彼女の外見をめぐる辛辣な言葉が並ぶ。「骨張った、空っぽさを明らかに見せているしまりのない顔。何もつけていない首元。[…] ほとんど折れ曲がった鼻。ブロンドの少しごわごわした魅力のない髪。がっしりしたあご」(3)。

これが〈一目惚れ〉したといわれている男の書いた言葉である。はたしてそれは本当に〈一目惚れ〉といえるのか。少なくとも、外見の美しさに魅了されたわけではないのは確実である。何かが、別の何かが彼に強烈な印象を与えて、彼に何らかの決意を促した。日記には次の文が続いている。「席につきながら、初めてまじまじと彼女を見た。座ったとき、僕はもう確固たる判断を下していた。どう――」(4)。

どんな「判断」を下したのだろう。文章はここで途切れていて、具体的なその内容は不明である。いずれにせよ、その判断は、手紙を書く決心につながった。何日も悩んだあげく、約一ヶ月後の九月二十日にようやく先の一通めの手紙が書けた。

それから三日後、カフカに重要な転機が訪れる。「二十二日から二十三日の晩、夜十時から朝六時にかけて、一気に」、短編小説を書き上げた。タイトルは「判決」(Das Urteil)、原語では「判断」(Urteil) と同じである。

「[…] 水の中を自分が進んでいるかのように、目の前で物語が展開していく。背中に全身の重みを感じる [⋯] まったく思いもよらなかったことが、大きな炎のなかで、次々と生まれ消えていく」。日記からは、インスピレーションの迸りを、そのままペン先で文字にするかのように猛スピードで書く様子がうかがわれる。その日、一心不乱に我を忘れて書くこの書き方を、カフカは自分の書き方だと確信する。「ただこのようにしてのみ、書かれうる。身体と魂を完全に解放して、こういう連関でのみ」(5)。

そして、その確信は、彼に明らかにブレークスルーをもたらす。その晩を境に、カフカは突然、旺盛な執筆活動を展開する。二日後には、長編小説に取りかかり、それから二ヶ月足らずで、第六章まで書き進む。両輪を回すかのように、小説と並行して、彼女への手紙も書く。約二ヶ月半、昼間は役所で役人として働きながら、夜になると猛烈な勢いでペンを動かし続ける。エネルギッシュな生産のピークに書かれた作品、それが、あの『変身』である。

2――暴力的な手紙

異性に宛てた手紙、とくにこれから交際しようと誘う手紙は、ふつうラブレターと呼ばれる。しかし、あの一通めの手紙は、ラブレターというには、あまりにも異様である。そこには人間味のある手書き文字ではなく、タイプライターの機械的な文字が並んでいる。使われている便箋も、勤務先の役所名が上に入った公用便箋。文体も（翻訳では伝わりづらいが）硬くごつごつしたお役所風である。さらに、末尾に記されている差出人の住所は、彼の自宅の住所ではなく役所の住所。興味深いことに、手紙の実物の写真からは、カフカが、いったんは自宅の住所を記しながら、それを消して、職場の住所に書き換えたことが見てとれる（図2）[6]。

かようにきわめてよそよそしい一通めとは対照的に、二通め以降は、不可解なほど距離感のない手紙である。ラブと呼ぶにはあまりにあからさまな、暴力的なまでの欲望が綴られている。

もし私がイマヌエル・キルヒ通りの郵便配達人だったら、この手紙をあなたの住まいに運んで、びっくりしている家族にも邪魔されず、部屋という部屋を全部まっすぐ突っ切ってあなたのところへ、行って、あなたの手に渡すのですが――いや、それよりももっといいのは、私自身があなたの住居の玄関の前で、長々と際限なくドアのベルを、私が満足するまで、全身がほどけるほど満足を味わいつくすまで押し続けていたいのですが――(7)。

これは、フェリスからの二通めの手紙を待つ間に書いた手紙の一節である。先述の、返事をすぐにくれるように、という彼の二通めの手紙に対するフェリスからの返信は、三週間来なかった。その間、カフカは投函できない(彼女からの返事がきていないのだから)手紙を三通書いた。そのうちの三通めの一部である。

もしかしたら、自分の手紙が届いていないのかもしれない。そう疑った彼は、あなたへの手紙を自分で運んで、あなたの住まいの玄関のベルを、「全身がほどけるほどの満足」を得るまで、押し続けることを妄想する(この手紙は、のちに十一月十六日に書いた手紙に同封されて、実際に彼女の元に届けられた)。

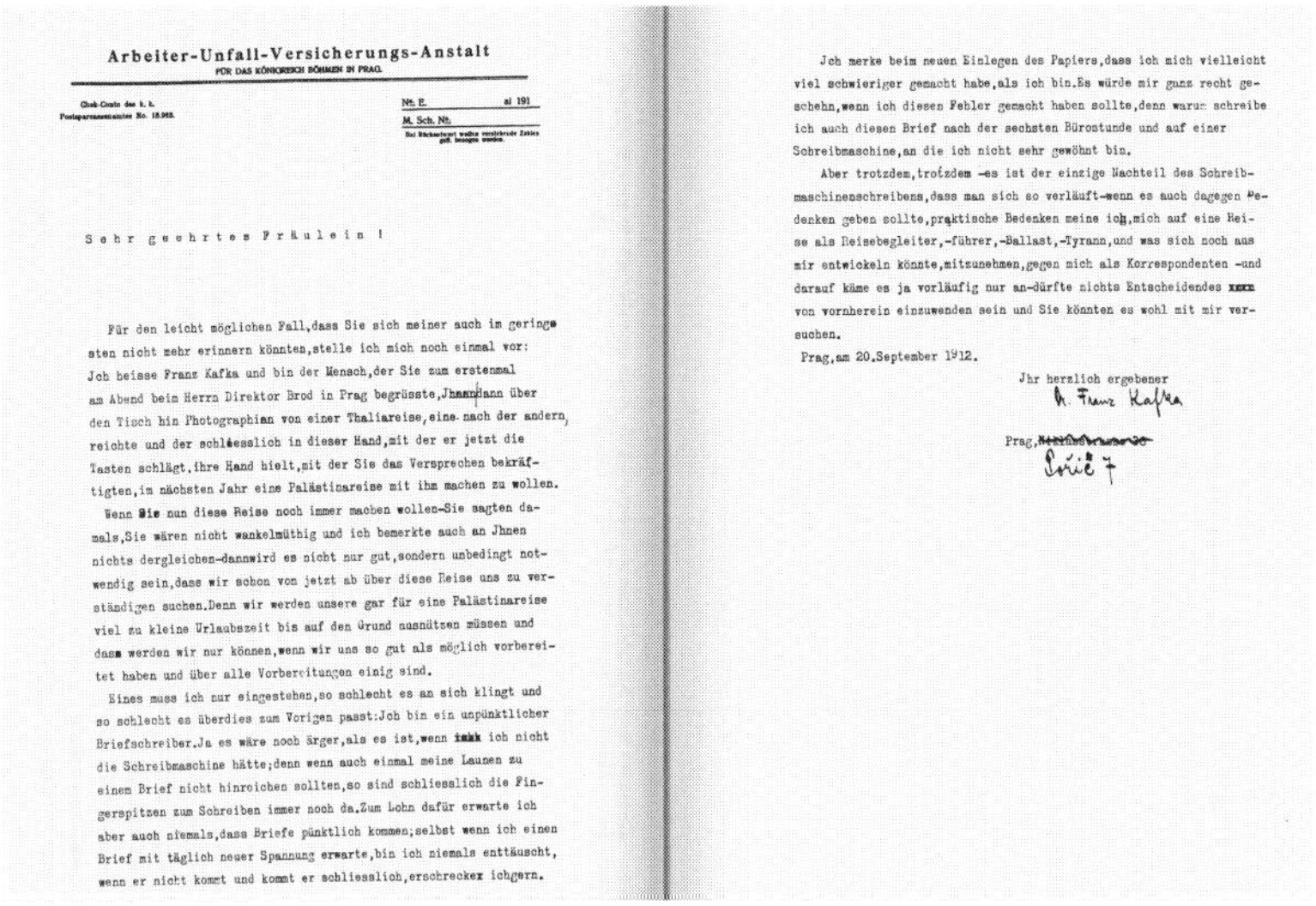

Arbeiter-Unfall-Versicherungs-Anstalt
FÜR DAS KÖNIGREICH BÖHMEN IN PRAG.

Check-Conto des k. k. Postsparcassenamtes No. 18.965.

Nr. E. al 191
M. Sch. Nr.

Sehr geehrtes Fräulein !

Für den leicht möglichen Fall,dass Sie sich meiner auch im geringesten nicht mehr erinnern könnten,stelle ich mich noch einmal vor: Jch heisse Franz Kafka und bin der Mensch,der Sie zum erstenmal am Abend beim Herrn Direktor Brod in Prag begrüsste,Jhnendann über den Tisch hin Photographien von einer Thaliareise,eine nach der andern, reichte und der schliesslich in dieser Hand,mit der er jetzt die Tasten schlägt,ihre Hand hielt,mit der Sie das Versprechen bekräftigten,im nächsten Jahr eine Palästinareise mit ihm machen zu wollen.

Wenn Sie nun diese Reise noch immer machen wollen-Sie sagten damals,Sie wären nicht wankelmüthig und ich bemerkte auch an Jhnen nichts dergleichen-dannwird es nicht nur gut,sondern unbedingt notwendig sein,dass wir schon von jetzt ab über diese Reise uns zu verständigen suchen.Denn wir werden unsere gar für eine Palästinareise viel zu kleine Urlaubszeit bis auf den Grund ausnützen müssen und dass werden wir nur können,wenn wir uns so gut als möglich vorbereitet haben und über alle Vorbereitungen einig sind.

Eines muss ich nur eingestehen,so schlecht es an sich klingt und so schlecht es überdies zum Vorigen passt:Jch bin ein unpünktlicher Briefschreiber.Ja es wäre noch ärger,als es ist,wenn ich nicht die Schreibmaschine hätte;denn wenn auch einmal meine Launen zu einem Brief nicht hinreichen sollten,so sind schliesslich die Fingerspitzen zum Schreiben immer noch da.Zum Lohn dafür erwarte ich aber auch niemals,dass Briefe pünktlich kommen;selbst wenn ich einen Brief mit täglich neuer Spannung erwarte,bin ich niemals enttäuscht, wenn er nicht kommt und kommt er schliesslich,erschrecke ichgern.

Jch merke beim neuen Einlegen des Papiers,dass ich mich vielleicht viel schwieriger gemacht habe,als ich bin.Es würde mir ganz recht geschehn,wenn ich diesen Fehler gemacht haben sollte,denn warum schreibe ich auch diesen Brief nach der sechsten Bürostunde und auf einer Schreibmaschine,an die ich nicht sehr gewöhnt bin.

Aber trotzdem,trotzdem -es ist der einzige Nachteil des Schreibmaschinenschreibens,dass man sich so verläuft-wenn es auch dagegen Bedenken geben sollte,praktische Bedenken meine ich,mich auf eine Reise als Reisebegleiter,-führer,-Ballast,-Tyrann,und was sich noch aus mir entwickeln könnte,mitzunehmen,gegen mich als Korrespondenten -und darauf käme es ja vorläufig nur an-dürfte nichts Entscheidendes von vornherein einzuwenden sein und Sie könnten es wohl mit mir versuchen.

Prag,am 20.September 1912.

Jhr herzlich ergebener
Dr. Franz Kafka

Prag,
Poříč 7

図2　フェリスにあてられた一通目の手紙
(フリードリヒ・キットラー著、石光泰夫・石光輝子訳『グラモフォン・フィルム・タイプライター』筑摩書房、1999年より引用)

欲望があらわにされているのは、これだけではない。何としても彼女に手紙を読ませようとする度を越した欲望は、他にも随所に見つけることができる。例えば十一月六日付の手紙には、こんなくだりがある。「そのとき、私はいつも、ベルリンの直立不動の郵便配達夫の伸ばした手が、あなたに手紙を、たとえあなたが拒否したとしても、必要とあらば押しつけるさまを目に浮かべます(8)」

彼が欲しているのは、彼女に自分の言葉を読ませることである。そして、押しつけてまでも読ませたかったのは、手紙だけではない。小説まで押しつけた。一晩で一気に書き上げたあの短編を、ただちにカフカは出版社に送っている。フェリスへの献辞をつけて。

[…]『判決』という作品です。それには、「フェリス・B嬢に」という献辞が添えられることになっています。このことは、あなたの権利をあまりに尊大に扱ったことになるでしょうか？　とくに、この献辞はもう一ヶ月も前に物語の上に掲げられていて、しかもその原稿はもはや私の手を離れてしまっているのだとしたら？(9)

これは、十月二十四日付の手紙の一節である。常識的に考えて、ありえない話だろう。まだ、カフカはフェリスと一度しか会っていない。たった一度、ほんの小一時間、他の人々も交えて共に過ごしただけである。手紙のやりとりもまだ始まったばりである。にもかかわらず、小説を捧げる。この手紙を受け取った彼女は、どう思っただろうか。手紙では、カフカは、おまけに、その小説に出てくる女性の名前（Frieda Brandenfeld）が、彼女の名前（Felice Bauer）とイニシャルが同じだと語っている。

その手紙には書かれていないものの、小説の中の女性フリーダ・ブランデンフェルトは、物語の中では主人公の婚約者である。主人公ゲオルク・ベンデマン（Georg Bendemann）の名前も、カフカ本人と強く関連がある。のちに彼自身が、日記で分析しているように、Georg と Franz は字数が同じ、また Bende と Kafka は子音と母音の並びが同じである。[10] 繰り返すが、現実には、カフカとフェリスは交際どころか、まだ文通を始めたばかりである。いや、物語を執筆した晩は、その文通すら始まっていなかった。にもかかわらず、カフカは、フェリスと同じイニシャルの女性を、自分の分身のような主人公の婚約者として登場させた。よく知られているように、カフカは二年後フェリスと婚約している（ただし、一ヶ月でその婚約は破棄されたが）。

カフカは予感したのだろうか。それは、しかし、あまりに不自然だろう。では、その不思議な符合は何を意味しているのか。カフカは彼女を騙したのだろうか。彼がすべて仕組んだことだったのか。

とすれば、つまりこういうことだったのか。最初から彼は、彼女と交際するだけではなく、婚約しようとまで目論んでいた。初対面で下した「判断」は結婚と関わっていた。あの瞬間、彼女を自分の将来の花嫁となるべき女性だと判断した。だから、苦心して手紙を書いた。

であるなら、それは、フェイクな恋、フェイクなラブレターだったのか。

3――小説のような手紙

『変身』の執筆にいたるまでの、カフカの異常な〈求愛〉と創作との関連を、時系列で確認しておこう。

八月十三日、友人マックス・ブロート宅で、フェリスに初めて会う。九月二十日、彼女に初めて手紙を書く。九月二十二日から二十三日にかけて、一晩で『判決』を書く。その二日後の九月二十五日、長編小説『失踪者』の執筆を始める。九月二十八日、フェリスから最初の手紙が届く。すぐに彼女に返事を書く。それから約三週間、彼女からの手紙は来ない。十月二十三日に彼女から二通目の手紙が届けられる。そこから堰を切ったかのように、激しい文通が展開される。カフカはほぼ毎日、ときには一日に何通も、長文の手紙を書き送る。それらの手紙の内容のほとんどは、彼の書くことをめぐっている。手紙を書きながら、自分の書くことを自己言及的にドキュメントしていく。一日のうち、どの時間を使ってどう書くのか。書くことが自分にとっていかに大事か。〈いま〉自分は、何をどこまで書いているのか。

速射砲のように繰り出されるカフカからの手紙に、フェリスも一日に一通は返信し続けたようである。しかし、この急速に盛り上がった交際は、早くも二週間後には破綻をきたし始める。フェリスの手紙の何かが、彼を怒らせたらしい。十一月八日付のカフカの手紙には、彼の憤りを示すような文——あなたの手紙が僕を「混乱させた」、僕はあなたの手紙を「二十回」も読んで「途方に暮れた」——が見つけられる[11]。翌九日には、ついには感情を爆発させたかのように、もう手紙を書かないでほしい、僕もあなたには書かない、なぜならあなたを不幸にするかもしれないから、という手紙も書いている（ただし、それは投函されなかった[12]）。

実際この翌九日、カフカは手紙を書くのをやめている。ところが、翌々日の十一日、彼女からの手紙を三通同時に受け取ると、今度は一日のうちに三通書く。その十一日付の二通目の手紙にこんな一節がある。

この長編小説はあなたのものであります、というより、私のなかの善の観念を、どんなに長く生きてどんなに長い手紙で指し示そうとする言葉よりも、ずっと明瞭に伝えることができます[13]。

そして続けて、『判決』の直後から執筆している長編小説『失踪者』の進捗具合を伝えている。いま引用した箇所は、手紙と小説の関係についてきわめて重要なことを伝えている。小説は「あなたのもの」であり、どんなに長い手紙よりも、ずっとあなたに明瞭に何かを伝えることができるものである。カフカはあの『判決』も、いくつかの手紙で「あなたの物語」と呼んでいる。先にふれたように、『判決』は書き上げられるや彼女に献げられた。であるなら、彼の小説もまた、手紙だろう。手紙よりも、はるかにはっきり何かをあなたに伝えるメッセージである。

もう少しだけ手紙を見ておく。十一月十一日は、彼の手紙がある一線を越える日である。その日書いた三通めの手紙で、カフカは、「気が狂っているかのように聞こえるお願い」をする。それは、手紙を頻繁に書かないでくれ、毎日の手紙に自分はもう耐えられないから、というものである。

僕がどんなに君としっかり結びついているか、他にはどう表現することもできないし、どういおうと弱すぎる。でも、だからこそ、僕は知りたくないのです。君がどんな服を着ているか、知れば僕は混乱し、生きていけないから、だから、僕は知りたくない、君が僕に好意をもっていることも［…］(14)

いま引用した「どんなに君としっかり結びついているか」という箇所の「君」は、ドイツ語のduで書かれている。ドイツ語には、親しい間柄で使う親称のduと距離のある間柄で使う敬称のSieと二種類の二人称（英語でいうyou）がある。カフカは、この手紙のその箇所まで、ずっとフェリスに対して、敬称のSieを使い続けてきた。ところが、ここで、親密さを一気に増すduを使い、ここからずっとduを使っている。つまり、カフカはこの箇所で、彼女との距離をぐっと縮めた。にもかかわらず、そこで彼が伝えようとしている内容は、もっと自分から離れてほしいということである。

カフカ自身、自分のいっていることが矛盾していることを自覚している。だったら、なぜ、自分は列車に乗って君に会いに行かないのか、と自問したうえで、それには「ひどい、ひどい理由」があるからだといい、そして、こう続ける。

僕は自分ひとりで生きるのがやっとぐらいの健康で、結婚生活はもはや無理で、ましてや父親になるなどまったく無理だ。でも、君の手紙を読むと見通せないこと以上のことを、見通せるかもしれないと思ってしまうんだ。(15)

彼が彼女を近づけながら、遠ざける「ひどい理由」。それは、僕は結婚できないから。子供も持てないから。でも、君となら、何かの可能性を見つけられるかもしれない。あの判断が、結婚に結びついていることが、あらためて確認できる。

自分は結婚できない、父親にもなれない。しかし、結婚しなければならない。当時、カフカは、否が応でも結婚を真剣に考えなければならない時期を迎えていた。二年前の一九一〇年十一月に、一番上の妹エリが結婚した。翌十一年暮れには、彼らに息子も生まれた。カフカにとって最初の甥が生まれたその頃、二番目の妹ヴァリに縁談が持ち込まれる。それがとんとん拍子に進んで、婚約が結ばれたのが一九一二年九月十五日。『判決』が書かれる一週間前である。妹だけでなく親友マックス・ブロートも結婚間近である。かねてより交際中の女性とのブロートの婚約は、その年の十二月に交わされる。翌十三年一月に妹ヴァリが結婚、二月にブロートが結婚する。

4――支離滅裂な手紙

カフカはフェリスを騙したのだろうか。

一目会ったときから、彼は、彼女との婚約まで見通していた。彼女に手紙を書き、文通を求め、しかし、実際に会うことは拒んだ。親密さを増すような言葉を送りつつ、いっぽうで自分は一人でいなければならない、孤独に書くことが何よりも大事かを繰り返した。手元に引き寄せながら、突き放す。求めながら、遠ざける。彼の手紙から、真意を読み取ることは難しい。

いったいカフカは何を伝えたかったのか。

先に、カフカの小説が手紙である可能性を示唆した。であるなら、手紙の支離滅裂さは、小説にも反映されているはずである。実際、距離をぐっと縮めて同時に激しく突き放した日から数日後、カフカは、きわめて矛盾に満ちた小説を書き始める。

> ある朝、グレーゴル・ザムザが、不穏な夢の数々から目が覚めると、自分がベッドの中で怪物みたいに大きなおぞましい生き物に姿を変えていることに気がついた。(16)

「化け物みたいに大きな」と訳した原語は、ungeheuerである。名詞だと化け物や怪獣を意味するこの単語は、形容詞としては度を越した大きさを表すものである。続く「おぞましい生き物」と訳した原語は、Ungezieferである。この単語は、それだけを耳にすると、「ネズミ」「ノミ」「ゴキブリ」「クモ」といったものが脳裏に浮かぶ。ようするに家の中で見つかる小さな、気味の悪い、モゾモゾする生き物を指している。つまり、原語の二語の連なりを字義どおりにイメージしていけば、怪物みたいに大きな、モゾモゾした小動物。明らかに矛盾していることが、おわかりだろう。さらに続く文章は、ますますイメージの撹乱を誘う。

鎧のように硬い背中を下に仰向けに寝ていて、頭を少し持ち上げると、弓なりに強張った筋で縞になった丸っこい茶色の腹が見えた。[…]全身の大きさと比べると情けないほどかぼそい足がたくさん、頼りなげに目の前でちらちらうごめいていた。(17)

「鎧のように硬い」背中は、その生き物が、ネズミではなく、外骨格を持つ昆虫の可能性を示している。また「丸っこい茶色の腹」も、昆虫のイメージをより強める。ところが、足が「たくさん」という部分で、そのイメージは崩れてしまう。昆虫なら、足は六本のはずである。しかし、たくさん細い足があるとすれば、それは昆虫ではなく、むしろムカデのようなものだということになる。

いったい、どう〈正しく〉イメージすればいいのか。カフカは、間違いなく読者に、その生き物を視覚化させないように書いている。大きいのか小さいのか、ネズミなのか虫なのか、虫なら昆虫なのか芋虫なのか、何度読み返しても、どんな生き物を想像すればいいのか、よくわからない。

もう少し先も見ておこう。冒頭の段落で、変身に気づいて腹や足などを確認したあと、グレーゴルの目は、机の上に広げられた布地のサンプルに向けられる。この箇所で、彼の仕事が服飾関係のセールスであることが示唆される。つまり、彼は、外見を変えるもの、いわば変身の道具を売り歩くビジネスマンである。続いて、グレーゴルは、壁にかかっている絵を見る。それは彼が最近、グラフ雑誌から切り抜いて、しゃれた金の額縁に入れたものである。「描かれているのは、毛皮の帽子と毛皮の襟巻きを身につけた女[18]」。

額縁に入った「毛皮のヴィーナス」。すでに、これはレオポルド・フォン・ザッヘル＝マゾッホの『毛皮のヴィーナス』（一八七〇年）を示唆していると長年指摘されている[19]。マゾッホのその小説と『変身』の関連性については、以下の点を確認するだけで十分だろう。ザムザ（Samsa）という名前は、ザッヘル＝マゾッホ（Sacher-Masoch）のアナグラムであり、『毛皮のヴィーナス』の主人公ゼヴェリーンが愛人ワンダの奴隷になってから名乗る名前はグレーゴルである。あちらのグレーゴルも、こちらのグレーゴルも、虫けらのように床に這いつくばっている。マゾヒズムという言葉の由来ともなったその作品が描くのは、男の倒錯した欲望である。男は、女からの屈辱的な仕打ちに耐えているかのようで、実際には男は、女に役割を与えてコントロールし支配している。この男、主人公ゼヴェリーンが、物語のおしまいで示す「教訓《モラル》」とは次のものである。

　　自然の手になる被造物で、げんに男が惹きつけられている女というものは、男の敵だということです。女は男の奴隷になるか暴君になるかいずれかであって、絶対にともに肩を並べた朋輩とはなりえないのです[20]。

『変身』もまた彼女への手紙であるとしたら、あまりにもおそろしいことを伝えているのではないか。じつは『変身』は、彼女への手紙というだけではない。これは、彼女への誕生日プレゼントでもある。

先述のように、初めてduで呼びかけた十一月十一日以後、カフカの手紙は支離滅裂さを増していく。手紙をくれるなと書いておきながら、手紙が来ないと責めたて、さらに恐怖を抱かせるような手紙を送っている（ドアのベルを押し続けたいと書いた手紙は、この時期に同封された）。どうもフェリスはこんなやりとりを続けるうち、病気になったらしい、いや少なくとも、病気だとカフカに書いて送ったらしい。十七日付のカフカの手紙は、こう始まっている。

最愛のひと、誰よりも愛しいひと、このとんでもなくいまいましい畜生の僕は、君という健康な女性を病気にしたという名誉をもつんだね。お大事に、いいかい、お大事に。僕が引き起こしたことをどうか、君への愛のために僕に償わせてくれ！(21)

いたわりの言葉が綴られてはいるが、いささか空々しい感じのする手紙である。カフカがおそらくほとんど反省していないことは、のちの箇所で次のように、自分の欲望を露わに語っていることからうかがえる。

おとといの夜、僕は二度めに君の夢を見たよ。郵便配達夫が君の二通の書留の手紙をもってきて、しかもそれぞれの手に一通ずつもって、蒸気機関のピストン棒のように両腕をすばらしく正確に動かしながら、僕に渡したんだ。それは魔法の手紙だったね。いくらたくさん便箋を封筒から引き出しても、空にならなかった。僕は階段のまんなかに立っていて、さらに手紙を封筒から引き出そうとすれば［…］わるくとらないでくれ［…］読んだ便箋を段の上に捨てなければならなかった。上も下も階段全体が読んだ手紙でうまって、ゆるく重なった弾力性のある紙ががさがさ大きな音をたてた。それはまったく望んだとおりの夢のような夢だったよ。(22)

彼は手紙を欲している。大量の手紙を、次から次へと「捨てながら」読むことを夢みている。そして、彼には機械のように仕える男もいる。まるで暴君のような欲望を表す夢である。それが、彼の理想の夢である。

グレーゴルは、夢を見て姿を変えた。『変身』の冒頭を思い出そう。「ある朝、グレーゴル・ザムザが不穏な夢の数々から目が覚めると［…］」。彼が、なぜ変身したのか。不思議なことに、その原因は、物語の最後までいっさい示されない。それらしきものは、この最初の一行で一言触れられているだけである。すなわち、「不穏な夢の数々」から目覚めたとき、自らをおぞましい存在だと認識した。

右の手紙の最後で、カフカは、ベッドで悩んでいるときに思いついた「小さな物語」を書き始めるつもりだと伝えている。実際、その晩に執筆を開始したことは、同日の深夜に書いた手紙で確認される（「深夜一時半、伝えた物語はまだとうていできない」）[23]。それが『変身』である。十一月十七日から十八日にかけての晩に書き始められた物語。十一月十八日は、フェリスの二十五歳の誕生日である。

5——裏切りの手紙

さらに先を見ていく。

通常、『変身』のグレーゴルは、まじめな家族思いのサラリーマンとして理解されている。たしかにグレーゴルは、異変に気づきながらも、両親の借金を返すために仕事を失ってはならないと、まずは仕事に遅刻することを心配している。彼が目覚まし時計に目をやると、〈いま〉は六時半。五時の電車に乗ろうとして、四時にめざましをかけておいたのに、寝過ごしたことに驚き、どうにかして仕事に出ようと思考をめぐらせる。次の列車は七時。ところが、あっという間に六時四十五分になって、母親から、父親から、そして妹から、それぞれ部屋の三方のドア越しに声をかけられる。不自由な体を難儀して動かすうち、七時になり、すぐにあと五分で七時十五分、そう思ったところで、玄関のベルが鳴る。「会社から誰か来た」とグレーゴルは呟いて、「身を固くする」[24]。さっそく会社の支配人がじきじきにやってきたことを知り、グレーゴルはこう嘆く。

なんでグレーゴルだけが、こんな会社に仕えるように、運命づけられているのか。ほんの少し怠慢しただけで、すぐに大仰な疑いの目を向けられる。まったく社員はひとりのこらず、ちんぴらだとでも思っているのか。[25]

ふつうは同情を禁じ得ないところだろう。不自由な体になっても、なんとか遅れないで会社に行こうとするにもかかわらず、上司は非情にも彼を疑っている。

が、私たちは、すでにカフカの書いたものを疑うことを学んでいる。物語の細部を慎重に懐疑的に読んでいくと、さまざまな箇所で、グレーゴルのいわば裏の顔がほのめかされていることに気づく。例えば、グレーゴルは、夜は必ず部屋のあらゆるドアの鍵をかけている（だから、三つもドアがある部屋なのに家族はどこからも入ってこられない）。玄関のベルが鳴ったら、すぐに会社から誰か来たと悟って、緊張している。また、家にやってきた支配人は、グレーゴルの部屋の前で、社長が気にかけていることとして、次の内容を語っている。

「[…]社長は、今朝君の欠勤の理由としてある可能性を示唆したんだ——そうだ、最近まかせた取り立て金のことだよ——でも、それは見当ちがいですよと私はほとんど誓わんばかりに反論したんだが。ところがいま

の、君のわけのわからない強情ぶりを見ると、肩をもつ気持ちがまったくなくなってしまったよ。[…]」(26)

会社の社長は、ようするに、グレーゴルの横領を疑っている。この罪の可能性については、ここでほのめかされているだけで、事実のほどは最後までわからない。しかし、疑い始めると、この主人公はいくらでも疑うことができる人物といえるだろう。

彼の家族も、注意して読めば、かなり胡散臭く思えてくる。彼が変身した当日、父がおこなったことは、当座手元にある金の計算である。隠しておいた金庫を持ち出して、複雑な鍵を開けて証書や帳簿を見せながら、父は、こっそりのこしていた昔の財産とグレーゴルから受け取って蓄えにまわしていた金について、母と妹に説明している。つまりは、父は息子を騙していたのである。

家族が互いを騙し合っている物語。じつは、あの『判決』は、まさにそんな物語だった。『判決』は、主人公ゲオルク・ベンデマンが、手紙を書き終えたばかりのシーンで始まっている。思い出してほしい。カフカ自身も、ちょうど手紙を書き終えたばかりだった。

ゲオルクの視点から語られる物語は、彼が、ロシアで不遇の境遇にいる幼馴染を、いかに気遣いながら手紙を書いたかをまず伝えている。ゲオルグは、苦心してやっと書けた手紙をポケットに入れて、父親の部屋を訪れる。ガウン姿の弱々しい父親に、自分の婚約を伝える手紙を、ペテルブルクにいる友人に書いたと報告すると、父親は「俺を騙さないでくれ」といい始める。ゲオルクが父親をベッドに寝かせようとすると、父親は突然飛び上がって、ベッドの上に仁王立ちになり、激しい勢いでゲオルクを責め始める。お前は彼に長年嘘の手紙を書いていた。お前は彼を騙そうとしたが、俺も密かに彼に手紙を送っていたのだ。

「［…］たしかにお前は本当は無邪気な子供だったが、もっと本当のところは、悪魔のような人間だったというわけだ！　だから、よく聞け、判決を下してやる、溺れ死ぬんだ！」(27)

父親にいわせれば、ゲオルクは幼馴染を騙し、父親を騙していた。悪魔のような男である。しかし、父親も、そして友人も、彼を騙して、密かに文通していた。

父親の判決の言葉を聞いたゲオルクは、すぐに階段を駆け降り、川へ向かう。橋の手すりをしっかりつかむと、ひらりと欄干を飛び越える。「彼はすぐれた体操の選手で、少年時代は両親の自慢の種だった」。欄干をつかんでいる手の力が抜けてくるなか、柵ごしにバスがくるのをうかがう。

［…］川に落ちてもバスの轟音があっさりその音をかき消すだろう。ゲオルクは、小声でよびかけた。「お父さん、お母さん、僕はいつもあなたたちを愛していました」。そして、落下した。(28)

『判決』も、『変身』同様、通説では息子の〈悲劇〉の物語として読まれている。父親に断罪されて、命を落とす息子。しかし、そうだろうか。この心揺さぶられる〈愛〉の結末は、じつは大きな〈騙し〉である可能性はないのか。ゲオルクは、彼の墜落音が聞こえないタイミングを、正確に測っている。彼は〈本当に〉墜落したのだろうか。ゲオルクは、体操の名手である。たとえ川に落ちたとしても、運動神経抜群の彼であれば、泳いで岸に渡れたかもしれない。もし万一、川が干上がっていたとしても、土の上に見事に着地できたかもしれない。彼が死んだとはどこにも書かれていない。右に引用した箇所には、物語の最後の一文が続いている。

この瞬間、橋の上をまさに無限の交通が流れていた。(29)

ここで「交通」と訳した原語はVerkehrである。それは、人と人の交流も意味し、文通も意味する。

6――誠実な嘘の手紙

私たちは騙しあうしかできないのかもしれない。人と人との交流は、騙しあいでしかありえないのかもしれない。友を騙し、親を騙し、恋人を騙す。フェイクでない〈愛〉などどこにあるのか。もしかしたら、それがカフカが伝えたかったことなのかもしれない。

タイプライターを使って、意識的に作為的な手紙を書いたあと、カフカは一心不乱に無我夢中で小説を書いた。その小説が『判決』である。そういうふうにしか書けない、それしか書けないと確信したとき、彼は自分の〈書くこと〉の意味をおそらく掴んだ。

『変身』も『判決』も、私たちを徹底的に騙している小説である。私たちは、それらは、不特定多数の読者を想定して書かれたものだと信じている。しかし、それらは、結局はたった一人の人に宛てられていた。たった一人の人間にしか、わからないように書かれていた。つまり、読者は完全に裏切られていた。

しかし、もしそうだとして、私たちは読むことをやめるだろうか。むしろ逆ではないか。あまりにも見事に騙されたとわかったら、ますます読みたくなるのではないか。

私たちは騙されたくて、文学を読む。嘘だとわかっていて、嘘の世界に心を動かされる。いうなれば、騙される快感を味わうのが、文学の醍醐味である。であるなら、カフカほど、私たちを見事に騙し切ってくれる文学は他にはない。

カフカの騙しがきわめて高度に完遂されているのは、彼があまりに誠実だからである。あまりにも真摯に、正確に、〈愛〉を、〈愛〉の真実を伝えようとしたからである。彼が書く小説は、彼女に本当のことを伝えようとする小説、いや手紙である。騙されてはならない。あなたに、愛の言葉を送っている男は、悪魔のような男だ。忌み嫌われてしかるべき、おぞましい存在だ。彼の言葉に騙されてはならない。彼を信じてはならない。

そして、彼が綴る手紙は、彼女を欲し、そして遠ざける手紙である。あなたが欲しい。あなたと結婚したい。でも自分は結婚できない。子供も持てない。彼が言葉にするどの感情も、どの希望も、どの絶望も、すべて真実としか呼びようのないものである。

言葉で誰かに何かを伝える。それがいかに不可能か。

私たちは、いまこそ、この震撼させられる事実を、しっかり見つめるべきだろう。

現代は、途方もない規模の手紙の時代である。恐ろしいほど大量の書き言葉のメッセージが、インターネットの空間を飛び交い続けている。言葉で書かれた手紙が、いかに信用ならないか。言葉のコミュニケーションが、本質的にいかにフェイクでしかありえないか。カフカの文学は、極限ともいえる正確さで、その事実を伝えている。

『変身』の最後の〈幸福〉が、まさに〈嘘〉の手紙で成り立っていることにお気づきだろうか。

グレーゴルが死んだあと、残された両親と妹は、天気のよい春の日に、電車で郊外に向かう。ザムザ夫妻は、娘グレーテがいつのまにやら「美しい、ふっくらした娘」に成長していることに気付き、二人で目配せしながら、

「そろそろ娘にしっかりした相手を見つけてやろう」と考える。

電車が目的地に着いて、娘が一番先に立ち上がり、若い身体を伸ばしたとき、二人には新しい夢とよき企みが保証されたかのように思えた。(30)

これが、『変身』の最後の一文である。暖かい春の日に、郊外に散歩に出るために、彼らは何をしたのか。直前に、こんなくだりがある。

三人は、今日という日を休息と散歩にあたることに決心した。こうして休めるだけの働きはしてきたし、それに休みが絶対必要でもあった。みんなはテーブルに向かい、三通の詫び状を書いた。ザムザ氏は職場の幹部に、ザムザ夫人は注文主に、グレーテは店主に。(31)

いったい彼らはどんな手紙を書いたのか。天気のよい日に散歩するために、彼らが職場に書いた手紙。それはおそらくは、仮病を伝える手紙に違いない。

カフカ自身の手紙をもう一通だけ紹介しておく。あの『判決』を徹夜で書いた翌朝、彼は上司に、自分の名刺の裏にこんなメッセージを書いて、届けている。

今朝方、ちょっとした失神の発作があり、少し熱もありました。そのためまだ家にいます。でもたいしたこ

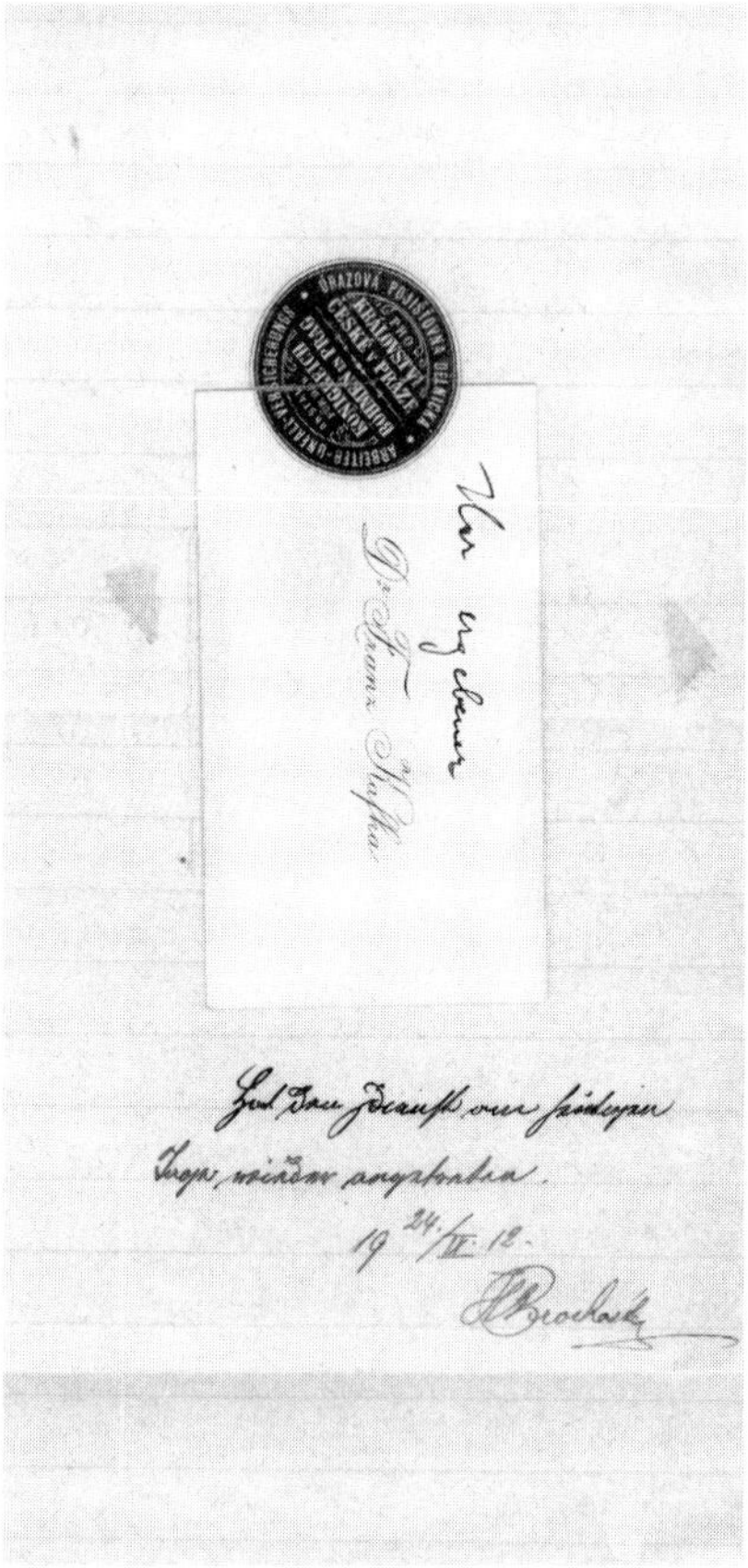

図3　裏面にメッセージの書かれた名刺
（Wagenbach, Klaus: *Franz Kafka. Bilder aus seinem Leben.* Berlin 2008より引用）

とはないのはたしかですので、あとで必ず出勤します。ひょっとしたら、十二時すぎごろになるかもしれませんが[32]。

カフカ本人も仕事を休むために手紙を書いていた。現存するその名刺は、大きめの台紙に、役所の封印用の丸い紙で、裏がめくれて読めるように、一辺だけを留める形で貼られている（図3）[33]。その台紙には、職場の者によって、日付と署名入りで、実際の出勤は翌日だったとメモが添えられている。つまり、手紙は嘘になり、それが公式に記録されているのである。

注

○本章の大半は、二〇一四年刊行の拙著の、主に第一章「手紙と嘘」および第三章「結婚と詐欺」で示した解釈を短くまとめて構成し直したものである。したがって、ところどころの文章に拙著のそれとの重複がある点を、お断りしておく。本章によって、カフカ・テクストのフェイク性に関心を抱かれた方は、拙著で解釈の詳細を確認していただきたい。『カフカらしくないカフカ』（慶應義塾大学出版会、二〇一四年）。

○本章では、一次文献からの引用については（既訳のあるものは参考にさせていただきながら）著者自身が訳出し、二次文献からについては、既訳を使わせていただいた。

○注で使用している略号は、以下の引用文献を指すものである。

Kafka, Franz: *Tagebücher*. Hrsg. von Hans-Gerd Koch, Michael Müller und Malcolm Pasley. Bd. I: Text. New York / Frankfurt a.M. 1990 (Schriften Tagebücher Briefe. Kritsiche Ausgabe) = KKAT

—— *Briefe 1900-1912*. Hrsg. von Hans-Gerd Koch. New York / Frankfurt a.M. 1999 (Schriften Tagebücher Briefe. Kritsiche Ausgabe) = KKAB (1900-1912)

—— *Drucke zu Lebzeiten*. Hrsg. von Wolf Kittler, Hans-Geld Koch und Gerhard Neumann. Bd. I: Text. New York/ Frankfurt a.M. 1994 (Schriften Tagebücher Briefe. Kritsiche Ausgabe) = KKAD

（1） KKAB (1900-1912), S.171.

（2） KKAB (1900-1912), S.175.

（3） KKAT, S.431f.

（4） KKAT, S.342.

（5） KKAT, S.460f.

（6） この手紙のファクシミリは、以下の著書の中で、図版として提示されている。Kittler, Friedrich: *Grammophon Film Typewriter*. Berlin 1986, S. 324f.［フリードリヒ・キットラー『グラモフォン・フィルム・タイプライター』石

光泰夫・石光輝子訳、筑摩書房、一九九九年〕。
（7）KKAB (1900-1912), S.239.
（8）KKAB (1900-1912), S.215.
（9）KKAB (1900-1912), S.188.
（10）KKAT, S.491.
（11）KKAB (1900-1912), S.220.
（12）KKAB (1900-1912), S.222.
（13）KKAB (1900-1912), S.225.
（14）KKAB (1900-1912), S.227.
（15）Ebd.
（16）KKAD, S.115.
（17）Ebd.
（18）KKAD, S.115f.
（19）この関連が着目され始めたのは、一九七〇年に英語で発表された以下の文献がそれを指摘して以来だと見受けられる。Angress, R. K.: Kafka and Sacher-Masoch: a note on The Metamorphosis. In: *Modern Language Notes* 85 (1970), 745-746. ただし、関連自体の最初の指摘は、そこでも言及されているように、すでに一九六四年に、ゾーケルが次の文献でおこなっている（ただし、ゾーケルはそれを「純粋に偶然だ」と否定しているが）。Sokel, Walter H.: *Franz Kafka, Tragik und Ironie. Zur Strukter seiner Kunst*. Munchen 1964: 94.
（20）Sacher-Masoch, Leopold von: *Venus im Pelz*, Frankfurt a.M. 2013 (1870), S. 161.〔L・ザッヘル＝マゾッホ『毛皮を来たヴィーナス』種村季弘訳、河出書房、一九八三年〕。
（21）KKAB (1900-1912), S.240.
（22）KKAB (1900-1912), S.241.

（23）KKAB（1900-1912）, S.242.
（24）KKAD, S.124.
（25）KKAD, S.124f.
（26）KKAD, S.128f.
（27）KKAD, S.60.
（28）KKAD, S.61.
（29）Ebd.
（30）KKAD, S.200.
（31）KKAD, S.198.
（32）KKAB（1900-1912）, S.172.
（33）この名刺の写真（裏面および表面と台紙）は、以下の写真集に収められている。Wagenbach, Klaus: *Franz Kafka. Bilder aus seinem Leben*. Berlin 2008, 177f.

中谷　崇……NAKATANI Takashi

［第10章］共有される疑似現実を生きるということ
――トマス・ピンチョン『競売ナンバー49の叫び』をめぐって

はじめに

既存の様々な価値が問い直された一九六〇年代のアメリカ小説は、ポストモダン文学とマイノリティー文学が担っていた。前者に連なる、実験的な方法を用いてリアリズムの手法を問い直す動きを代表する作家トマス・ピンチョン（Thomas Pynchon, 1937-）は、一九六六年に長篇第二作『競売ナンバー49の叫び』（*The Crying of Lot 49*）を発表した。この二〇〇ページにも満たない小説は、質量共に巨大な代表作『重力の虹』（*Gravity's Rainbow*, 1973）と並んで彼の主要作の一つと評価されている。(1)

そのストーリー展開の軸となるのが、神聖ローマ帝国の時代から続く「影の郵便組織」トリステロ／トライステロについての真実探求である。主人公エディパ・マースは、元は中古車の販売員で今はラジオのDJをしているムーチョ（ウィンデル・マース）と結婚し「平凡な主婦」として生活していた。そこに、過去に恋人であったカリフォルニア州の不動産業の大立て者ピアース・インヴェラリティーの遺産整理の管財人に彼女が指定されたという通知が来るところから小説は始まる。彼女は弁護士メッツガーとともに遺産の整理に取りかかって、その中にトリステロの切手のコレクションを見つけ、行く先々でトリステロのシンボルである音の出ないラッパの印（図1）を発見するようになる。そして彼女は、この代替コミュニケーションの秘密結社が、表の歴史では語られないもう一つの現実の存在を守り支えてきたのだという想念にのめり込んでいく。だが終わりに至るまで、トリステロの存在や正体は明らかにならない。この組織の存在自体がインヴェラリティーが冗談で仕掛けた大ボラ（hoax）なのかも知れないという可能性がちらつかされ、宙ぶらりんの状態でこの小説は終わってしまう。

図1　初版本のジャケット（表紙側）。この小説の軸となるトリステロのラッパの印が大きく描かれている。（Wikimedia Commons）

小説あるいは物語にとって終わりとは結論である。ポストモダンの思想家ジャン＝フランソワ・リオタールは近代批判に際して「大きな物語（仏：grand récit／英：grand narrative）」の終焉という言葉を軸に据えた（pp.7-8）。ここには、「近代」の思考枠を「物語（narrative）」として捉えるという発想が含意されている。それはフランク・カーモードやユーリー・

ロトマンが論じているように、その「結末／結論」としての「終わり」にある単一の「目的」がそれまでの時間／持続の意義と正当性を決定する（Kermode pp.44-48; Lotman pp.262-264）という思考なのである。十九世紀の西部「開拓」においてにせよ冷戦構造下で自由（主義）の擁護という大義名分を掲げて推進されたヴェトナム戦争においてにせよ、アメリカ合衆国で先住民や第三世界の人々を虐げてきたのは、大きな物語で一義的に定められた「成功」という「目的／結末」を一直線に「無駄」なく追い求める「真面目」な人たちだった。それに対して『競売ナンバー49の叫び』では、他のピンチョン作品と同様、主な筋と関係のない逸脱やスラップスティック的なドタバタが割り込んでくる。上述のあらすじがごく短いものであるのも、あらすじを構成する主ストーリーに沿って直線的にこの小説が進んでおらず、頻繁にそこから脱線していることによるところが大きい。自他の「今」と「ここ」を「成功」のための手段と捉えて犠牲にしながら「効率」良く「努力」する「真面目」な近代的「主体（subject）」が前提にする、(2) 直線的に進む「近代」の物語の構造を問い直すことは、近代批判としてのポストモダニズムの課題でもある。

『競売ナンバー49の叫び』のポストモダン的あるいはピンチョン的な「終わり」で示唆される肩すかしの可能性も、それまでその主人公の物語を語ってきた語り手あるいは作家の営みそのものを無意味な茶番にしてしまうという、小説のストーリー自体に対する破壊力を内在させている。筆者は十数年前に、一般読者向けの解説書でこの小説を紹介する機会を得た。(3) しかしその時点では、『重力の虹』にも共通するこういった「終わり」の仕掛けを、近代原理の偏狭な「真面目さ」に対してポストモダニズム文学が示すアンチテーゼの一例という一般論以上の視野を持ち合わせていなかった。だが『競売ナンバー49の叫び』のこのような屈折した「終わり」は、そのような一般論のポストモダニズム理解では尽くされない意義を、刊行から半世紀を経た現在においてこそ持っている。

1――郵便とメディア――共有される疑似経験

小説にせよ映画にせよ、支配に抗して自由と真実を求める戦いの物語において郵便局が悪役となることはまずない。支配と抑圧の手段として登場するのは、武力による物理的な強制力を備えた警察や軍隊のような集団である。地味で平和的な組織以外のものとして郵便組織を扱っているフィクション作品は『競売ナンバー49の叫び』だけかもしれない。

一八四〇年にイギリスで成立し急速に各国に広がっていった近代的郵便制度は、料金の前払いを示す切手（図2）を導入し料金の取りはぐれを防いでコストを下げ、全国一律の低廉な料金で信書や荷物を運ぶというものである。それは国民国家を一律にカバーし、富裕層だけでなく国民全てが手紙やものをやりとりすることを可能にした。このことは結果として、国民の一体化を促していく。第三章でエディパが最初にトリステロのラッパの印をトイレの壁に描かれた謎めいたメッセージとともに目にして戻ってきた時に、郵便が政府の独占事業であることや「一八四五年頃に始まった」(pp.53-54) 郵便改革のことが話題になるのは、このような事情を示している。

そのような状況の下、アメリカ合衆国では一八七三年に制定されたコムストック法 (Comstock laws) に基づき、実質的に郵便局が検閲機関として機能していた。郵便物引き受けの契約に際して郵便局は契約の自由の原則に基づき、性的なものを含む書物などの運送を拒否する「自由」を行使したのである。第三章でエディパはムーチョからの手紙にある、「郵便局長 (postmaster)」を「大麻密売人／大麻名人 (potsmaster)」と誤植したと思われる「猥褻な郵便物は最寄りのPOTSMASTERまでご通報ください」(p.46) という郵政公社の広告に気付く。[4] この一見「ふざけた」

図2　「ペニー・ブラック(Penny Black)」と呼ばれる、イギリスで発行された世界初の切手。これ以降、切手は世界中で収集の対象となり、希少なものは高値で取り引きされている。(Wikimedia Commons)

エピソードは郵便制度の、猥褻とされた刊行物を始めとする様々な言葉に対する検閲という側面を浮かび上がらせ、このように自分たちの「道徳」を押し付ける「真面目」な者たちを茶化すことによって批判する。最近はアメリカ合衆国でも日本でも民間企業による個人向け小口運送サービスが郵便の領分に進出してきている。[5] しかしこの小説が発表された六〇年代半ばには、郵便は政府の独占事業であると第三章で言われている (p.52) 通り、信書や荷物の輸送はもっぱら郵便制度が担っていた。そのような状況の下では、体制が良しとしない文書や書物の公開そのものは禁止されなくても、全国民規模でその流通・共有を担う郵便制度を押さえられることにより、そのような流通手段によって運ばれる「もの」が担う「言葉」はほとんどの国民が共有することのない、存在しないに等しいものにされてしまう。

ベネディクト・アンダーソンが指摘するように、十八世紀末以降の市民革命によって新たに成立した「国民国家 (nation-state)」においては、全国民を対象にした初等教育を通じて共有/強制される全国一律の「国語」を基盤とする小説および新聞という二つの印刷メディアを通じて「国民」全体が疑似体験を共有するようになった (pp.24-25)。それが、実は新奇な「想像の共同体」である国民国家 (pp.4-7) の基盤なのである。そして、国民規模での情報のやりとりを可能にした近代的郵便制度も、アンダーソンが挙げる小説および新聞と同様に、共通の疑似体験を支えるメディアすなわち媒体である。それ以降、二十世紀の初頭にはラジオと映画、中盤にはテレビという新たなメディアが加わっていく。十八世紀末以来現在に至るまで我々は否応なしに、直接経験出来る範囲をはるかに超えた疑似現実を、自分の生きる「世界」あるいは「現実」として生きてきた。人が関わり合う範囲が交通と通信の発達によって拡大している近現代において我々の日々の生活は否応なしに、自分の直接行き来する範囲を超えて成立している。現代人が生きる世界がこのような疑似経験によって構成されていることに関して、虚構と現実の区別を見失ってはならず、もっと生の経験を大切にしなければならないということがよく言われる。例えば現代の日本では、アニメーションの作品内世界へのめり込みに関してこのような「お説教」を得々と述べる「識者」が多い。しかしこういった一見もっともらしい、直接の経験の範囲だけで人の生活が完結していた状況へのノスタルジアは、メディアの時代としての近代における「現実」のありようを直視していない。

ポストモダニズム文学に関する基本文献『メタフィクション』でパトリシア・ウォーは、テクストあるいは言葉を通じて間接的にしか人間は「現実（reality）」に触れられないことを指摘している（pp.87-90）[6]。その上で彼女は、十九世紀西洋市民社会の思考を体現しており現在でも漠然と「普通」の小説と見なされることが多いリアリズム小説を通じて人々が「常識（common sense）」として想定しているほど世界の姿は単一のものではない（p.90）ことを主張し[7]、それ故に「メタフィクション」（あるいはポストモダニズム文学[8]）は複数の「代替世界（alternative worlds）」を示すことにより、たまたま置かれた狭い場所、あるいは「コンテクスト」の内側で見ている（見せられている）「当たり前」の世界像に安住しないように読む者に促している（p.90）のだと述べている[9]。その背景には、「現実」そのものは隠されなくとも、それを知覚可能なものにするための「言葉」を統制されてしまえば、我々人間はある一定の制限された枠組みの内側でしか自分の生きる「世界」にアクセス出来ないという認識がある。

ポストモダニズムとは「近代」を問い直す試みである。それまで冷戦構造の下でJ・K・ガルブレイスの言う

図3　第二次世界大戦のヨーロッパ戦線における連合国側の本格的な反撃となるノルマンディー上陸作戦を扱った戦争スペクタクル映画『史上最大の作戦』(*The Longest Day*, 1962)に出演するジョン・ウェイン。映画スターとして彼は、白人を襲う凶悪な敵として先住民を描く西部劇『駅馬車』(*Stagecoach*, 1939)などで「アメリカの強い男」を演じ続けた。(Wikimedia Commons)

「豊かな社会」のライフスタイルを誇示していたアメリカ人たちは六〇年代に、公民権運動、女性解放運動、ヴェトナム反戦運動を通じて、それまでの自らの価値観を問い直さざるを得なくなっていた。そのような状況の下では、それまで冷戦期の文化政策の下で西側陣営に向けて強力に流布されてきた映画やテレビ番組や小説などを通じて繰り返し示されてきた、「栄光に満ちた」自国の現在と過去も問い直される。

『競売ナンバー49の叫び』の第三章では、第二次世界大戦のイタリア戦線での「もはや誰も思い起こさない」(p.61)過酷な消耗戦で戦死したアメリカ軍の兵士たちのうち捨てられた遺骨を、マフィアの協力も得てイタリアから「輸入」し、紙巻き煙草のフィルターの材料にするのに先立ち最初は肥料の原料にした(pp.61-63)という、グロテスクでもあり不謹慎でもあるエピソードが語られる。第二章でエディパはインヴェラリティーの遺言の執行に取りかかるために自宅から移動したモーテルで、メッツガーが子供時代に出演した架空の戦争映画を彼と一緒にテレビで観ながら、このジャンルの定型(convention)について話している(pp.30-34)。戦争スペクタクル映画は、アメリカ人が共有する疑似体験としての、「正義」の戦いでの「栄光」に満ちた勝利という「世界の見方」を提供し続ける媒体である(図3)。しかし兵士たちの遺骨にまつわる話は、これとは対照的な「世界の見方」を提示する。戦争映画、特に第二次世界大戦のヨーロッパ戦線を舞台にしたものは、ナチス・ドイツを議論の余地なしの悪として扱えるが故に自国およびその同盟国を文句なしの正義として描くことが出来る、アメリカ人にとって「心地よい」ジャンルである。それと対照的に、イタリア戦線で戦死したあげく肥料やフィルターの材料として自国に「輸入」されてしまう兵士たちは、ウォーがまとめたようなメタフィクションの方法によって「常識」としての共通の認識以外の世界の見方を示され可視化されるまでは[10]、自国で共有される疑似現実から阻害されるどころか存在そのものを抹殺されていた存在として描かれている。

第一章では、「自分よりも貧しい」「黒人やメキシコ人やプア・ホワイト」(p.13)が下取りに持ち込む中古車に残された痕跡を介して彼らマイノリティーの生活を見るのに耐えられなくなってムーチョが転職したという経緯(pp.12-15)が語られる。このことは陰画として、そうならずに「うまくやって」いける多くのマジョリティーの鈍さと思考停止を映し出す。

白人と非白人、富裕層と貧困層の生活空間の棲み分けが著しいアメリカ合衆国において、郊外で安全かつ豊かな生活を送る白人中産階級は、スラムに住む多くは非白人の貧困層の人と交流する機会は少ない。しかしそれは、白人中産階級が自国の人種差別と無関係だということではない。国外に関しても、アメリカ人の多くが第三世界に足を踏み入れていないということは、そういった国あるいは地域が自分たちの日常とは関係ないということを意味しない。この小説が発表された当時のアメリカ合衆国では自分たちの「豊かな社会」(図4)の背後に、中南米諸国に対しての内政干渉と経済的収奪があること(図5)が、ヴェトナム戦争に先立つキューバ革命とキューバ危機によって意識され得るようになっていた。さらに、国民的「偉業」としての「開拓」における先住民の収奪や、アメリカ合衆国建設の過程における奴隷の労働力の搾取などが十九世紀という「過去」の出来事であるということも、それらが「現在」の「豊かな社会」の「日常」と関係がないということではない。

ピンチョンは第二次世界大戦を主な舞台とする『重力の虹』で、「過去」の様々な出来事――例えば、ホロコーストと違って語られることが希なジェノサイド（民族大虐殺）である、二十世紀初頭のドイツの植民地政策の下でのヘレロ族の虐殺――を扱っている。何故ならば、「現在」の直接の経験だけを描いていては現実は扱えないからである。このような、メディアを介して共有される疑似現実も含めて成立するという現実のありようは、メディアと交通の時代に生きる現在の我々が共通して抱えている問題である。

図4　作品の冒頭でエディパは、「タッパーウェア・パーティー（Tupperware party）」（p.9）から帰って来たところで遺産管財人に指名されたという通知を受け取っている。アメリカ合衆国で開発され戦後すぐに市場に導入されたプラスチック製密閉容器の販売促進のためのこのホームパーティーも「豊かな社会」の消費文化を象徴する。（Wikimedia Commons）

図5　砂糖や煙草と並んでグローバルな市場を前提にした商品作物の代表であるバナナの選別作業を行なう中米の小国ベリーズの労働者たち。今も中南米を始めとする第三世界のモノカルチャー化された農業資源と安価な労働力が、アメリカ合衆国を始めとする第一世界の資本の支配の下で「豊かな社会」の消費生活を支えている。（Wikimedia Commons）

2——「テクスト」としての都市／「世界」に「痕跡」を読む

この小説では、広義の「テクスト」を「読む」という行為が主人公の主な営みである。ここでは、「行動」を「読む」ことと対置し、後者を前者の代替行為であると見なすというナイーヴな二項対立自体が脱構築されている。

この小説テクストには頻繁に、まとまった分量の歌詞などの言葉の「引用」が挿入される。それは第二章での、社会体制からドロップアウトしたモーテルの若い管理人マイルズが口ずさんでいた「マイルズの歌」、少年時代のメッツガーが映画の中で歌っていた「ベイビー・アイガーの歌」、マイルズのバンドであるパラノイズが歌う「セレナーデ」の歌詞から始まる。続く第三章でエディパは、先述のようにトイレの壁にラッパの印を、カービーに「必ずWASTEを通じて」連絡をとってくださいという言葉で締めくくられる怪しげなメッセージと共に初めて見つけ、このメッセージと印をメモ帳に書き写しながら、「神聖文字のようだ」（p.52）と考える。古代エジプトの神聖文字（ヒエログリフ）（図6）は、この前の第二章と、ずっと先の第六章でも言及されている。第二章でエディパは、インヴェラリティーが作り上げたカリフォルニアの街の造りを、昔電池交換のために開けて目にしたトランジスター・ラジオの回路基板と重ね合わせ、「隠された意味についての神聖文字的な感覚」（p.24）を感じている。第六章でもトリステロの謎についての思考の中で神聖文字は街の造りと重ね合わされ、その背後には「超越的な意味」（p.181）があるという感覚が示される。つまり、エディパは街を「テクスト」として読み解き、そこに書かれた「神聖文字」の背後には「世界」についての超越的な、しかしそこには到達することが出来ない「真実」があると感じるようになっていくのである。

図6　ナポレオンがエジプト「遠征」に際してヨーロッパに持ち帰り、19世紀初頭にエジプトの神聖文字が解読される契機となったロゼッタ・ストーン(Rosetta Stone)。これを手がかりにして、当時まだ解読されていなかった古代エジプトの言葉が明らかにされた。(©Hans Hillewaert)

メタフィクションの先駆と見なされることが多い、『白鯨』(*Moby-Dick*, 1851)などを書いた十九世紀半ばのアメリカン・ルネッサンスの作家ハーマン・メルヴィル(Herman Melville, 1819-1891)や、アルゼンチン出身のラテン・アメリカ作家ボルヘス(Jorge Luis Borges, 1899-1986)にもこのような、「世界」を「テクスト」として読解し、あるいは書き尽くしたいという欲望と、その困難さあるいは不可能性へのおそれという、二律背反の自意識が見られる。『白鯨』では[11]、鯨の皮膚の傷が構成する「神聖文字的」な模様(第六十八章)や、語り手イシュマエルの友となり共に捕鯨船に乗り組む、王族に連なるポリネシア出身の銛打ちクィークェッグの全身に彫られた入れ墨(第一一〇章)などに、読み解かれるべき「世界」についての「真実」を書き込まれている「テクスト」というヴィジョンが示される。ボルヘスの短篇「バベルの図書館」("La biblioteca de Babel," 1941)では「世界」/「宇宙」の全てを既に収蔵している図書館というヴィジョンが描かれ、「アレフ」("El Aleph," 1945)では、イスラエルの建国前である本作の発表時には純然たる古典語であったヘブライ語の最初の文字であるが故に「宇宙」の起源についての秘教的な知を体現する「アレフ」を自宅の地下室に隠し持ち、それによって詩を書こうとする詩人が登場する。十九世紀に成立し「当たり前」になった西洋(型)近代市民社会の思考を体現するリアリズム文学とは異なった、しかしそれと平行して脈々と流れ続けるもう一つの文学の系譜がここにはある。

このような系譜の末裔として『競売ナンバー49の叫び』は、「テクスト」としての「世界」に関する欲望とおそれの二律背反にまつわるヴィジョンの幻想性をずらして、より実践的に、主人公がどのようにして自分の生きる「世界」という「テクスト」を読み解いていくのかという具体的な方法論を扱っている。そこで仕掛けとして導入されるのが、ジェイムズ朝時代の復讐劇という設定の架空の戯曲『使者の悲劇』のテクストの真正さを問いその諸版を校合（collate）するというエディパの営為である。(12)

3――戯曲『使者の悲劇』の諸版を校合するエディパ――編集文献学への接近

『使者の悲劇』は、前述のように第三章でエディパが「地下の郵便組織」のラッパの印を最初にトイレで目にして戻ってきて、郵便を政府が独占事業としていることが話題になったことに続くエピソードで初めて登場する。遺産執行のための必要書類待ちで手が空いたエディパとメッツガーはドライブに行き、マイルズのバンドが若い女たちと共に勝手に別の車で付いて来る。そのドライブで前述のアメリカ兵の遺骨の「輸入」が話題になった際に女たちの一人が、この話が最近観にいった病的な劇に似ているという感想を述べ、それに呼応してマイルズが『使者の悲劇』という題名を口にする（p.63）。エディパはこの話に反応して、メッツガーと共にその公演を観に行く。そこではこの演劇の内容が幕ごとに詳述され、エディパは第四幕の終わりの台詞に「トリステロ」の語を発見する。

第三章を締めくくるこの架空の演劇の叙述には、それがどのように上演＝解釈されたかと、この上演の底本（base text）としてどの版が使われたかが書き込まれている。地元の劇団タンク・プレイヤーズの演出家ランドルフ・ドリブレットは、この戯曲を書いたリチャード・ウォーフィンガーのテクストへの忠実さは重視していない。このことは彼が劇作家を、批評理論家ロラン・バルトが批判したような、「権威（authority）」を以て「作品（仏：œuvre／英：work）」を支配する「作者（仏：auteur／英：author）」、すなわち、「何らかの種類の神学において唯一の意味を発する」「作者＝神」（Barthes p.67）として扱ってはいないことを示している。だからこそ彼は、台本にはペイパーバック版のアンソロジー『ジェイムズ朝復讐劇』のコピーを使い（p.78）、そこに独自の言葉を付け加えもしている（pp.78-79）一方で、衣装に関しては注意を払っている（p.77）のである。このような方針は演出家の無頓着さや怠慢によるものではない。ドリブレットはエディパとの対話で、ジェイムズ朝に先行するエリザベス朝の演劇を代表するシェイクスピアの『ハムレット』の一節を引用しながら、エディパの態度がピューリタン的に偏狭だと言っている（p.79）。エリザベス朝やジェイムズ朝の演劇は、『ハムレット』のストーリーがデンマークあるいは北欧の伝説を基にしたものであることが示すように、バルトが一義的に念頭に置いていたと思われる十九世紀市民社会の「作者」が「オリジナリティー」を「権威」の源泉として支配していた「作品」ではなかった。ドリブレットは演劇の言葉を、劇作家という「起源」に帰属するのではなく、上演のたびごとに演出家や役者らによって解釈しなおされ「生命」を与えられるべきものだという立場を採っている。対照的にエディパは、トリステロ探求のために『使者の悲劇』を追っているという目的の違いもあり、後の様々な改変などに汚損（contaminate）されていない「起源」としてのテクストを求めている。エディパとドリブレットの違いは、「もの」として具体的に目の前にあるテクストの背後に「正しい」テクストという「真実」を求めるのか、そのような「起源」を相対化しているかにある。ここでは、通常はその関心と行為が相対化されることはない物語世界の「中心」としての主人公であるエディパの、トリステロに関する「真実」探求の営為が相対化されている。

続く第四章でエディパは様々な版を比較検討した後（p.90）、諸版での「トリステロ」の語の異同についての注釈を第五章の冒頭で読み、学術版の編者エモリー・ボルツ教授の存在を知る（pp.102-103）。そして彼女はボルツ教授の所属校として示されていたカリフォルニア大学バークレー校にコンタクトを取り、よりエディパの近隣にある大学に移籍していることを知り、最終章でエディパは自宅にボルツ教授を訪れている。

ボルツ教授は、トリステロに関する真実そのものをエディパに開示しこの小説の「結論」を保証する「権威」ではなく、彼女が方法論を実践するための助力者である。そもそも彼は文学テクストの研究者であり、トリステロの歴史そのものについての権威ではない。最終章での『使者の悲劇』とトリステロについての二人のやりとりは、碩学による「真理」の一方的な開示ではなく双方向的な対話の体を成している。

専門の文学研究者は、版ごとのテクストの文言の異同という問題と、そのような諸版を比較検討して「本当のテクスト」に近づくという方法に馴染んでいる。専門家でないエディパは、トリステロおよびその背後に垣間見える、自分がこれまで「世界」そのものだと思っていたものは「フェイク」、あるいは「世界」のありよう全体の偏ったほんの一部に過ぎなかったのかも知れないという、「世界」に関する知にまつわる危機に対応するためにそのような、文学研究の中でも専門性の高い文献学（philology）の方法論を同様に実践しているのである。

本書の執筆者たちの多くが長年に渡って携わっている編集文献学（textual scholarship）もそのような文献学の系譜に連なっている。この学問は、文学研究の基礎となる「本当のテクスト」を見いだすための科学的な方法論を模索するものである。そこでは、具体的な「もの」として形を取っている草稿や異本（variant）にある言葉という「痕跡」が重要な手がかりになる。エディパのトリステロ探求も同様に、具体的な物質性を持った「もの」を手がかりにして進められる。ここでの「もの」とは、作り手など特定の人間主体の意図によって統御しきれないという意味での「他者」である。彼女の探求の発端はドリブレットが見せてくれた、紫色に変色してコーヒーの染みまで付いた(p.78)頼りなげな青焼きコピーの台本である。このコピーの元となる本は公演初日のパーティーでいつものように誰かに勝手に持って行かれており、ドリブレットはその本の書誌情報はおろか出版社名さえ覚えておらず、手がかりは表紙の絵にある髑髏と、それを買った古書店の所在地と名前だけであった(p.78)。エディパは、通常は本質的ではないとされる、書物の「もの」としての視覚的、物理的な体裁に依拠してトリステロについての探求を進め、第四章でドリブレットが使ったのと同じ版を簡単に入手することが出来る。これは偶然ではなく、物理的にペイパーバック版のアンソロジーという形態で刊行されていたため、残っている部数が多かったためであろう。

その本をモーテルに持ち帰り「トリステロ」の語を探す過程でエディパは、学生が書いたと思われる異本についての鉛筆書きのメモを見つける。これを書いた人の意図は、このメモがエディパにとって持つ意義とは異なったものであったはずである。しかし、「もの」は特定の主体の意図の範囲を超えて残り、それに向かい合う者の必要と問題意識に応える可能性を内包している。このメモは異本を探索するという行動の指針をエディパに提供する。続けて彼女が著作権のページを見てみると、このペイパーバック版の元になっている、異なる題名の下に教科書として刊行された(従って題名を基にして図書館の参考室——今ならインターネットの検索エンジンを使うだろうが——などで検索しても見つけられない)ハードカバー版についての書誌情報が示されている。そこでエディパはこのハードカバー版を探し、第五章の始めで、ハードカバー版の文言をペイパーバック版が忠実に再現しているわけではないだけではなく、様々な異本の間には一筋縄ではいかない関係があることを発見する。『使者の悲劇』の中の「トリステロ」の語は諸版の間でどのような異同を示しているかについての探索という形でトリステロ自体の存在を探索するというエディパの営みは、「本当のテクスト」が本当に存在しているのか、それに到達することが出来るのかについての編集文献学の営みの相関物となっている。

ドリブレットが公演の台本として使った青焼きコピーは、上演のためのツールという彼の本来の意図とは関係なしに、『使者の悲劇』に「トリステロ」の語があることをエディパが知るきっかけになる。そしてその元となった、大量に印刷されたペイパーバック版がエディパに次の手がかりを与えている。古本という「もの」として残っていたからこそ、エディパはこの版のペイパーバックを手に入れられた。同様に、そのさらに元のハードカバー版を入手出来たのも、この版が出版社の所在地の隣町の倉庫に「もの」として保存されていた、というより出版者の意図とは裏腹に不良在庫になっていたからである。この小説において「言葉」は、「もの」を媒介にして個々の人間の意図を超える。そのことは、「強い個人」の自律性を絶対視する「近代」の思考の基盤となる、「主体（subject）」が自分の使う言葉を支配し制御しきることが出来るし、またそうすべきでもあるという言語観を問い直す、ポストモダニズムの試みに連なってくる。

「もの」の物質性に支えられてそれ自体が自律性を獲得した「言葉」は、メディアを統御する権力を持つ者も含めた「主体」の意思によっては統御しきれない。だからこそこの小説の、人々が「世界」にアクセスしそれを知覚する方法の一元的管理への不服従というヴィジョンは、「もの」に残された痕跡を追い求めるという形を取るのである。

おわりに——インターネットと陰謀史観

『競売ナンバー49の叫び』で郵便組織に着目しながら示されたような、情報の一元的な独占による支配の問題は、インターネットの普及によって終わりを告げるはずであったし、インターネット黎明期にはそのような言説も飛び

図7　自分の気に食わない選挙結果はフェイクに決まっていると信じて、落選したトランプ元大統領の演説を聴く支持者たち。このSNS好きの「カリスマ」の言葉に乗って、彼らは暴徒化しアメリカ合衆国連邦議会の議事堂を襲った。(Wikimedia Commons)

交っていた。この小説が刊行された反体制的な気運が強かった六〇年代には、このようなポストモダニズム的な「自己解体するフィクション」であることによりもたらされる留保の意識は潜在的なものにとどまっていたように思われる。しかし、この小説のストーリーの前提であった、権力が情報を独占しているという条件そのものがインターネットの普及と宅配便などの小口運送業への民間業者の参入によってとりあえず崩された現在では、「裏の郵便組織」が表の郵便組織と対抗し管理社会をかいくぐってきたというヴィジョンがもたらす開放感を相対化することの必要性が顕在化している。自分たちが見ている、あるいは見せられている世界像はフェイクかも知れないというヴィジョンは容易に、ドナルド・トランプの落選後も一向に勢いが衰えない陰謀論（図7）に容易に絡め取られる。

陰謀論そのものは偽書『シオンの賢者の議定書』などに表れたユダヤ人陰謀説など、昔からはびこっていた。しかしインターネットの普及に伴い、その広がりは質的な違いを持つようになっている。インターネットで必須のツールであるグーグルなどの検索エンジンは、個々の利用者の関心や好みに応じたサイトを検索結果の上位に示すようにアルゴリズムが組まれている。その結果ユーザーは自分の好みの情報ばかりを目にするようになり、自分の意見と対立する「不快な」サイトは膨大な数のウェブサイトの中に埋もれ、存在しないのと同じことになる。自分にとって都合が悪い情報はそもそも目に入らなくなり、逆にそのような情報をでっち上げあるいはフェイク・ニュースだと決めつけるメッセージやサイトが集まってくる。そのようなフィルターをくぐり抜けてなおも見えてくる気に入らない意見はブロックしてしまえる。このような、自分の好みの「世界」のありようを言い張った者勝ちの状況において「共有される疑似現実」は、イーライ・パリサーが「フィルター・バブル（filter bubble）」と呼ぶ、同質な者たちだけが群れ、都合の悪いことや見たくないことは全て陰謀のせいだという意見に同意し合って安心する場に変質する。メディアを「支配」する権力だけでなく、フィルター・バブルをカスタマイズする個々の人間＝消費者の好みも、人間がアクセスし知覚する「世界」のありようを統制／統御する。現代においてフェイクは、不快な現実が社会的に共有されるのを妨げたり、それを共有しない場に引きこもったりすることによっても成立する。

エディパのトリステロ探求が本格化する第三章の冒頭では、作品世界の外側に属するが故に多くの場合その存在そのものが意識されない三人称の語り手が前面に出てきて、それまでのエディパの状況を、童話や民話やディズニー映画などに出てくる囚われの姫を想起させる、塔の中での幽閉状態という図像（p.44）によって捉えている。しかし「王子様」は「囚われの姫」エディパを救出しに来てはくれない(13)。同行しているメッツガーは特に助けになっていないし、ムーチョに至っては第五章の最後で乱入してきてドタバタを引き起こし事態を訳の分からない状態にしてしまう。ボルツ教授が「真理」そのものを教示するす権威ではなく方法論についての助力者であることが示すように、幽閉状態を克服するのはあくまでも囚われた者自身でなければならない。

自分が見慣れた「世界」は何らかの権力によって我々にあてがわれたものかも知れないと疑いもしないのは、最も効率的に支配された者の隷属である。権力が隠している「世界」の真のありようを知る自分の「卓見」が不当に疎外され「弾圧」されているとルサンチマンむき出しでフィルター・バブルに引きこもるのは、自分の好き嫌いを超えて世界を異質な他者と共有する責任からの逃避である。エディパはこの二律背反に対して、陰謀、あるいは特定の「主観／主体」が統御しきれないという意味での「他者」である「もの」が保持する痕跡を読み解くことによって対峙している。

ICTにより行き交う電子データは、著作権の持ち主やウェブサイトの運営者などが痕跡も残さず「効率的」に統御出来る。対照的に「もの」が保持する情報は、痕跡という形をしばしば取りながら、人間主体の意図を超えて残る可能性を持っている。しかしそのような痕跡を保持する「もの」は、それだけではフェイクに対抗するには充分ではなく、そこに残された痕跡を見いだす人間の営為が必要になる。そうでなければ、トリステロの痕跡を追うエディパの行動は必要ない。

リアリズムは当初、その語源（ラテン語のres＝もの）が示すように、啓蒙主義的合理主義がもたらした十九世紀の知の一つの理想型であった、もっぱら「もの」を対象とする自然科学的な知のありようを指向した。しかしそれは、人間は「もの」に意味と解釈を付与しないでは係われないというジレンマには自覚的でなかった。一世紀に渡ってこの問題を見いだし取り組み続ける過程で文学は次のステップに踏み出す。それは二十世紀初頭の文学研究／批評での「言語論的転回（linguistic turn）」と呼ばれる、言葉は客観的に存在する事物を過不足なく写し出す「透明な媒体」ではなく、混沌としての「世界」を人間が何とか捉えようとする試行錯誤のすべてであるという言語観の変化と呼応する。言葉によって世界の中に生きるものとしての人間を扱うメタフィクションあるいはポストモダニズム文学もそのような文学の系譜に連なっており、編集文献学も近年、「もの」の解釈に関して同様の問題に行き当たっている。[14]『競売ナンバー49の叫び』において「もの」は、特定の主体の意図に従属していないが故に、世界を異質な他者と共有する可能性を拓く。ここで「もの」に対する人間の営為の問題を回避しようとすることは、誤りをもたらす虞のある恣意性を退けることにはつながらず、ウォーが問題にした「常識」が強制する単一の世界像による支配の事実上の追認になる。

近代の内側でマジョリティーであることに安住せず、自分の好き嫌いを絶対視しないで外部の異質な他者と世界を共有しようとすると、「権力」にせよ自分の「卓見」を称賛してくれる「分かってる人たち」にせよ、自分が思う「世界」のありようを何者も「正解」として保証してはくれなくなる。「常識」として保証してもらった単一の世界像の内側で「うまくやって」きた「真面目」な近代的主体はそれに伴う、自分がやってきたことの意味と正当性の根拠となる「結論」としての結末があるか否かが分からず自分がやっていることが「無駄」や誤りということになるかも知れないリスクから逃避する。そして、異質な他者とも共有する現実世界という意味での社会における、自律した一員としての応分の負担を免れようとする。対照的にエディパは、トリステロが開示する世界が真実であって欲しいと思う理由は実は特にないにもかかわらず、トリステロの探求という「無駄」かも知れない試みによって自分の閉じた世界の外部に向かおうとしている。そして読者も彼女の「成功」を必要条件とせず、その過程自体について読むことに価値を見出してきた。『競売ナンバー49の叫び』は、バルトが「作者」と呼んで批判したものの「権威」が結末すなわち結論という形で保証してくれる「正解」に思考を先送りし譲り渡してしまわない、新たな「物語」のありようの探求なのである。

注

（1）本章では『競売ナンバー49の叫び』の初版を底本とし、ページ番号はこの版のものを丸括弧に入れて本文中に示す。

(2) 現代では「主体」としての人間を表す"subject"の語は、「下」を表す接頭辞"sub-"と、「投げる」を表す語根"-ject"によって成るものであり、元々は、圧倒的な存在である一神教の神(およびその力を代行すべく授けられたとされる君主)の下に投げ出された卑小な存在としての人間を表すものであった。それが、啓蒙主義的合理主義がもたらす近代の人間中心主義により、唯一神が空位となった後の宇宙と世界の頂点に人間が繰り上がったため、「下に投げ出された」ものが最も上位に位置付けられるという、語源とは反対の意味を持つようになった。このような人間中心主義は、一神教の神が「一」であるのに対し人間は「多」であることによる構造的矛盾を隠蔽しながら、啓蒙主義的合理主義の下で一神教的世界観を密かに存続させるものでもある。

(3)『名作あらすじ事典――西洋文学編』、および国ごとに分割して刊行された『知っておきたいアメリカ文学』。

(4) ここで大麻が象徴するドラッグ・カルチャーは、六〇年代のカウンター・カルチャーの一環である。

(5) アメリカ合衆国でフェデックスが営業を開始したのは一九七三年であり("History")、日本で大和運輸が一般消費者向けの小口の「宅急便」のサービスを開始したのは一九七六年のことである(「沿革」)。

(6) "reality"あるいは"real"という語はラテン語で「もの」を表す"res"を語源としている。このことは、"reality"あるいは"real"という概念が「現実」を、「もの」という形を取って表われ把握された、あるいはそれによって把握される限りにおいてのという、明確な定義と指標を持った概念であることを示している。

(7) "common sense"という言葉は日本語では通常「常識」という訳語を当てられるが、英語そのものの意味としては「共通する(common)」感覚という意味を持つ。

(8) 本章では「メタフィクション」と「ポストモダニズム文学」を大まかに、ほぼ同じものを意味する用語として使っていく。「メタフィクション」は「フィクションに関するフィクション」という説明をされることが多いが、それだけだと、フィクションあるいは狭義の文学の内側にこもる退嬰的な文学ジャンルという感が強くなってしまう。筆者はこれを、自分が生きる世界を捉えるためにどうしても言葉を使わざるを得ず、リオタールが批判した「大きな物語」の一形態である「開拓」など広義のフィクションを作り出したり依拠したりすらして生きるものとしての人間を扱うフィクションの一形態と捉えている。

（9）「メタフィクション」、および「小説（novel）」という近代のジャンルそのものが抱える問題に関しては、本書に収録された滝本佳容子の『ドン・キホーテ』論、井出新のフィクションの誕生に関する論考、高畑悠介の『ペスト』論も参照されたい。

（10）我々は自分の生きる狭い世界の中で規定された「常識」から外れていたり、それを揺るがせたりする現実を認識しようとしない。そのため多くの重要な現実が「不可視化」されている。

（11）『名作あらすじ事典――西洋文学編』および『知っておきたいアメリカ文学』で筆者が担当した『白鯨』の項、特にその「読みどころ」についての記述も参照されたい。

（12）この「校合」、およびこの後に出てくる「底本」、「汚損」、「異本」は編集文献学の用語である。

（13）このような、童話や民話に繰り返し登場し、ディズニー映画のアダプテーションと再解釈によって流布され、コンピューターゲームのスーパーマリオシリーズにおけるピーチ姫の救出などにも継承されているイメジャリーが我々の思考にもたらす男性中心主義に関しては、若桑みどりが一般読者向けにまとめた『お姫様とジェンダー』の第二章「プリンセス・ストーリーとジェンダー」が分かりやすい。

（14）この問題に関しては例えば明星聖子「テクストとは何か――カフカの遺稿」、特にその第三節から第五節を参照されたい。

引用文献

青木和夫編『名作あらすじ事典――西洋文学編』（明治書院、二〇〇六年）
「沿革」『ヤマト運輸』（https://www.kuronekoyamato.co.jp/ytc/corporate/history.html。二〇二〇年九月十二日閲覧）
丹治めぐみ、佐々木真理、中谷崇『知っておきたいアメリカ文学』（明治書院、二〇一〇年）
明星聖子「テクストとは何か――カフカの遺稿」（『テクストとは何か――編集文献学入門』明星聖子、納富信留編、慶應義塾大学出版会、二〇一五年）二二一―二四四頁
若桑みどり『お姫様とジェンダー――アニメで学ぶ男と女のジェンダー学入門』（ちくま新書、筑摩書房、二〇〇三年）

Anderson, Benedict. *Imagined Communities: Reflections on the Origin and Spread of Nationalism.* 1983. Rev. Ed. Verso, 2006（邦訳：ベネディクト・アンダーソン『定本 想像の共同体――ナショナリズムの起源と流行』白石隆、白石さや訳、書籍工房早山、二〇〇七年など）

Barthes, Roland. "La mort de l'auteur." 1968. *Le bruissement de la langue: Essais critique IV.* Éditions du Seuil, 1984, pp.63-69（邦訳：ロラン・バルト「作者の死」『物語の構造分析』花輪光訳、みすず書房、一九七九年、七九―八九頁）

"History." *FedEx*, http://www.fedex.com/sc/about/company-info/history.html. Accessed 12 Sept. 2020

Kermode, Frank. *The Sense of an Ending: Studies in the Theory of Fiction.* 1966. Oxford UP, 1968（邦訳：フランク・カーモード『終りの意識――虚構理論の研究』岡本靖正訳、国文社、一九九一年）

Lotman（Лотман）, Iu.（Ю.）M.（M.）*Struktura Khudozhestvennogo Teksta*（*Структура Художественного Текста*）. Brown U Slavic Reprint IX, Brown UP, 1971（邦訳：ユーリー・M・ロトマン「芸術テキストの構造」『文学理論と構造主義――テキストへの記号論的アプローチ』磯谷孝訳、勁草書房、一九七八年、五三―三四八頁）

Lyotard, Jean-François. *La condition postmoderne: Rapport sur le savoir.* 1979. Les Éditions de Minuit, 2009（邦訳：ジャン＝フランソワ・リオタール『ポスト・モダンの条件――知・社会・言語ゲーム』小林康夫訳、水声社、一九八六年）

Melville, Herman. *Moby-Dick, or, The Whale.* Edited by Harrison Hayford, Hershel Parker, and G. Thomas Tanselle. 1851. Northwestern UP and the Newberry Library, 1988（邦訳：ハーマン・メルヴィル『白鯨　モービィ・ディック』上、下、千石英世訳、講談社文芸文庫、講談社、二〇〇〇年など）

Pariser, Eli. *The Filter Bubble: What the Internet Is Hiding from You.* Penguin, 2011（邦訳：イーライ・パリサー『フィルターバブル――インターネットが隠していること』井口耕二訳、ハヤカワ文庫NF、二〇一六年など）

Pynchon, Thomas. *The Crying of Lot 49*. J. B. Lippincott, 1966（邦訳：トマス・ピンチョン『競売ナンバー49の叫び』佐藤良明訳、新潮社、二〇一一年など）

Waugh, Patricia. *Metafiction: The Theory and Practice of Self-Conscious Fiction.* Routledge, 1984(邦訳：パトリシア・ウォー『メタフィクション――自意識のフィクションの理論と実際』結城英雄訳、泰流社、一九八六年）

北島玲子……KITAJIMA Reiko

[第11章] 捏造されたホロコースト回想録[1]

――ビンヤミン・ヴィルコミルスキーの『断片』をめぐって

1――ヴィルコミルスキー事件

一九九五年十月、ビンヤミン・ヴィルコミルスキー著『断片――幼少時の記憶一九三九年から一九四八年』(以下『断片』と表記)が出版された。ラトビアの首都リガのゲットーで生まれたユダヤ人の子供が、一九四三年頃からマイダネク収容所、アウシュヴィッツ=ビルケナウとおぼしき収容所[2]で暮らし、生き延びた記録である。両親も兄たちも失った彼は戦後、ポーランドのクラクフの児童養護施設で過ごしたのち、スイスの施設に送られ、やがてスイス人夫妻の養子となる。幼児期の断片的な記憶と、そのトラウマに苦しむ少年時代の回想からなるこの「自伝」は、出版されるや評判となり、十数カ国語に翻訳され(日本語訳一九九七年出版、小西悟訳、大月書店)、アメリカ全米

図1　ヴィルコミルスキー『断片』表紙

ユダヤ書籍賞（自伝回想録部門）などいくつかの賞を与えられる。多くの読者からの手紙のなかには、マイダネク収容所で一緒だったという女性[3]からのものもあり、二人の感動的な再会がメディアを賑わせもした。出版後ヴィルコミルスキーはヨーロッパ各地、アメリカ、イスラエルで朗読会や講演を行い、自分と同じく出自の不明に苦しむ子供のための活動にも参加する。

しかし一九九八年八月、スイスの『ヴェルトヴォッヘ』紙に作家ダーニエル・ガンツフリートが暴露記事を掲載した。それによるとヴィルコミルスキーは、ユダヤ人でもなければホロコーストの生存者でもなく、一九四一年にスイスのビール近郊で生まれたブルーノ・グロスジャン。未婚の母に手放された彼は、養子先や児童施設を転々としたあと、四歳で医者のデセカー家に引き取られ、現在の名前はブルーノ・デセカー。アウシュヴィッツにもマイダネクにも旅行者として訪れたにすぎない。

ヴィルコミルスキー（以下においてもこの名前を使う）の回想録をズーアカンプ社のユダヤ出版部に推薦したエージェントが、歴史家シュテファン・メヒラーに事実確認を依頼した。メヒラーはヴィルコミルスキー本人も含めた多くの関係者から話を聞き、綿密な調査を行い、ヴィルコミルスキーがブルーノ・グロスジャンであることは確実だとの結論を出した。その結果をうけて一九九九年に『断片』は絶版、文学賞も剥奪される。二〇〇二年には実父とのＤＮＡ鑑定が行われ、親子関係が実証される。ただし詐欺罪として告発された裁判では、詐欺の意図はなかったとして無罪であった。これが虚偽のホロコースト証言として有名になったヴィルコミルスキー事件である。

2——出版までの経緯

不安定な幼少時代を送ったとはいえ、チューリヒの裕福な養子先の家庭で育ち、クラリネット奏者・教師として暮らしていたスイス人が、なぜ偽のホロコースト体験を書くにいたったのか、その経緯を確認しておく(4)。

ヴィルコミルスキーはギムナージウム時代にユダヤ人教師の影響を受けて歴史に興味をもち、ユダヤ文化やユダヤ人問題に関心を寄せるようになったという。両親の意向で選んだ医学の勉強をやめたあと、クラリネットを習うとともにユダヤの歴史研究を続け、やがて自分をユダヤ人だと称するようになる。一九六〇年代の終わりにはポーランドの音楽一家ヴィルコミルスキー家の出身だと主張し、何度かポーランドを訪れる。一九七九年にイスラエル出身の心理学者エリツール・ベルンシュタインと出会ったヴィルコミルスキーは、自分が強制収容所にいたことがあるのではないかとの思いを次第に強め、一九八二年にイスラエルに戻ったベルンシュタインのすすめで「過去」をめぐる旅に出る。イスラエルのゲットー抵抗者博物館を訪ね、その後ベルンシュタインらとともにリガ、マイダネク、アウシュヴィッツ、クラクフにも足を伸ばす。一九九二年にはセラピストのモーニカ・マッタを紹介され、彼女とのやりとりのなかで過去を「思い出し」、それを書き留める。最初は出版するつもりはなかったが、ベルンシュタインらのすすめで一九九四年一月、文学エージェント、エーファ・コラルニックに原稿を渡す。彼女のところにはショアーの生存者の回想録が多数送られてきていたが、そのほとんどは彼女にとって出版に値しないものだった。しかしヴィルコミルスキーの回想録に感銘を受けた彼女は、すぐさま名門出版社ズーアカンプに打診し、出版が決められた。タイトルは変更されたが、手直しはほとんどなかったという。

しかし出版直前にズーアカンプ社は、『新チューリッヒ新聞』の元文芸欄部長から「本物」の証言なのかを確かめるよう警告を受ける。エージェントのコラルニックは、ビンヤミン・ヴィルコミルスキーであることを裏づける書類を出すようヴィルコミルスキーに要求するとともに、ヴィルコミルスキーの周囲の人たちのみならず、イスラエルに赴いて関係者からも話を聞く。(5) 彼らはヴィルコミルスキーの話は本当だと太鼓判を押したので、出版社は「あとがき」を付け、ヴィルコミルスキーであることが法的には証明できない事情——彼はいわゆる「戸籍なき子供」で、現在の戸籍はスイスで与えられた第二の戸籍であり、本当のアイデンティティは証明できない——を説明することを条件に出版を決断する。かくして一九九五年十月、この問題作は出版される。

保護者が何度も変わり、ときには精神の不安定な養母のもとでトラウマになるような辛い経験も味わったヴィルコミルスキーは、デセカー家の養子になってからは、過去のことは忘れるようといわれて育ったという。家庭にも学校にもなじめず疎外感を覚えていた彼が、思い出すことを禁じられていた記憶の断片から自分の過去を再構成するために選んだ物語が、強制収容所を生き延びたユダヤ人の子供という物語だったわけである。しかしこうして『断片』の成立過程をたどってみると、この虚偽の記憶は彼がひとりでつくり出したのではなく、いわば共同作業によって生み出されたことがわかるであろう。

そのさい大きな役割を果たしたのが、一九八〇年代以降、一種の流行ともなっていた心理療法である。彼は友人の心理学者ベルンシュタインや心理セラピストの助けを借りて、抑圧されていた辛い過去を思い出し、真のアイデンティティを見出した(と思い込んだ)のである。こうした治療がトラウマからの解放をもたらす一方で、記憶の捏造を生み出すことがあることも知られている。ヴィルコミルスキーの件は、そうした病理学的な事例の典型であるともいえる。

とはいえヴィルコミルスキーの語った虚偽の記憶は、病理学的な一症例として片づけられる問題でもない。幼児期の抑圧されていた記憶のために、なぜヴィルコミルスキーは強制収容所を生き延びたユダヤ人の子供という物語を選んだのか、あるいは、そもそもユダヤ人ともホロコーストとも関係のないヴィルコミルスキーが、ホロコースト研究者の賞賛をも得るような書物[6]を書くことができたのはなぜかという疑問が出てくる。その問に答えるためには、ホロコースト証言をめぐる一九九〇年代の状況に触れておかなくてはならない。

3――ホロコースト証言をめぐる状況

戦後まもなく出版されたヴィクトーア・フランクルの『夜と霧』（一九四六年）、プリーモ・レーヴィの『これが人間か』（一九四七年、邦訳タイトル『アウシュヴィッツは終わらない』）などを皮切りに、強制収容所での体験については多くの書物が書かれ、いまでも読み継がれている。しかしそれらの証言はいわば個別的な営為であり、ホロコーストの証言そのものにスポットがあたるきっかけとなったのは、一九六一年にエルサレムで開かれたアイヒマン裁判である。世界中から注目されたこの裁判では、百名以上の生存者がはじめて法廷で証言を行った。ちなみにメヒラーによれば、この裁判からほどなくしてヴィルコミルスキーは、自分をユダヤ人だと主張し始める[7]。一九六三年から六五年にかけてのアウシュヴィッツ裁判は、ドイツがナチスの罪をはじめてみずから裁いたという点で画期的であり、それまで経済復興に汲きゅうとしていたドイツにおいて、不十分ながらホロコーストへの認識が共有され始める。一九六八年に世界各地で起こった学生運動は、既存の体制への異議申し立てであり、これを機にドイツにおいては、父親世代のナチス時代の責任を追及する機運が高まり、ナチズムの過去との対決が国家としてのドイツに課せられた課題として自覚されるようになる。一九八五年のドイツ敗戦記念日におけるヴァィツゼッカー大統領の有名な演説において、「想起」の重要性が強調されことが象徴的であるように、一九八〇年代のドイツにおいてもホロコーストの記憶を残す作業が加速し、記念碑などの設置も増加してゆく。二〇〇五年に完成したベルリンのホロコースト記念碑建設の議論が始まるのは一九八八年である。

一九九〇年代になると、ホロコーストの生存者がいなくなるという危機感も手伝って、オーラル・ヒストリーを中心とする証言の収集がますます盛んになる。フランスのクロード・ランズマンは一九九四年、証言だけで構成された映画『ショアー』を公開した。アメリカの映画監督スティーヴンソン・スピルバーグ[8]が「ショアー生存者プログラム」を立ち上げたのも一九九四年で、ここに集められた五万三〇〇〇件を含め、これまでにさまざまな機関で一〇万件を超える証言が得られたという[9]。またこの時期には、ドイツ以外のヨーロッパ各国もナチスの協力者としての側面をもっていたことが次第にあきらかとなり、ホロコーストの記憶の共有という課題は、被害者が多く移り住んだイスラエルやアメリカ、そして加害国ドイツだけではなく、いわば世界規模への広がりを見せる。中立国であってナチズムとは無関係であるという立場をとっていたスイスとても例外ではなかった。おりしも一九九五年五月、ナチス時代にスイスがユダヤ人難民の入国を拒絶したことをスイスの大統領が公式に謝罪した。また同じころ、ナチス時代に預けられていたユダヤ人の資産をスイスの銀行が保持したままであることが発覚してスキャンダルとなった。

つまり『断片』が出版されたとき、ホロコーストをめぐる記憶は単なる個人的な記憶ではなく、直接の被害者およびび加害国ドイツのみならず、世界が共有するべき集合的・文化的な記憶として重要な位置づけを与えられるようになっていた。良くも悪くもホロコースト証言は、ある種の特権的な地位を獲得していたのである。

ヴィルコミルスキーは出版社から要請された「あとがき」で、いわばみずからの手のうちを語ってみせている。それによると彼は長年にわたって研究作業を続け、関係する場所を訪れ、専門家や歴史家の助けを借りながら、説明のできない記憶の意味を解読し、人物や場所を特定し、歴史的な過程のなかに自分の個人史を位置づけることができたという。[10] じっさい彼はホロコーストに関する書物や関連文書、また写真などの視覚資料を大量に集めていた。『断片』を書くにあたってヴィルコミルスキーが直接影響を受けたと思われる具体的な書物も指摘されている。彼は既存の証言から得た知見やイメージを直接その場に行って検証し、関係者と会話を重ねながらみずからの断片的な記憶と関連づけ、強制収容所生存者の物語を自分の記憶として語ることができたのである。ホロコースト生存者の記憶が集合的な記憶として共有され、そうした証言の重要性が広く認知されていたからこそ、ホロコーストをじっさいに経験したことのない者が、犠牲者としての苦しみをみずから経験したかのように思い込み（あるいはみずから経験したことにしたいと願い）、他者の記憶の堆積から犠牲者としての過去を構成し、おのれの承認要求を満たすことができたのである。ホロコーストの歴史が神聖化されると同時に通俗化することによって、ホロコーストの記憶は捏造可能になった。

4――フェイクとフィクション

ヴィルコミルスキーの『断片』については、ホロコースト証言そのものの信憑性を揺るがし、いわゆる歴史修正主義者たち（ホロコーストそのものが捏造であると主張する人たち）を勢いづかせる口実を与えるといって批判する人もいる。しかしながら、こうした批判はある意味では的外れであろう。『断片』は虚偽の回想録ではあっても、あきらかに歴史的事実に反するようなことを捏造しているわけではないからである。だからこそ捏造疑惑が出たあとも、ここで書かれていることは書き手の経験に基づいてはいなくとも、真実の記録であると擁護する人たちが、ホロコースト生存者のなかにもいたのである。(11)

これは、この回想録をフィクションとして読むことができるのかという問題に置き換えることもできるであろう。ヴィルコミルスキー自身、疑惑にたいする弁明として、これを「文学」と取るか、「個人のドキュメント」と取るかはつねに読者の自由に委ねられていたと述べている。(12)この言い分は、「事件」の釈明としては説得力に欠けるだろう。『断片』はホロコースト生存者の、しかも幼い子供の生存者の回想録であったからこそ出版されたという点はさておくとしても、あきらかに『断片』は文学的フィクションとしての自伝ではなく、実際の体験に基づく自伝として受容され、しかもヴィルコミルスキー自身ホロコーストの被害者として振る舞ったからである。自伝の形をとった文学的フィクションとは異なり、通常の回想録や自伝は作者と語り手「私」が同一であることが暗黙の前提とされている。そうした了解のもとで広く読まれていながら、作者と語り手「私」が実は同一ではなかったとなれば一種の契約違反であり、そうした意味で『断片』には「フェイク」と呼ばれても仕方がない側面があるといえる。

しかしながらノン・フィクションとみなされる回想録や自伝と文学的フィクションを厳密に分けて考えることの妥当性は必ずしも自明ではない。記憶とはそもそもフィクショナルなものだからである。過去の出来事を起こったとおりに思い出すことは不可能であり、記憶は特定の関心や、無意識の願望によって事後的に構成されるものである。それゆえ同じ出来事についての証言であっても、回想時の意識の違いによって選択されるエピソードも異なり、意味づけの仕方も変化する。意識しないままに誤った記憶が形成されることもある。記憶に基づいて語られたこと、文字として定着されたものが、実際の経験の再現としてどの程度の信憑性をもちうるのか、何をもって体験の真正な証言といえるのかは繰り返し問われるべき、にもかかわらず答えを出すことがむずかしい問題である。

回想録や自伝といえどもフィクションなしには成立しないし、重要なことが隠蔽されたり、事実とは異なることが書かれていることも珍しくない一方で、自伝形式の文学的フィクションに作者自身の体験が反映されているのはごく普通のことである。『断片』にしても、書かれていることのすべてが事実に基づいていないわけではなく、作者の実経験とフィクションとがないまぜになっている。しかしながら強制収容所での体験が作者自身のものでなかったことがわかると、『断片』の評価は賞賛から非難へと一変する。これをジャンルの問題、つまり自伝における読者との暗黙の了解（作者＝語り手＝主人公）が破られたことへの批判と説明するだけではすまないことはあきらかである。そもそも他者の苦しみを自分が味わったものであるかのように描くことに対しては、倫理的な反発が起きても不思議ではないが、ここでの問題はもちろんそれだけではない。『断片』において決定的だったのは、「ホロコーストの歴史が個人的なトラウマを効果的に演出するために使われた[13]」ことであり、ヴィルコミルスキー事件の詳細を調べた歴史家メヒラーが指摘しているように、こうした行為はホロコースト証言の神聖さを傷つけるタブー破り[14]であった。つまり『断片』にまつわる顚末は、ホロコースト証言と関わるがゆえにスキャンダルとなったのであり、『断片』をそうした文脈と切り離して考えることはできない。

しかしその一方で『断片』を、フィクショナルなテクストとして検証しようとする試みも少ないながら存在する。そうした先行研究も踏まえながら、次節ではあえてヴィルコミルスキー自身の弁明にしたがって『断片』を「文学」として読み、『断片』というテクストが提起する問題について考えたい。

5――ホロコースト文学としての『断片』

この回想録はある意味では巧みに構成されたテクストであり、「極めて成功した説得力のある」[15]ホロコースト小説だということもできる。『断片』をフィクションとして読んだ場合、どのような問題があらわになるかを四つの観点から考察する。

◉断片性の詩学の演出

『断片』を出版社に仲介したエージェントのコラルニックは、この回想録に感銘を受けた要素として、「語りの断片性」と「完結した構成」が併存していることを挙げている。[16]

タイトルが示すように、この回想録の基盤をなしているのは幼児期の断片的な記憶である。導入部において一人称の語り手＝主人公は、それらの記憶は言語的なものではなく、「写真のように正確な映像」とそれに伴う「感情」、「身体の記憶」からなる瓦礫の山のようなものであり、それらを大人の論理によって秩序づける気もなければ、そうすることもできないと主張する。それゆえ「体験したこと、起こったことをできるだけ正確に――幼児期の記憶がとどめている通りに写し取ろうと試みるだけである」[17]と断ったうえで筆を進めていく。全部で十九の短い各章で断片的なエピソードが語られていくが、それがどこでの出来事であるかを表す地名、いつの出来事であるかを示す時の指標はわずかしか書き込まれていない。定かではない記憶が子供の限定された視点から語られ、状況が把握できない、わからない、という言葉が繰り返される。限られた視界に登場する人物はしばしば顔をもたず、長靴、制服、裸の身体の山などとして表象される。(18) 過去と近過去、過去と現在が入り乱れ、農家の納屋に潜んでいたときのエピソードと収容所でのエピソードが交錯し、スイスでの生活に幼少期の恐ろしい記憶が侵入する。

しかしその一方で、幼い子供には似つかわしくないコメントや推論がはさみ込まれ、歴史的経過をふまえた語り手の説明や解釈によってエピソードの意味づけがされる。しかも幼児期の断片的な記憶に連関を与え、意味を付与するのは語り手だけではない。読者もまた、語りの空隙をみずから埋めながら読み進んでいくことになり、そのさいに前提とされているのがホロコーストに関する知識やイメージである。読者は文化的記憶としてもっているホロコーストの知識を動員して、断片的、暗示的にしか語られない場面からまとまった出来事を構成し、他のエピソードと関連づけることになる。

こうして断片性を標榜する語り、何もわからない子供の記憶のままに語ると称して語られるテクストは、しかしながら最終的には、強制収容所でのトラウマにいまなお苦しむ生還者の物語という落としどころに収斂してゆく。コラルニックが「語りの断片性」と「完結した構成」に感銘を受けたというのはある意味では正しかった。このテクストは、断片性を記憶の真正性の最も重要な証だと称していながら、それ自身が否定するわかりやすい論理を前提としていて、誰もが享受できる完結した物語となっている。

◉キッチュとしての虚構化

ヴィルコミルスキーの回想録が衝撃を与えた要因のひとつとして、幼い子供がこうむる恐ろしい体験が印象的に提示される点を挙げることができる。みずからも悲惨な状況に苦しむ主人公は、両親や兄や仲間たちが惨殺されたり、みじめに死んでいくのを目のあたりにする。空腹のあまり骨が見えるまで指の肉をかじる子供、死体の山のうえにいる女性の腹部からはい出てくるネズミ、幼児の無残な死体を踏み越えて逃げるときの足の感覚などが、幼い子供の記憶に焼きついたトラウマ体験として描写される。しかも残酷な出来事のなまなましい描写と読者の感情に訴えるセンチメンタルな筆致が共存していて、読者に衝撃を与えると同時に読者の同情心をかきたてる。しかしながら、残虐な出来事の描写は読者ののぞき趣味を満たす一種のポルノグラフィーに化す危険をはらみ、無垢の主人公のいかにも健気な反応は安易な感情移入へ読者を煽動するいかがわしさと隣り合わせでもある。

他者の記憶や証言のモンタージュであることからして当然ながら、このセンセーショナルな回想録に見出されるのが結局のところ、既知のイメージやその変形、いかにもそれらしい感慨や考察でしかないことはつとに指摘されている。[19] つまるところ『断片』はホロコースト文学のキッチュだといえる。キッチュとは「既成の価値体系と美意識の再生産[20]」にすぎないもの、受容者の期待に迎合し、読者を感動させせようとする芸術の類いである。

一九三一年に生まれ、少女時代に三つの強制収容所を生き延びたオーストリアの作家ルート・クリューガーは、その経験を自伝的小説『生き続ける――ある青春』（一九九二年）に著し、ホロコーストの虚構化の問題をエッセイにおいても論じている。彼女は虚構化の傾向をふたつに分ける。ひとつは想像力と感情移入によって出来事の真実を追究し、ホロコーストについて深く熟考するよう促す虚構化であり、もうひとつがホロコーストを、読者もしくは観客に迎合し、問題を深く追及するのを避けるようなフィクションに仕立てることである。クリューガーは後者をキッチュとして批判するとともに、ホロコーストを扱うさいにさまざまなタブーがあること、許される想起と許されない想起を決定する尺度があるかのように考えることを疑問視し、虚構化によって出来事の本質につねに新たに迫ることを求めた。[21]

ホロコーストを扱う作品がともすればキッチュと化してしまうことを熟知していたクリューガーは、自伝的小説を書くにあたっても、その意識を忘れない。戦後すぐとは違って、いまでは多くのことが語られているのに、誰も語っていないことのように書くことはできない、あらゆることが「政治的にも美的にも、またキッチュとしても」[22]使い尽くされているのに、それを無視しては書けないと自戒する。そんな彼女の自伝においては、読者の同情を促し、読者の期待に添うような描写は排除され、ときには辛辣、ときにはユーモラスな省察によって安易な感情移入は拒まれる。読者の先入観を挑発しつつ、これまで看過されてきた視点や新たな問題意識が提示される。それに比べると『断片』は、読者に衝撃を与えるイメージや心情に訴えかけるエピソードからなり、絶滅収容所での経験のためにいまだ平和な日常になじめぬ犠牲者の苦しみ、生き残った者の罪の意識が強調されて読者に共感を強いるが、結局は既存のものの焼き直しの域を超えていないといえる。

◉比喩としてのホロコースト体験

『断片』において目を引くのは、戦後のスイスでの生活とそれ以前の生活が連続するものとして捉えられていることである。チューリヒの養父母のもとに引き取られるとき、鉄道で「移送」されると聞いて暴れ、大きな家庭用の暖炉を見て、子供のための焼却炉だとパニックに陥る。学校にあがってからも、スキーリフトを見て殺人機械だと思い、乗るまいと抵抗する。スイスの英雄ヴィルヘルム・テルが子供の頭上のリンゴを射ようとしている絵を見せられると、親衛隊の男が子供を殺そうとしているといって怯える。忘れるよう命じられ、悪夢に過ぎないと言い聞かせられている過去がいまだ続いていることが、ことあるごとに強調される。この回想録は、ギムナージウム最終学年の彼が、「自分の解放を取り逃がしてしまった」ことを自覚するところで終わる。授業で見せられた映画が映し出す強制収容所解放の瞬間を彼は思い出せない。戦争が終わった、収容所はもうなくなったと彼に告げてくれる人はいなかった。それゆえ彼はいつまでたっても「快適な生活はわなにすぎない。収容所はいまでもあるのだ！秘密にされ、うまく偽装されているだけだ」[23]としか思えない。

過去のトラウマを現在に蘇らせ、過去と現在を重ねることによって『断片』は、スイスの愛国主義を告発し、豊かで平和な生活に潜むナチズムの痕跡や潜在している反ユダヤ主義をあぶりだしているかのようであり、スイスにおけるナチズムの問題を意識化させる側面があることはたしかである。[24]しかしここで問題にしたいのは、『断片』においては絶滅収容所での生活と現在のスイスでの生活が、比較可能なものとして表象されていることである。スイスでの生活をホロコーストと比較可能なものとして弾劾し、「収容所はいまでもあるのだ」と言明するのは、ホロコーストの相対化、比喩化を意味している。ホロコーストを他のいかなる歴史的な出来事とも異なる、唯一無二なものと考えるのか、人類史上の他のさまざまな大量殺戮のひとつと考えるのか、あるいは、ホロコーストの悲惨さの唯一無二性を深く認識しながら、それを他の悲惨な出来事の唯一無二性へとどのように接続するのか、そうした問いはホロコーストをめぐる議論においてきわめて重要かつデリケートな問題のひとつである。

そうした点からすれば、戦後の生活と収容所での出来事を結びつける『断片』のさまざまなエピソードは安直であり、主人公の肥大した被害者意識だけが際立つことになる。うまく書けた「誇張された受難の物語」と皮肉られるのも、[25]故なきことではない。

◉ホロコースト文学のキッチュか、パロディーか

以上、三つの観点にわたって見てきた通り、『断片』を文学的フィクションとして読むならば、幼児期のトラウマにいまだ苦しむホロコースト犠牲者の苦悩を、読者ののぞき見趣味や同情心に訴えながら描きだした小説、読む

者に根本的な認識の変化を迫ることはないが、それなりの感慨や感動を与えるホロコースト文学のキッチュ、すなわち、ある意味でよくできたホロコースト小説ということになるだろう。

しかし『断片』というテクストには、「この本について」という「あとがき」が付されていたことを思い出さなければならない。『断片』をフィクションとして「あとがき」こみで読むならば、このテクストは別の相貌を帯びることになるだろう。すでに述べたように「あとがき」においては、作者と主人公は同一であるのにそれは法的には証明できないが、「法的に証明された真実」と「生の真実」とは別であるという弁明がなされ、B・Wという署名が記されている。つまりこの「あとがき」は、『断片』で書かれていることは法的には証明できないにせよ経験に基づく真実であることを作者Binjamin Wirkomirskiみずからがわざわざ断ってみせているメタフィクションであり、そうした「あとがき」を含む『断片』は、「真正な」ホロコースト証言を読みたいという読者の要求を逆手に取ったフィクション、「真正な」個人のドキュメントを装って書かれたテクストとしても読めるということになる。そうなると「あとがき」に記されている執筆の経緯も、どのようにすれば「ホロコースト証言」が書けるかを示してみせる処方箋となり、「あとがき」は本文の証言の真正性を保証するのではなく、その足下を掘り崩すものとなるだろう。

このように見てくると、社会的文脈からすればホロコースト証言のフェイクである『断片』は、フィクションとして読むならば、よくできた、ただしキッチュなホロコースト小説というにとどまらず、ホロコースト証言をめぐる状況を逆手にとったフィクション、ホロコースト文学のパロディーとして読むことも可能だということになる。ただし『断片』にパロディーとしての構造を読み取ることができるとしても、それは出版の経緯がもたらした結果にすぎないことはいうまでもない。

6――「証人なき出来事」の証言をめぐって

「借り物の記憶、剽窃した記憶」[26]から生まれた『断片』は、一言でいえばホロコースト証言の隆盛が生み出した鬼子である。こうしたものは一蹴するにしくはないと考えることもできるが、このテクストがホロコースト証言の現状を映し出す鏡であることは否定できない。

ホロコーストは「証人なき出来事」であるといわれる。それはひとつには、ナチスがユダヤ人絶滅を、その目撃者や物質的な証拠ともども抹消することを含めて計画したからである。しかもそのさい、かりにだれかが生き残って証言したとしても、だれもそれを信じないことまでもが織り込みずみだった。[27]実際にはナチスの思惑ははずれ、生存者によって多くの証言が積み重ねられてきた。しかしそうした場合においても、ホロコーストは二重の意味で「証人なき出来事」である。死者たちの声は失われ、出来事を内側から証言することはできず、その一方で死の外側にいた者たちは、出来事そのものから排除されているがゆえに、厳密な意味での証言を行うことはできない。[28]たとえばホロコースト証言者の代名詞ともいうべきプリーモ・レーヴィは、生き残って証言する者は、真の証人ではないという。[29]彼にとって真の証言者になりえたのは、底に触れてしまった者たち、いわゆる「回教徒」と呼ばれた人たちである。「回教徒」とは、強制収容所において肉体的にも精神的にも衰弱しきった、いわば生きる屍ともいうべき人たちのことを指す隠語である。[30]ガス室のなかで殺され、焼却されてしまった「回教徒」たちこそが、絶滅収容所の内部の真実を目撃した証人としての資格を備えている。彼らのなかには生き残った者たちもいるが、彼らの死は、身体的な死よりも前に始まっていたため、彼らは語ることができない。レーヴィは、だから自分たちが彼らの代わりに、彼らの代理として話すのだと述べるのである[31]。

こうした認識のもとに語られるレーヴィの証言は、みずからが語ることにたいする批判的意識に貫かれ、その筆致は詳細かつ明確で、自己憐憫に陥らない冷静な観察と深い洞察に満ちている。

とはいえ、底を見てしまった人たちの代理として語るとはどういうことなのだろうか。それを徹底的に問うたのが、イタリアの哲学者ジョルジェ・アガンベンの『アウシュヴィッツの残りのもの――アルシーヴと証人』である。アガンベンはレーヴィに沿いながら、生き残って証言する者は、生と死、人間と非―人間の境界を体現する「回教徒」に代わって証言するのだという認識から出発する。そのさい、内部から語るべきものをもたずに生き残って証言する者と、語るべきものを見たために証言できない者、そのどちらが証言の主体なのかを問い、回教徒こそが証言しているのだという。すなわち、「言葉をもたない者が話す者に話させているのであり、話す者はその自分の言葉そのもののなかに話すことの不可能性を持ち運んでくるのである[32]」。アウシュヴィッツの最終的決定的核心については証言できないにもかかわらず、生き延びて証言する者は、それを内側から体験したが語るべき主体も声も失った者の代わりに、その委託を受けて語る。したがって、そのとき語っているのはもはや語ることのできなくなった者であり、証言する者は、語ることによって主体を喪失し、語ることの不可能性を同時に語ってしまう。アガンベンの精緻な議論についてはここでこれ以上追うことはできないが、語ることの不可能性の試練にみずからの言葉を委ねることに、アガンベンが証言の可能性への通路を見出していることをここでは確認しておきたい。

「証人なき出来事」について語ることが、出来事の核心に触れながらそれを語れなかった者たちに代わって、語ることの不可能性に向き合いながら語ることだとするなら、それはきわめて困難で苦しい営為である。ホロコーストについて語った人のなかには自死した人も多い。しかしそれでもさまざまな形で語り続けられることによって、

「証人なき出来事」はいまでは誰もが知っている出来事となり、あまつさえ『断片』が皮肉にも示しているように、ある意味では誰もが語ることのできる出来事となった。しかし今後、ホロコーストの直接の目撃証人がいなくなれば、ホロコーストは文字通りの意味で「証人なき出来事」になってしまう。それでもホロコーストの記憶を伝えていくのだとすれば、「証人なき出来事」について語ることはいかにして可能かという問いはますますその重要性を増すだろう。ホロコーストの虚構化は促進されざるをえず、そのあり方も多様化するだろう。新たな形でホロコーストという出来事の本質に迫るフィクションが生まれる一方で、ホロコーストに関するタブーが薄れ、娯楽作品として消費されるだけではなく、戯画化やパロディーの対象となることもあるだろう。

幼い子供のホロコースト生存者の感動的で貴重な回想録として賞賛された『断片』は、作者の経歴詐称があきらかになると、捏造すなわちフェイクとして批判された。しかし『断片』というテクスト自体が変化したわけではない。このテクストがいわば他者の証言、他者の記憶から編み上げられたものだとするならば、それを弾劾することはひるがえって、これまで積み重ねられてきた証言や想起のあり方を問い直すことにもなるだろう。捏造されたホロコースト回想録『断片』をめぐる顛末は、ホロコースト証言の隆盛とそのあやうさを幾重にも屈折させながら映し出す鏡であると同時に、言説の真正さ／虚偽性の判断がそれが置かれているさまざまなコンテクストといかに複雑に絡み合っているかを、ひいては、判断の根拠自体がつねにあらたに多様な角度から問われなくてはならないことを示している。

注

（1）「ホロコースト」という語はもともと、古代ユダヤ教において生け贄の動物を祭壇で焼き、神に捧げる儀式のことを指す。この言葉が中世においてはじめてユダヤ教徒虐殺の意味で使われたとき、反ユダヤ主義的色彩を帯びていたこともあり、ナチスによるユダヤ人大量虐殺を表す言葉として「ホロコースト」を使うべきではないという指摘もある。しかしここでは最も人口に膾炙していると思われる「ホロコースト」を主として使うことをお断りしておく。

（2）『断片』のなかにはアウシュヴィッツ＝ビルケナウという語は出てこないが、ヴィルコミルスキー自身が折に触れてその名を挙げている。

（3）この女性はローラ・グラボスキーと名乗るが、彼女が以前に別の偽名で虚偽の回想録を書き、サタン崇拝の儀式の性的犠牲者を演じていたことがのちに明るみに出る。

（4）以下の文献を参照。Stefan Mächler, *Der Fall Wilkomirski, Über die Wahrheit einer Biographie*, Zürich: Pendo Verlag 2000.

（5）本の出版に先立つ一九九四年一月、イスラエルのテレビで子供のホロコースト生存者を扱った記録映画『ワンダのリスト』が放映され、そこにヴィルコミルスキーも出演していた。一九九三年にイスラエルのゲットー抵抗者博物館を再訪したさい、データバンクの作成をしていたザーラ・シュネアと知り合い、彼女の助けを借りながら記憶を取り戻す作業を行ったからである。この記録映画を見て、ヴィルコミルスキーの父親かもしれないと名乗り出る人物が現れ、一九九五年四月にテル・アビブ空港で対面し、その様子がテレビ放映されるが、親子関係はないことがわかるといった一幕もあった。

（6）たとえば『ヒトラーの自発的死刑執行人――普通のドイツ人とホロコースト』（邦訳タイトル『普通のドイツ人とホロコースト――ヒトラーの自発的死刑執行人』）の著者ダニエル・ゴールドハーゲンは、ホロコースト文学の専門家でさえ、この魅力的な本には教えられることが多いと述べている。ただしその一方で『ヨーロッパ・ユダヤ人の絶滅』を書いたラウラ・ヒルバーグは、本当の話かどうか疑義を抱いた。Stefan Mächler, 前掲書 pp. 130-131を参照。

（7） Stefan Mächler, „Das Opfer Wilkomirski. Individuelles Erinnern als soziale Praxis und öffentliches Ereignis“, in:（Hg.）Irene Diekmann und Julius H. Schoeps, *Das Wilkomirski-Syndrom. Eingebildete Erinnerungen oder von der Sehnsucht, Opfer zu sein,* Zürich: Pendo Verlag 2002, pp. 46-47.

（8） ユダヤ人を救ったドイツ人を扱った映画『シンドラーのリスト』を一九九三年に公開。

（9） 武井彩佳『〈和解〉のリアルポリティクス――ドイツ人とユダヤ人』（みすず書房、二〇一七年）二二八頁。なお三節全体の叙述に関してもこの書に多くを負っている。

（10） Binjamin Wilkomirski, *Bruchstücke. Aus einer Kindheit 1939-1948,* Frankfurt am Main: Jüdischer Verlag im Suhrkamp Verlag 1995, pp. 142-143.

（11） Stefan Mächler, 前掲書 p. 324.

（12） 一九九八年八月三十一日付けTages-Anzeiger掲載。Eva Lezzi, „>Tell zielt auf ein Kind<. Wilkomirski und die Schweiz“, in:（Hg.）Irene Diekmann und Julius H. Schoeps, 前掲書p. 180から引用した。

（13） Susanne Düwell, „Inszenierung >authentischer< Erinnerung. Die fiktionale Holocaust-Autobiographie von Binjamin Wilkomirski“, in:（Hg.）Susanne Düwell und Matthias Schmidt, *Narrative der Shoah. Repräsentationen der Vergangenheit in Historiographie, Kunst und Politik,* Paderborn: Ferdinand Schöningh Verlag 2002, p. 81.

（14） Stefan Mächler, „Aufregung um Wilkomirski. Genese eines Skandals und seine Bedeutung“, in:（Hg.）Irene Diekmann und Julius H. Schoeps, 前掲書p. 124.

（15） Susanne Düwell, 前掲論文p. 89.

（16） Stefan Mächler, 前掲書 p. 107.

（17） Binjamin Wilkomirski, 前掲書 p. 8.

（18） Lorenz Jäger, „Morsche Stellen in der Erinnerungspolitik“, in: Daniel Ganzfried, *...alias Wilkomirski. Die Holocaust-Travestie. Enthüllung und Dokumentation eines literarischen Skandals*, Berlin: Jüdische Verlagsanstalt 2002, p. 167.

（19） こうした観点で詳細なテクスト分析を行っている論文を二点挙げておく。孟真里「虚構のホロコースト回想録は何を語るのか——B・ヴィルコミルスキ『断片』事件をめぐって」（『神戸女学院大学論集』五十一巻三号、二〇〇五年）。Alessandro Costazza, „Der >Fall Wilkomirski<. Shoah-Kitsch als Ergebnis von Lesermanipulation“, in: (Hg.) Peter Kofler und Ulrich Stadler, *Lesen Schreiben Edieren. Über den Umgang mit Literatur,* Frankfurt am Main/Basel: Stroemfeld Verlag 2016.

（20）孟真理、前掲論文、二三頁。なおこの論文では「キッチュ」という概念を、ヘルマン・ブロッホが提示した〈芸術〉と〈キッチュ〉の区分によりながら、いまだ実現されていない表現可能性と認識可能性を求める芸術行為と対比させて説明している。

（21）Ruth Klüger, „Von hoher und niedriger Literatur“, in: *Gelesene Wirklichkeit. Fakten und Fiktionen in der Literatur,* Göttingen: Wallstein Verlag 2006, p. 61.

（22）Ruth Klüger, *weiter leben. Eine Jugend,* München: dtv 1994, p. 79. なお日本語訳も出版されている。ルート・クリューガー『生きつづける——ホロコーストの記憶を問う』（鈴木仁子訳、みすず書房、一九九七年）。

（23）Binjamin Wilkomirski, 前掲書 p. 140.

（24）『断片』におけるスイス像を批判的に検証している論文を挙げておく。Eva Lezzi, 前掲論文, in: (Hg.) Irene Diekmann und Julius H. Schoeps, 前掲書pp. 180-214.

（25）少年時代に絶滅収容所（アウシュヴィッツ、ブーヘンヴァルト）で暮らしたことがあり、その体験を書いた『運命ではなく』（日本語訳：岩崎悦子訳、国書刊行会、二〇〇三年）を一九七五年に出版したハンガリーの作家ケルテース・イムレは、ヴィルコミルスキーを「アウシュヴィッツ詐欺師」と呼び、『断片』を読むことを拒否している。しかしそれが「誇張された受難の物語」であることは聞いていて、きっとうまく書けているのだろうと語っている。Imre Kertész, „Wichtig ist die Öffentlichkeit, Gespräch mit Sebastian Hefti und Wolfgang Heuer“, in: Daniel Ganzfried, 前掲書p. 208.

（26）Philip Gourevitch, „Der Dieb der Erinnerung“, in: Daniel Ganzfried, 前掲書p. 263.

（27）プリーモ・レーヴィは一九八六年に出版された『溺れるものと救われるもの』の序文で、生存たちが記憶している親衛隊員たちのあざけりの言葉を他の書物から引用して書き写している。「この戦争がいかように終わろうとも、おまえたちとの戦いは我々の勝ちだ。生き延びて証言を持ち帰れるものはいないだろうし、万が一だれかが逃げ出したとしても、だれも言うことなど信じないだろう。おそらく疑惑が残り、論争が巻き起こり、歴史家の調査もなされるだろうが、証拠はないだろう。なぜなら我々はおまえたちとともに、証拠も抹消するからだ。そして何らかの証拠が残り、だれかが生き延びたとしても、おまえたちの言うことはあまりにも非道で信じられない、と人々は言うだろう。それは連合国側の大げさなプロパガンダだといい、おまえたちのことは信じずに、すべてを否定する我々を信じるだろう。ラーゲル（強制収容所）の歴史は我々の手で書かれるのだ」。プリーモ・レーヴィ『溺れるものと救われるもの』（竹山博英訳、朝日新聞出版、二〇〇〇年）三―四頁。

(28) ジョルジョ・アガンベン『アウシュヴィッツの残りのもの――アルシーヴと証言』（上村忠男・廣石正和訳、月曜社、二〇〇七年）四三―四四頁。ここでアガンベンは、ショシャナ・フェルマン（『声の回帰――映画『ショアー』と〈証言の時代〉』、日本語訳は上野成利他訳、太田出版、一九九五年）を参照しつつこのように述べている。なおアガンベンは「ホロコースト」という言葉を使うことを拒否し、「ショアー」もしくは「アウシュヴィッツ」を使う。

(29) プリーモ・レーヴィ、前掲書、九三頁。

(30) こう呼ばれるようになったのは、虚脱状態になった動作が回教徒の礼拝の仕方と似ているからとも、運命を受動的に受け入れる態度が回教徒を想起させるからともいわれている。

(31) プリーモ・レーヴィ、前掲書、九四頁。

(32) ジョルジョ・アガンベン、前掲書、一六四頁。

あとがき

フェイクについての本を作ろう。こんな話が持ち上がったのは、もう何年も前のことになる。フェイクニュースという言葉が、巷間よく耳にされるようになった頃のことだ。研究会のあとの懇親会で、何度かその話題で盛り上がって、ついにある深夜（懇親会から帰宅した晩）、納富さんから「緊急出版！　編集文献学スピンオフ企画」というタイトルの企画書がメールで送られてきた。

研究会というのは、編集文献学という学問分野をめぐって十年以上前から活動しているものである。時代も地域も言語も専門が異なる文学研究者が集って、人文学の研究基盤となるテクストはどう編集されるべきかという議論を繰り返している。

なぜ、編集文献学を検討する者たちが、フェイクを盛んに話題にしたのか。ひとつは、編集という行為が、それ自体フェイクと親和性が高いからである。編集は、加工あるいは操作に関わる行為であり、必ず元のものとはどこかが異なるものを生み出す。編集の産物は、ある見方をしてしまえば、偽物、紛いものといえる。考えてみれば、カフカの遺稿編集をめぐる私個人の研究の出発点も、フェイクと深く関わっていた。カフカの未完結の草稿をマックス・ブロートが編集した際、恣意的な加工が施されたのではないか。のちに研究者チームが批判版を作成した際も、必要以上の手を入れてしまったのではないか、カフカが書いたありのままを、どうすれば読めるのか。ところが、現実に写真版が出版され、草稿のほぼありのままが読めるようになって、私は、いやカフカ研究者の多くが、深刻なジレンマに陥ることになった。私たちが読むべきカフカ・テクストとは何なのか。〈正しい〉テクストとは、本物のそれとは、何なのか。

編集文献学の研究会メンバーでは、数年前に『テクストとは何か――編集文献学入門』（慶應義塾大学出版会、二〇一五年）という本を出した。その本に付けられた「テクストを疑え」という扇情的な帯を思い返すに、そこでもすでにフェイクのテーマは内在していた。各論考では、従来の権威あるテクスト、真正と見なされてきたテクストに懐疑の目を向けることがまず行われていた。ただし、その懐疑は、それらを偽物と判断して退けるためではなく、既存の〈正しさ〉を吟味するため、それらをも包含する多様な〈正しさ〉を見つけていくためのものであった。

文学研究はフェイクと複雑な関係を取り結んでいる。文学研究が学術的な営みであるかぎり、けっして偽物を土台に展開するわけにはいかない。が、研究対象の文学そのものが、フェイクと近しい要素を多く孕んでいる。フィクションとフェイクの境界の微妙さについては、本書で詳細に議論されているとおりである。何かをフェイクと糾弾することがいかに難しいか。フェイクとはそもそも何なのか。文学研究者たち、なかでもテクストの加工や操作を考える編集文献学に携わる者たちは、フェイクについてのこうした問いを、いわば裏テーマとしてずっと抱えている。

だから、私たちは敏感に反応したのである。複雑きわまりないフェイク概念が一義的に用いられている現実を目の当たりにして、憂うと同時に焦燥を感じた。そして「スピンオフ企画」として、浅はかにも気楽に、ゲスト執筆者までお招きして取りかかり始めたものの、実際に執筆に着手するや各自がかなり難儀することになった。結局、なんとか形になった原稿を順次みんなで読み、検討会を開き、そこでの議論の内容を織り込んで改稿するという過程を繰り返した。ちょうどコロナ禍の時期とも重なって、計画されたイベントが次々キャンセルされ、大学の業務や日常生活でも前代未聞の事態に翻弄されるなか、しばらくはオンラインでのその検討会が、研究グループのメインの活動となった。最初にふれたようにこの企画には「緊急」という言葉も添えられていたのだが、しかし、緊急どころか、結果的には通常の本作り以上の時間がかけられることになった。

ただ、これだけは言っておかなければならない。検討会の議論を受けて改稿するという面倒な手続きを踏みながらも、みなさんが清書稿を提出してくださったのは、もう一年半以上も前のことである。にもかかわらず、なかなか本に出来なかったのは、私たちまとめ役の二人が、多忙を理由に仕上げの作業を怠っていたからである。いや、それでもまだ納富さんは、想像を絶する過密スケジュールを縫って、ご自身の担当部分については今年の春には書き上げてくださっていた。そこから先をノロノロと進めてしまったのは、ひとえに、自分の実力も顧みず、仕事を抱えすぎてしまっている私の責任である。執筆者のみなさんには、出版の遅延を心よりお詫び申し上げたい。

しかし、言い訳に聞こえるかもしれないが（いや、正直言い訳に他ならないのではあるが）、これだけの時間を裏テーマと過ごせたおかげで、次の研究会活動の表の方向性をしっかり定めていくことができた。今年の四月からスタートしている新しいプロジェクトでは、「第三世代としての編集」を課題としている。「第三世代の編集」というのは、第一世代を作品を広い普及させるための一般的な編集、第二世代をその作品を研究する土台となる批判版を作る学術的な編集と見なしたうえで、それらの版が存在しているからこそチャレンジできる次世代の学術的な編集を指す言葉として、独自に創案したものである（このコンセプトに関心のある方は、以下の拙論をご参照いただきたい。「「第三世代」としての編集――カフカ『審判／訴訟』の編集・翻訳プロジェクト」『埼玉大学紀要・教養学部』第五十六巻第二号、二〇二一年）。

もう少し説明すれば、その編集は、研究者の手による学術的な編集でありながら、読者として広く一般の知的関心の高い人々を想定している。解釈を織り込むことをおそれず、自由で大胆な加工を施していくことによって、文学研究の最先端の研究成果をできるかぎり多くの人々に届けることを目的とするものである。その方向での編集、いわばオルタナティブな編集の探究は、文学という本質的には娯楽であるものを対象としているからこそ構想できる新しいアウトリーチ、社会貢献の模索ともいえる。そして、それはようするに、見方によれば、フェイクと非難されることをおそれない編集ともいえるだろう。

いささか開き直ったような言辞を弄しているように響くかもしれない。しかし、ここまで腹を据えることができたのは、フェイクという人間味あふれる現象、複雑で難しく哀しい、そして愛おしい現象と、みんなでとことん共に向き合うことができたからである。

最後にいま一度、本書の執筆に参加してくださった研究会メンバー、ゲストの方々に、心よりお礼を申し上げたい。また今回執筆者とはならなかったものの、編集文献学をめぐるさまざまな議論に参加していつもたくさんのご教示をくださる歴代のメンバー、それから研究会の内外を問わず、研究者同士としての交流により貴重な知見や刺激を与え続けてくださっている多くの友人、知人、同僚にも、日頃の学恩の数々を、この場を借りて深く感謝申し上げたい。

本書は、ＪＳＰＳ科研費基盤研究（Ａ）（平成二十八～令和四年度、課題番号ＪＰ１６Ｈ０１９２１）「編集文献学の実践的展開――文化の継承と教育への応用」（研究代表者：明星聖子）の助成を受けた研究成果の一部である。ここに記して謝意を表する。

また、出版に際しては、勉誠社の吉田祐輔さんに大変お世話になった。本当にありがとうございました。

二〇二二年十二月

明星聖子

執筆者紹介

編者

納富信留（のうとみ・のぶる）
東京大学大学院人文社会系研究科教授。
専門は哲学・西洋古典学。
著書に『プラトンとの哲学――対話篇をよむ』（岩波新書、二〇一五年）、『ソフィストとは誰か？』（ちくま学芸文庫、二〇一五年）、『ギリシア哲学史』（筑摩書房、二〇二一年）などがある。

明星聖子（みょうじょう・きよこ）
成城大学文芸学部教授。
専門は近現代ドイツ語圏文学。
著書に『新しいカフカ――「編集」が変えるテクスト』（慶應義塾大学出版会、二〇〇二年）、『カフカらしくないカフカ』（慶應義塾大学出版会、二〇一四年）、『テクストとは何か――編集文献学入門』（共編著、慶應義塾大学出版会、二〇一五年）などがある。

執筆者（掲載順）

松田隆美（まつだ・たかみ）
慶應義塾大学文学部教授。
専門はイギリス中世文学。
著書に『ヴィジュアル・リーディング』（ありな書房、二〇一〇年）、『煉獄と地獄』（ぷねうま舎、二〇一七年）、『カンタベリー物語』（慶應義塾大学出版会、二〇一九年）などがある。

井出　新（いで・あらた）
慶應義塾大学文学部教授。
専門は初期近代イギリス文学。
著書に *The Cambridge Guide to the Worlds of Shakespeare*（共著、Cambridge University Press, 2016）、『大修館シェイクスピア双書・冬物語』（近刊）、論文に“Corpus Christi College, Cambridge in 1577: Reading the Social Space in Sir Nicholas Bacon's College Plan”, *Transactions of Cambridge Bibliographical Society* 15.2 (2013) などがある。

瀧本佳容子（たきもと・かよこ）

慶應義塾大学商学部教授。

専門はカスティーリャ中世文学・文献学。

著書に『世界文学の古典を読む』（共著、村松真理子、横山安由美編、ＮＨＫ出版、二〇二〇年）、論文に「レオノール・ロペス・デ・コルドバの『回想録』――ナラティヴ戦略としての矛盾」（『地中海学研究』第三五号、地中海学会、二〇一二年）、「ファン2世治世下（1406-54）におけるカスティーリャ語の理論化」（『慶應義塾大学日吉紀要 人文科学』第三一号、慶應義塾大学、二〇一六年）などがある。

高畑悠介（たかはた・ゆうすけ）

埼玉大学人文社会科学研究科准教授。

専門はジョゼフ・コンラッド、D・H・ロレンスを中心とした十九世紀以降のイギリス小説。

論文に「『ノストローモ』における政治の抑圧の諸相」（『コンラッド研究』一〇、二〇一九年）、「D・H・ロレンス『息子と恋人』における他者性と視点の問題」（『テクスト研究』一七、二〇二一年）、“Confusion in Authorial Norms? Treatment of Hervey's Three ‘Revelations’ and Narrative Instability in ‘The Return’”（The Conradian 47.2. 2022）などがある。

伊藤博明（いとう・ひろあき）

専修大学文学部教授。

専門は思想史・芸術論。

著書に『綺想の表象学――エンブレムへの招待』（ありな書房、二〇〇七年）、『ルネサンスの神秘思想』（講談社学術文庫、二〇一二年）、『象徴と寓意――見えないもののメッセージ』（集英社、二〇一八年）などがある。

佐々木孝浩（ささき・たかひろ）

慶応義塾大学附属研究所斯道文庫教授。

専門は日本書誌学／和歌文学。

著書に『日本古典書誌学論』（笠間書院、二〇一六年）、論文に「室町・戦国期写本としての「大島本源氏物語」」（『中古文学』九七、二〇一六年）、「飯沼山圓福寺蔵　源氏物語「まほろし」帖――解題・影印・翻刻」（『斯道文庫論集』五三、二〇一九年）などがある。

下田和宣（しもだ・かずのぶ）
成城大学文芸学部准教授。
専門はドイツにおける文化哲学および宗教哲学。
著書に『宗教史の哲学――後期ヘーゲルの迂回路』（京都大学学術出版会、二〇一八年）、論文に「背景化する隠喩と隠喩使用の背景――ブルーメンベルクをめぐるひとつの哲学的問題系」（京都哲学会編『哲學研究』六〇六号、二〇二一年）、「文化の悲劇――ジンメルとカッシーラーをめぐる文化哲学的思考の分水嶺」（成城大学大学院文学研究科編『ヨーロッパ文化研究』四一号、二〇二二年）などがある。

トーマス・ペーカー（Thomas Pekar）
学習院大学文学部ドイツ語圏文化学科教授。
専門は近現代ドイツ文学。
論文にArbeit am politischen Mythos. Thomas Manns Roman-Tetralogie Joseph und seine Brüder und die amerikanische Exilerfahrung（政治的神話との取り組み――トーマス・マンの『ヨーゼフとその兄弟』四部作とアメリカ亡命の経験）, in: Thomas Mann Jahrbuch35 (2022), S. 145-158（ドイツ語）, Exotismus und Exotikkritik in Robert Musils Roman Der Mann ohne Eigenschaften am Beispiel seiner Soliman-Figur（ローベルト・ムージル『特性のない男』のゾリマンに見るエクソティズムとその批判）, in: Zeitschrift fürinterkulturelle Germanistik 13/1 (2022), S. 83-97（ドイツ語）, Psychoanalysis in Chinese Exile. A. J. Storfer and His Magazine Project Gelbe Post（中国亡命での心理分析――A・J・シュトルファーと彼の雑誌プロジェクトGelbe Post）, in: Joanne MiyangCho (Hg.): Sino-German Encounters and Entanglements. Transnational Politics and Culture, 1890-1950, Cham, Switzerland: Springer Nature/Palgrave Macmillan 2021, S. 319-336（=Palgrave Series in Asian German Studies）などがある。

中谷　崇（なかたに・たかし）
横浜市立大学国際教養学部准教授。
専門は現代アメリカ小説。
共編著に『揺れ動く〈保守〉――現代アメリカ文学と社会』（春風社、二〇一八年）、論文に「フォークナーと南部農本主義の距離――「分かりやすさ」を欠く「大衆小説」という逆説」（平石貴樹・後藤和彦・諏訪部浩一編『アメリカ文学のアリーナ――ロマンス・大衆・文学史』（松柏社、二〇一三年)、"The Three Mile Island Accident and "the Man from Toyota": Looking Back on the Cultural Politics of the Cold War in *Rabbit Is Rich* and *Rabbit at Rest*," *Updike and Politics: New Considerations*, ed. by Matthew Shipe and Scott Dill (Lenham, Maryland: Roman and Littlefield-Lexington Books, 2019) などがある。

北島玲子（きたじま・れいこ）
上智大学名誉教授。
専門は二十世紀ドイツ語圏文学。
著書に『終わりなき省察の行方——ローベルト・ムージルの小説』（上智大学出版局、二〇一〇年）、『〈新しい人間〉の設計図——ドイツ文学・哲学から読む』（共著、青灯社、二〇一五年）、論文に「ユダヤ人であることの強制——ジャン・アメリーにおける克服できない過去」（『上智大学ドイツ文学論集』五五号、上智大学文学会、二〇一八年）などがある。

翻訳者

矢羽々崇（やはば・たかし）
獨協大学外国語学部ドイツ語学科教授。
専門は近現代ドイツ文学。
著書に『「歓喜に寄せて」の物語——シラーとベートーヴェンの『第九』』（現代書館、改訂版二〇一九年、初版二〇〇七年）、『日本の「第九」——合唱が社会を変える』（白水社、二〇二二年）、論文に「4つのヘルダーリン著作集——史的批判版の実際」（『書物学』一七、二〇一九年）などがある。

編者略歴

納富信留(のうとみ・のぶる)
東京大学大学院人文社会系研究科教授。
専門は哲学・西洋古典学。
著書に『プラトンとの哲学―対話篇をよむ』(岩波新書、2015年)、『ソフィストとは誰か？』(ちくま学芸文庫、2015年)、『ギリシア哲学史』(筑摩書房、2021年)などがある。

明星聖子(みょうじょう・きよこ)
成城大学文芸学部教授。
専門は近現代ドイツ語圏文学。
著書に『新しいカフカ―「編集」が変えるテクスト』(慶應義塾大学出版会、2002年)、『カフカらしくないカフカ』(慶應義塾大学出版会、2014年)、『テクストとは何か―編集文献学入門』(共編著、慶應義塾大学出版会、2015年)などがある。

フェイク・スペクトラム
――文学における〈嘘〉の諸相

編者　納富信留
　　　明星聖子
制作　㈱勉誠社
発売　勉誠出版㈱
〒101-0061 東京都千代田区神田三崎町二-一八-四
電話　〇三―五二一五―九〇二一㈹

二〇二二年十二月二十八日　初版発行

印刷 製本　三美印刷㈱

ISBN978-4-585-39015-2　C1090

近代日本の偽史言説
歴史語りのインテレクチュアル・ヒストリー

近代日本に、何故、荒唐無稽な物語が展開・流布していったのか。オルタナティブな歴史叙述のあり方を照射し、歴史を描き出す行為の意味をあぶりだす画期的成果。

小澤実 編・本体三八〇〇円（＋税）

由緒・偽文書と地域社会
北河内を中心に

地域の優位性、淵源や来歴を語るために捏造された偽文書や由緒の生成・流布の過程を解明。地域史の再構築をはかり、歴史学と地域社会との対話を模索する。

馬部隆弘 著・本体一一〇〇〇円（＋税）

創られた由緒
近世大和国諸社と在地神道家

由緒正しき伝は、いかに創出され、その言説は、地域社会において、どのように受容され、伝播していったのか。「古え」「淵源」を語る営みの意味を捉えかえす画期的著作。

向村九音 著・本体八〇〇〇円（＋税）

パブリック・ヒストリー入門
開かれた歴史学への挑戦

歴史学や社会学、文化人類学のみならず、文化財レスキューや映画製作等、さまざまな歴史実践の現場より、歴史を考え、歴史を生きる営みを紹介。日本初の概説書！

菅豊・北條勝貴 編・本体四八〇〇円（＋税）

近代学問の起源と編成

近代学問の歴史的変遷を起源・基底から捉えなおし、「近代」以降という時間の中で形成された学問のフィルター／バイアスを顕在化させ、「知」の環境を明らかにする。

井田太郎・藤巻和宏 編・本体六〇〇〇円（+税）

史学科の比較史
歴史学の制度化と近代日本

帝国日本における史学科・研究機関の歴史をたどり、比較史的アプローチより近代社会における史学科の展開と特徴を明らかにする画期的成果。

小澤実・佐藤雄基 編・本体七〇〇〇円（+税）

中世神道入門
カミとホトケの織りなす世界

近年、急速に研究の進展する「中世神道」の見取り図をテーマごとに立項し、第一線で活躍する研究者が、多数の図版とともにわかりやすく解説する決定版！

伊藤聡・門屋温 監修／新井大祐・鈴木英之・大東敬明・平沢卓也 編・本体三八〇〇円（+税）

「偽」なるものの「射程」
漢字文化圏の神仏とその周辺

日本・中国・韓国・ヴェトナムなど漢字文化圏における神仏に関わる文言に着目し、「偽」なるものが持つ力と可能性を論じる。

千本英史 編・本体二五〇〇円（+税）

書物学　第9巻
江戸の欲望／江戸という欲望

我々は「江戸」に何を見、当時の人々は何を創り出そうとしたのか？　現実と虚構が錯綜し、欲望が新たな世界像を作り出していく様相を複眼の視点から明らかにする。

編集部 編・本体一五〇〇円（＋税）

書物学　第14巻
贋作・偽作

シェイクスピアの贋作と出版社の経営戦略、著者の願望を反映した荒唐無稽な歴史記述、「改善」とのたまう過剰な編集介入など、「偽り」の背景に渦巻く人間模様を暴く。

編集部 編・本体一五〇〇円（＋税）

書物学　第17巻
編集文献学への誘い

本文（テクスト）とは何か。書物というメディアは何を伝えるものなのか。「編集文献学」という本文校訂・本文批判をめぐる真摯な視点が、既成概念へ揺さぶりをかける。

編集部 編・本体一五〇〇円（＋税）

書物に魅せられた奇人たち
英国愛書家列伝

数々の人々の手を経て伝えられてきた著者所蔵の貴重な書物を紐解きながら、人と書物のひとかたならぬ愛の物語を読み解く出版文化史。貴重な図版を100点以上掲載！

髙宮利行 著・本体三八〇〇円（＋税）